中公文庫

北条早雲 4

明鏡止水篇

富樫倫太郎

中央公論新社

目次

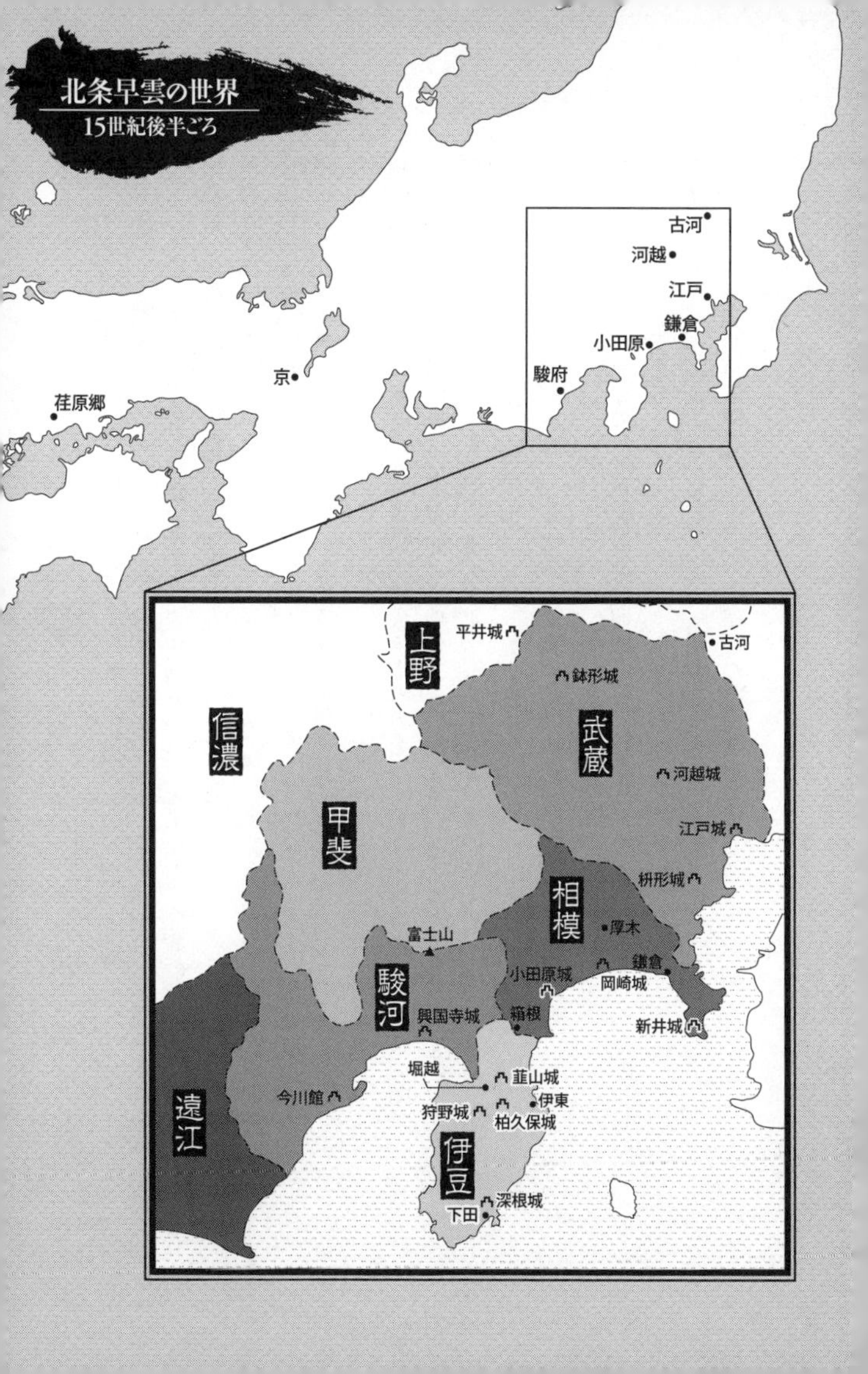

北条早雲の世界
15世紀後半ごろ

【主な登場人物】

伊勢宗瑞《いせそうずい》　伊勢新九郎《しんくろう》改め早雲庵《そううんあん》宗瑞、後の「北条《ほうじょう》早雲」。室町幕府九代将軍・足利義尚《あしかがよしひさ》の奉公衆を辞し、駿河《するが》へ下向。伊豆討ち入りを果たし、念願の大名となる。

門都普《もんとふ》　山の民の子。宗瑞の幼少期より友人として仕える。

伊勢弥次郎《やじろう》　宗瑞の弟。

大道寺弓太郎《だいどうじゆみたろう》　宗瑞の従弟《いとこ》。

松田信之介《まつだしんのすけ》　実務に長け、伊勢氏における民政を任されている。

田鶴《たづる》　宗瑞の現在の妻。古くから駿東《すんとう》に大きな勢力を持つ葛山一族の当主・烈道《れつどう》の娘。

千代丸《ちよまる》　宗瑞の長男。母は亡き真砂《まさご》（宗瑞の二番目の妻）。元服して新九郎氏綱《うじつな》を名乗る。

葛山紀之介《くずやまきのすけ》　田鶴の弟。葛山家の嫡男だが、宗瑞を慕い、側に仕えている。

今川氏親《いまがわうじちか》　駿河の守護で宗瑞の甥。幼名・龍王丸《たつおうまる》。

保子《やすこ》　宗瑞の姉。今川家前当主・義忠《よしただ》との間に龍王丸を産む。

宗哲《そうてつ》　京にある大徳寺《だいとくじ》の僧。最初の妻・伽耶《かや》と子・鶴千代丸《つるちよまる》を喪い彷徨《ほうこう》していた若き日の宗瑞に助言を与える。

宗順《そうじゅん》・宗清《そうせい》　伊豆の香山寺《こうざんじ》再興のため、宗瑞が大徳寺から招いた僧。

風間五平《かざまごへい》　一族で「風間党」を成し、宗瑞のため間諜を務める。

足利茶々丸《ちゃちゃまる》　足利政知《まさとも》の嫡男で第二代堀越公方《ほりごえくぼう》。宗瑞により堀越御所を追われる。

清晃《せいこう》　政知の次男で十一代将軍・義澄《よしずみ》。異母兄の茶々丸に母・円満院《えんまんいん》と弟・潤童子《じゅんどうじ》を討たれた。

関戸吉信《せきどよしのぶ》　下田の深根《ふかね》城城主。

狩野道一《かのうどういつ》　修善寺の南を領有する狩野一族の当主。

細川政元《ほそかわまさもと》　管領《かんれい》。幕府の実質的な権力を握る。

山内顕定《やまのうちあきさだ》　関東の領有をめぐって争う両上杉の一・山内上杉《うえすぎ》氏の当主。

扇谷朝良《おうぎがやつともよし》　関東の領有をめぐる両上杉の一・扇谷上杉氏の当主。

朝興《ともおき》　朝良の養子。

大森定頼《おおもりさだより》　小田原城城主。叔父の藤頼《ふじより》を討ち、家督を奪う。

三浦道寸《みうらどうすん》　東相模の豪族・三浦氏の当主。

義意《よしおき》　道寸の嫡男。通り名は荒次郎《あらじろう》。

星雅《せいが》　太田道灌《おおたどうかん》、扇谷定正《さだまさ》に仕え、当代随一と謳われた軍配者。いまは駿河にいる。

円覚《えんかく》　伊東玄機《いとうげんき》入道《にゅうどう》の弟で、足利学校出身の軍配者。

獅子王院《ししおういん》　定頼が雇った悪名高い軍配者。

牧水軒《ぼくすいけん》　山内顕定の軍配者。

鹿苑軒《ろくおんけん》　扇谷朝良の軍配者。

北条早雲4

明鏡止水篇

第一部　深根城

一

明応《めいおう》四年（一四九五）九月、酒匂川《さかわがわ》の畔《ほとり》に布陣していた三千の大森《おおもり》軍をわずか五百の伊《い》勢《せ》軍が夜襲して撃破した。これを酒匂川の夜戦という。

大森定頼《さだより》は命からがら逃走し、伊勢宗瑞《そうずい》は小田原《おだわら》城とその周辺の土地を支配下に置くことに成功した。宗瑞四十歳のときである。

最初に手を付けたのは検地である。どれくらい耕作地があるのか正確に把握しなければ適正な年貢を徴収《ちょうしゅう》することができないからだ。

どれほど苛酷《かこく》な年貢が課されることになるのかと、小田原の農民は震え上がった。

一年前に大森氏頼《うじより》が病死し、次男の藤頼《ふじより》が後を継いだ。藤頼の甥・定頼が反旗を翻《ひるがえ》し、西相模《にしさがみ》は内乱状態に陥《おちい》った。頻繁に戦費調達が行われ、農民は重税に喘《あえ》いだ。氏頼の時代に六公四民くらいの年貢だったのが、八公二民ほどになった。農民は飢え、土地を捨てて逃げる者も少なくなかった。

定頼が藤頼に勝利し、ようやく少しは年貢が下がるのではないかと期待していたところに伊勢軍がやって来た。農民の目から見れば、宗瑞は侵略者である。この時代、戦《いくさ》に敗れ、敵に支配されるということは、人も物もすべて奪い尽くされることを意味する。農民は奴隷にされ、金銀も作物も何もかも奪われてしまうのだ。逆らえば殺される。

検地が終わると、宗瑞は徴収する年貢高を布告した。四公六民であった。

農民は、すぐには喜ばなかった。

そんなうまい話があるはずがない、と疑った。

もし、その布告が事実だとすれば、年貢が半分になる。飢える心配をしなくて済むし、娘に身売りさせたり、畑仕事のできなくなった年寄りを山に捨てに行くという悲劇もなくなる。年貢を払っても自分の手許に米や銭が残る。その日暮らしだった農民が将来に備えて蓄《たくわ》えることができるのだ。熱心に働いて荒れ地を開墾《かいこん》して田畑にすれば、それが自分のものになる。

夢のような話である。狐《きつね》か狸《たぬき》に化かされているのではないか、宗瑞が騙《だま》そうとしているのではないか……そう農民が疑うのも無理はない。

しかし、事実であった。

宗瑞は定められた通りの年貢しか取らなかった。西相模だけが特別扱いされたのではなく、興国寺《こうこくじ》城の支配地でも、韮山《にらやま》を中心とする北《きた》伊豆《いず》でも、宗瑞は同じやり方をしている。それがわかると西相模の農民は驚喜し、宗瑞に忠誠を誓い、せっせと働き始めた。

宗瑞にとっても悪いことではなかった。

確かに一時的には年貢が減ってしまうが、農民のやる気さえ引き出すことができれば新たに開墾された田畑が増えていくから徐々に年貢も増えていくはずであった。それは興国寺城の領地でも北伊豆でも実証されている。

農民が懐《なつ》けば、豪族たちもおいそれと宗瑞に逆らうことができないという利点もある。

そのまま何事もなく時間が流れていけば、誰もが人間らしく暮らすことができる理想の国を造るという夢の実現に近付くことができたはずだ。

が……。

宗瑞の表情は冴《さ》えない。

韮山と小田原を支配するには身代《しんだい》が小さすぎるのだ。あと何年か平穏な日々が続けば、宗瑞の身代も大きくなるであろうが、定頼から小田原城を奪ったとき、宗瑞が動員できる兵力は一千に過ぎなかった。その乏《とぼ》しい兵力を韮山と小田原に分散しているので、新たな軍事行動を起こす余裕がない。南伊豆を制圧して伊豆統一を成し遂げるという計画も頓挫《とんざ》している。

酒匂川の夜戦で定頼を討《う》ち取っていれば状況は違っていた。定頼の首を取り、西相模の豪族たちをしっかり支配することができれば、彼らの武力を利用して南伊豆に侵攻し、狩《か》野道一《のうどういつ》と茶々丸《ちゃちゃまる》を倒すことも不可能ではなかった。定頼を逃がしてしまったため、西相模の豪族たちは本心から宗瑞に服していない。いずれ山内上杉《やまのうちうえすぎ》氏に後押しされて定頼が戻るのではないか、と警戒しているからだ。

宗瑞自身、

(いつ定頼殿が小田原を奪い返そうとするかわからぬ……)

そういう不安に苛《さいな》まれている。


明応五年（一四九六）七月下旬、恐れていた事態が勃発《ぼっぱつ》した。

七千の山内上杉軍が西相模に侵攻したのだ。

それに呼応して定頼も兵を挙げた。その数二千。

合わせて九千という大軍が小田原を目指した。

小田原を奪い返すことだけが目的であれば、七千もの大軍は必要ない。

(伊豆も攻めるつもりだな)

と、宗瑞は見抜いた。

元々、伊豆は山内上杉氏が守護を務める国だったのである。それを宗瑞が奪った。小田原攻めという機会を利用して伊豆を取り戻そうとしても不思議はない。定頼も力を貸すであろう。

小田原だけでなく韮山まで攻められるかもしれないという危機が迫っている。

軍事力では到底太刀打ちできないと悟った宗瑞は管領《かんれい》・細川政元《ほそかわまさもと》を頼り、扇谷上杉氏《おうぎがやつうえすぎ》を動かすことに成功した。その結果、長尾景春《ながおかげはる》が山内上杉軍を奇襲して足止めを試み、その数日後、扇谷上杉の大軍が山内上杉氏の本拠地である上野《こうずけ》の平井《ひらい》城に向かって進撃を開始した。

大森氏と山内上杉氏の連合軍は、わずか一日で小田原城を落とした。城を守っていたのは宗瑞の弟・弥次郎《やじろう》だが、奇襲を試みて失敗すると、さっさと城を捨てて韮山に逃走した。五百の兵では九千もの敵を相手に戦いようもなかったのだ。

山内上杉軍は、その日のうちに小田原を去った。

平井城を守るためだ。

実際には扇谷上杉軍には平井城を攻めるつもりなどなかった。細川政元に頼まれて、平井城を攻撃する振りをしたに過ぎない。まんまと山内上杉軍は騙された。宗瑞の策が成功したのである。

山内上杉軍が去ったことで当面の危機は去った。

定頼が伊豆攻めを断念したからである。

小田原から逃げてきた弥次郎たちを、宗瑞は国境まで出迎えた。三百の兵を率いたのは、万が一、大森軍が追ってくるようなら一戦交《まじ》える覚悟だったからである。

「兄者《あんじゃ》、すまぬ」

弥次郎は、見るからに申し訳なさそうな顔で、小田原城を守ることができなかったことを宗瑞に詫《わ》びた。宗瑞は弥次郎を労《ねぎら》い、

「失ったものは取り返せばよい。命がある限り、人生というのは何度でもやり直しが利《き》くのだ」

と言葉をかけた。

それは己に言い聞かせているかのようであった。

二

小田原を失ってから、宗瑞は以前にも増して熱心に座禅を組むようになった。少しでも暇があると持仏堂《じぶつどう》に籠《こ》もり、ひたすら坐る。

裏返すと、頻繁に座禅を組んで心を平静にしなければならないほど宗瑞の心がささくれていたということでもある。

山内上杉軍が東に去った後も、宗瑞は気を緩《ゆる》めることなく大森定頼の動きを注視した。

宗瑞の手足となって情報収集に努めたのは五平《ごへい》を中心とする風間《かざま》党である。五平や弟の六蔵《ろくぞう》、母の八重《やえ》を始め、親類縁者、同じ村の者たちなど、総勢三十人ほどが小田原近郊の風間村から韮山に移り住み、宗瑞のために働くようになっている。忍びの専門集団として敵地の情報を集めることが仕事だ。

その風間党の報告によれば……。

定頼は宗瑞に協力した者たちを捕らえ、次々と処刑しているという。小田原城で働く下働きの女や年寄りですら容赦なく首を刎《は》ねられた。

特に農村では、宗瑞に年貢を納めた罰として多くの者が殺され、しかも、それまで以上の重税が課せられているという。

農民が人間らしく暮らすことができるように心を砕《くだ》いたのに、かえって農民を不幸にしてしまったことが宗瑞の気持ちを暗くする。

宗瑞が侵略者として西相模の農民を抑圧し、搾取《さくしゅ》していたとすれば、定頼が農民を罰することはなかったはずである。農民が宗瑞の善政を喜び、宗瑞を慕っている姿を見て、

（許せぬ）

と怒りを爆発させたのであろう。

自分のやり方が間違っていたとは思わないものの、一年も経たぬうちに小田原を奪い返されてしまったせいで、宗瑞に従う姿勢を見せた者たちの命が数多く失われたことなど、

反省すべき点が多々ある。

（わしも四十一になった……）

五十年以上の寿命を持つ者が稀《まれ》な時代である。

宗瑞も否応なしに死を意識しなければならない年齢になっている。人生を五十年と考えれば、宗瑞に残された時間は、あと九年である。若者ならば、たとえ失敗を重ねても、それを糧《かて》としてやり直すこともできようが、すでに時間を惜《お》しまなければならない年齢なのだ。何度もやり直す時間などない。

それ故、小田原での失敗を教訓とし、二度と同じ過《あやま》ちを繰り返してはならぬ、と心に誓う。

その教訓を踏まえ、これからの九年で何をするか、座禅を組んで心を真っ白にしてから、ひたすら思案を続ける。

その結果、ふたつの目標を決めた。

ひとつ、伊豆を統一すること。

狩野道一と茶々丸を滅ぼし、伊豆をひとつの国にするのだ。何よりも、これを優先しなければならぬ、と己に言い聞かせる。

ひとつ、小田原を再び奪うこと。

大森定頼を滅ぼし、西相模を伊勢氏の領地にするのだ。

たとえ伊豆の統一に成功したとしても、大森氏と国境を接している限り、いつまた山内上杉軍と共に伊豆に攻め込もうとするやもしれぬ。それを防ぐには伊豆だけでなく西相模も宗瑞が支配する必要がある。今現在、宗瑞の動員兵力は一千ほどに過ぎないが、南伊豆を支配下に置けば、動員兵力が二千を超える。西相模も支配するようになれば、豪族たちに忠誠を誓わせるという前提条件付きだが、五千以上の兵を動かすことができるはずだ。今川《いまがわ》に匹敵するほどの動員力を持つことになるのである。それほどの実力を備えることができれば、山内上杉氏も迂闊《うかつ》に宗瑞に手出しできないはずであった。

方針が決まると、弥次郎と弓太郎《ゆみたろう》の二人を呼んで自分の考えを説明した。

「おれもそれがいいと思う。なあ？」

と、弥次郎が弓太郎に顔を向ける。

「うむ」

「実は、これからどうすればいいか、何をするべきか、おれたちも話し合っていた。もし兄者が小田原城を取り戻したいなどと言い出したら二人で諫《いさ》めるつもりでいたんだ」

「そうなのか？」

「去年、小田原城を手に入れたときは、西相模の兵を使って、狩野道一や茶々丸さまを討ち、伊豆をひとつにできるかもしれぬ、などと考えた。しかし、実際に小田原城で政《まつりごと》をしてみると、そんなことは夢物語に過ぎぬと悟った。いくら農民が懐いているといっても、豪族どもが心から服しているわけではなかったから、いつ自分たちに牙《きば》をむくかと心配しない日はなかった。南伊豆を攻めるどころの話ではなかったのだ。そもそも、わずか五百人で支配しようというのが無理だった。今にして思えば、よく一年近くも支配することができたものだ」

「小田原を支配したことが無駄だったとか、やり方が間違っていたとか、そういうことではないのです。小田原の内情もわかったし、どうやって支配していけばいいかもわかりました。弥次郎が言ったように、こちらに十分な兵があれば、きっとうまくいったはずです。山内上杉が出しゃばってこなければ……」

弓太郎が悔しそうに言う。

「今すぐに小田原を攻め、たとえ去年と同じようにうまくいったとしても、いずれまた山内上杉がやって来る。そうなれば、城を捨てて逃げ出す羽目になる。それ故、まず伊豆をひとつにまとめ、伊勢氏の力を大きくしてから大森氏と戦うべきだと思う。小田原に二千くらいの兵を送ることができれば、たとえ山内上杉が攻め込んできても、そう簡単に城を落とされることはないはずだ。いや、決して落とさせはせぬ。あのようなみじめな負け戦は二度とごめんだからな」

「二人ともわしと同じ考えということか？」

「うむ」

弥次郎と弓太郎がうなずく。

「それを聞いて安心した。皆が心をひとつにすれば、必ずや伊豆を統一することもできよう。定頼殿を滅ぼすのは、その後だ」

宗瑞が言う。

三

その翌日……。

宗瑞は門都普《もんとふ》一人を連れて城を出た。

領地を見回りながら、野良《のら》仕事をしている農民の話を聞くのが若い頃からの習慣である。

農民たちは宗瑞の姿を目にすると、

「韮山さま」

と仕事の手を止めて挨拶する。

「調子はどうだ。何か困ったことはないか？」

宗瑞も気さくに声をかける。

城近くに住む者たちについては、ほとんど名前も顔も覚えているので、その家族のこともわかっている。どこそこの年寄りが病気で寝込んでいるとか、誰それの女房が懐妊しているとか、子供が怪我をしたとか、そんな細々としたことまで頭に入っているのである。

農民からすれば、本来、雲の上にいて言葉を交わすことなどできるはずもない領主さまが親しげに声をかけてくれ、家族のことまで心配してくれる。こんなに嬉しいことはない。しかも、他のどの国でもあり得ないほど年貢が安く、働けば働くほど自分の蓄えも増えて暮らしが楽になるのだから、宗瑞を慕い、

（韮山さまの支配がいつまでも続きますように）

と願うのは当然なのだ。

農民たちと言葉を交わしてそぞろ歩きをしながら、その合間に、門都普から様々な報告を聞かされる。これまでは小田原がらみの報告が多かったが、定頼が伊豆侵攻を断念したことを確信してからは、南伊豆に関する報告が増えている。伊豆統一を最優先にするという方針を門都普にも伝えてあるのだ。

「油断しているわけではないだろうが、兵の数は減っている」

「ふうむ、兵の数はな……」

宗瑞は浮かない表情である。

狩野氏そのものには単独で宗瑞に敵対する力はない。堀越公方《ほりごえくぼう》に忠誠を誓う南伊豆の豪族たちのまとめ役という立場なのである。それ故、何かあれば、いちいち豪族たちに檄《げき》を飛ばして兵を集める必要がある。

狩野道一の兵力は二百人ほどで、それでは韮山城を攻めることなどできないし、逆に狩

野城を宗瑞が攻めれば、城に立て籠もって援軍が駆けつけるのを待つしかない。兵力に差があるので、狩野道一の方からはあまり積極的に動くことができないのである。

去年の春、修善寺《しゅぜんじ》に柏久保《かしわくぼ》城が完成した。

狩野氏に圧力をかけると共に、交通の要衝《ようしょう》である修善寺を押さえることで経済的なうま味を手に入れようとしたのだ。

(今こそ)

宗瑞は満を持して狩野城を攻撃した。

奇襲作戦が成功し、ついに狩野道一の息の根を止めることができるか、というときに狩野城から茶々丸が現れた。それで形勢が逆転しそうになり、宗瑞は慌てて兵を退《ひ》いた。

純粋に兵力だけを比較すれば、宗瑞が狩野道一を圧倒している。

だが、狩野道一の背後には茶々丸がいる。

第二代堀越公方の権威はいまだに大きな影響力を持っており、その権威は数百の兵に匹敵するほどと言っていい。

だからこそ、宗瑞は狩野城が手薄だと聞いても、さして嬉しそうな顔をしなかったのである。

「何を考えている？　去年やったように、また狩野城を奇襲して攻め落とそうというのか？」

門都普が訊《き》く。

「いや、それは考えていない」

宗瑞が首を振る。

「狩野道一を倒すのは難しいことではない。肝心なのは茶々丸さまを討ち取ることだ。茶々丸さまを逃がしてしまえば、同じことの繰り返し、いつまでも戦いが終わらぬ」

「では、どうするのだ？」

「狩野に味方する豪族どもを一人ずつ、こちらの味方にする。従おうとしない者は攻め潰《つぶ》す。そうして、少しずつ狩野城を包囲する輪を狭《せば》めていく」

「茶々丸さまを逃がさぬようにか？」

「そうだ」

「時間のかかるやり方だぞ。多くの兵を失うことになるだろう」

「伊豆をひとつにしなければ、いつまでも戦が続くことになる。万が一、茶々丸さまよりも先にわしが死ぬようなことになれば……」

「あまり想像したくないことだな」

「遠回りすることが実は近道かもしれぬ。一気に狩野城を攻め落とす……そんなことばかり考えていたせいで、伊豆討ち入りから三年も経つというのに、いまだに狩野城は手つかずのままだ。じっくり腰を据えて、敵の外堀を埋めていくことが近道なのかもしれぬと考えるようになった」

「なるほどな」

門都普がうなずく。

しばらく二人は黙りこくったまま歩き続ける。

その足は香山寺《こうざんじ》に向かっている。

門を潜《くぐ》って境内に入ると、通りかかった小僧が宗瑞に気が付き、

「あ、韮山さま」

と慌てて頭を下げる。

「和尚《おしょう》さまに知らせて参ります」

「ああ、よい、よい。勝手に行く」

小僧を残し、宗瑞がすたすた歩き出す。その後ろをむっつり顔の門都普がついていく。

（ん？）

講堂のそばで足を止める。

子供の声が聞こえる。たどたどしく『論語』を素読《そどく》している。つかえて読み進めることができなくなってしまうと、

「そこは、こう読むのです」

と、よく通る優しげな声で誰かが教える。それを繰り返していく。素読する子供は時々

替わるが、指導している者は一人だけである。

そっと講堂を覗いてみる。中央に文机《ふづくえ》が並べられており、十人ほどの子供たちが小さな背中を丸めて『論語』に目を落としている。

講堂は、朝と夕は寺の僧侶たちが勤行《ごんぎょう》をする場所となり、日中は近在の子供たちを集めた寺子屋になっている。武士の子供が多いが、望めば農民の子でも学ぶことができる。人を育てるというのは学問させることだというのが宗瑞の信念で、学びたいという意欲のある者であれば身分を問わずに受け入れてほしい、と住職の宗順《そうじゅん》和尚に頼んである。宗順は三十八歳で、まだ老け込むような年齢ではないが、伊豆の水が合わないのか、京都から伊豆に下ってからというもの、たびたび体調を崩して寝込んでいる。そんな状態では、とても寺子屋の指導まで手が回らないので、今は弟子の宗清《そうせい》が教えている。宗清は二十五歳、澄んだ目をした穏やかな青年僧だ。

宗瑞は木陰に腰を下ろすと、目を瞑《つむ》って子供たちの素読に耳を傾ける。

（こんなことをして何が楽しいのかわからぬ）

という顔で門都普もそばに坐る。

半刻（一時間）ほどもそうしていただろうか、講義が終わり、子供たちが講堂から出て行く。それを見て、ようやく宗瑞が腰を上げる。

閑散とした講堂で後片付けをしている宗清に、

「子供らは、よく励んでいるようですな」

と声をかける。

いきなり現れた宗瑞を見て、

「韮山さまではありませんか。いついらしたのですか。少しも気が付きませんでした。失礼いたしました」

と驚いた顔になる。

「勝手に講義に耳を傾けていただけのこと。気になさいますな。わしは学問が好きだし、人が学んでいる姿を見るのも好きなのです。子供らに熱心に教えて下さってありがたく思います」

「とんでもない。わたしなど、どれほどの役にも立っておりません」

「それは控え目すぎる物言いですな」

宗瑞がにこりと笑う。宗清の謙虚な言葉に好意を持ったのであろう。

「ところで和尚さまは、どんな様子ですか？」

「ああ……」

宗清の表情が暗くなる。

「このところ朝方の冷え込みが厳しいせいか、咳《せき》が出て痰《たん》が絡《から》み、熱も高めで、あまり具合がいいとは言えぬようです」

「臥《ふ》せっておられるのですか?」

「朝の勤行を済ませた後、横になるとおっしゃって奥に入ってしまい、それから顔を合わせておりません。見て参ります。韮山さまがいらしたと知れば、きっと喜ぶことでございましょう」

少々、お待ち下さいませ、と言い残し、宗清が小走りに講堂を出て行く。


体調を崩して床に臥せっていた宗順は、宗瑞がやって来たと知ると、床を払わせ、洗面し、着替えをした。ぴんと背筋を伸ばし、姿勢を正して宗瑞を迎えたが、

(何と、ひどい顔色をしておられるのか……)

訪ねてきたことを宗瑞が後悔するほど、宗順は具合が悪そうに見える。

「お加減が悪そうですね。臥せっておられるところに押しかけて無理をさせてしまいました。取り立てて用があって来たわけではありません。出直しましょう」

宗瑞が腰を浮かしかけると、

「お待ち下さいませ。わたしの方でも韮山さまにお目にかかりたいと思っていたのです。ちょうどよかった、と言っては失礼ですが、どうか今しばらく……」

ごほっ、ごほっ、と宗順が咳をする。

「何か心配事でもあるのですか?」

「わたしの体のことです。伊豆に下ってきてから、病に臥せってばかりで韮山さまのお役に立てないことを心苦しく思っております」

「荒れ果てていた寺を建て直し、韮山に住む人々の心に御仏《みほとけ》のありがたさを教示して下さったではありませんか。無理なお願いをして都から来ていただいたことを申し訳ないと思いながらも、和尚さまが韮山にいて下さることを心から喜んでもおります」

「身に余る嬉しきお言葉でございます」

病で気が弱くなっているのか宗順は涙ぐんでいる。僧服の袖で目許を押さえながら、

「どうも、そう長くは生きられぬ気がするのです」

「何をおっしゃるのですか。病など、すぐに癒《い》えましょう」

「仏門に入ってから何十年も修行してきました。死ぬことなど少しも恐れてはおりませぬ。残された日々、心身を清め、更に修行に励んで心置きなく成仏《じょうぶつ》できれば、と願っているのです。しかし、心残りがないわけではありません。この香山寺のことです。せっかく韮山さまに任されたというのに、中途で投げ出すような格好で死ぬのは何としても心苦しいのです……」

ごほっ、ごほっ、とまた咳をする。

「とは言え、すぐに死ぬと決まったわけでもありませぬ故、生きているうちに、わたしの後を継ぐ者を育てなければ、と考えております。講堂で宗清が子供たちに教えているのを

眺めておられたそうですが、宗清を、どう思われますか？」

「熱心で、優《すぐ》れた方だと思います」

「自分の若い頃を思い出すと、今の宗清の足許にも及ばなかったことが恥ずかしいくらいです。仏道修行への真摯《しんし》な取り組み、その心構え、学識豊かでありながら傲《おご》ることがなく、人に優しく接することができる。だから、子供たちにも分け隔てなく教えることができるのです。暇があると、寺を出て、あちらこちら歩き回り、人々の話に耳を傾けて自分にできることはないか、と考えています」

「ほう、そうなのですか？」

宗瑞が驚いたような顔になる。

「誰に命じられたわけでもなく、自分の考えでそうしているのです。そのくせ、誰よりも早く起き、誰よりも遅く寝ている。宗清の姿を見ていると、わたしも多くのことを教えられる気がします」

「それほど立派な方だとは知りませんでした」

「宗清に後を継がせることができれば、と思うのですが、さすがに若すぎます。まだ二十五ですから。せめて、あと五年、更に修行が進めば、わたしが勧めるまでもなく、皆が宗清を後継者として認めるでしょう。わたしが五年も長らえられるとは思えぬのですが……」

宗順が溜息《ためいき》をつく。

「お考えはよくわかりました。しかと心得ておきましょう。どうか養生なさいませ。五年と言わず、十年でも二十年でも長生きしていただきたいと願っております」

四

香山寺を出て、畦道《あぜみち》をてくてく歩きながら、

「病は人を変えてしまうな」

ぽつりと宗瑞が言う。

「何のことだ?」

宗瑞と宗順が話している間、別室に控えていたので、門都普は宗順に会っていない。宗順がどれほど具合が悪いかわからないのだ。

「和尚さまのことだ。ずっと昔、わしが幕府に仕えていた頃からの知り合いだが、その頃は、ひたむきに修行に打ち込み、不幸な者たちを一人でも多く救おうと必死だった。今は病に疲れ果て、死ぬことばかり考えておられるように見える。立派な方だから長生きしていただきたいと思うのだが……」

「城に戻るか?」

「紀之介《きのすけ》の屋敷に寄る。紀之介も病に臥せっているというからな。どんな様子か顔を見て

いこう」

紀之介は韮山に屋敷を構え、家族と共に暮らしている。いずれは駿東《すんとう》にある葛山《くずやま》一族の領地に戻って家を継ぐことになるが、まだ父の烈道《れつどう》が達者なので宗瑞のそば近くで仕えている。戦に関して天才的なひらめきを持っており、宗瑞も一目置いている。その紀之介が、しばらく城に顔を出していない。田鶴《たづる》の話では、体調を崩して寝込んでいるという。大したことはないが、宗瑞に病をうつしては申し訳ないので登城を遠慮しているというのだ。

(ならば、こちらから見舞ってやろう)

と思いついたのは、病で窶《やつ》れた宗順の顔を見て、もしや紀之介も面変《おもが》わりしているのではないか、田鶴が言う以上に容態が悪いのではないか、と心配になったからである。

「わざわざ殿に見舞っていただけるとは、これほど嬉しいことはありません」

紀之介は、にこやかに宗瑞を迎えた。

いくらか窶れてはいるものの、思ったより元気な姿を見て、宗瑞は安心した。

「なぜ、登城せぬ?」

「姉上に止められておりまして」

「田鶴に? わしに病がうつると案じておるのか」

「それもありましょうし、若君たちにうつることを心配してもいるのだと思います」

宗瑞には四人の子がいる。長男の千代丸《ちよまる》と次男の次郎丸《じろうまる》は前妻・真砂《まさご》の子で、三男の三《さぶ》郎丸《ろうまる》と四男の四郎丸《しろうまる》が田鶴の子だ。千代丸と次郎丸は病気などほとんどしたことがないが、三郎丸と四郎丸はよく熱を出したりお腹を壊したりする。自分の産んだ二人だけが病弱だということを田鶴はひどく気にしており、二人の健康に神経質なほど注意している。

「そういうことか」

はははっ、と笑ってから、不意に真顔になり、

(子供を大切にするのは悪いことではないが、大切にしすぎると、かえって弱い子になってしまうのではなかろうか……)

笑い事ではないな、城に戻ったら田鶴と話さねばならぬ、と宗瑞は考える。

「せっかく屋敷においで下さったのですから、ぜひ、倅《せがれ》どもに会っていただけませぬか？　いずれ若君たちにお仕えさせたいと思っておりますれば」

「うむ、会おう。顔を見たい」

宗瑞がうなずくと、しばしお待ちを、と言い残して紀之介が座敷を出て行く。

それほど待つこともなく紀之介が戻ってくる。

右手で幼児の手を引き、左手で襁褓《むつき》にくるまれた赤子を抱いている。

「太郎と次郎でございまする」

紀之介が、太郎、韮山さまにご挨拶せよ、と言うと、太郎は板敷きに正座し、

「太郎にございます」

と、宗瑞に挨拶する。まだ四歳なので口調がたどたどしい。

「おお、利発そうな顔をしておる。太郎、こちらに来《こ》よ」

宗瑞が笑顔で手招きすると、太郎がちらりと紀之介を見上げる。紀之介がうなずくと、太郎が宗瑞ににじり寄り、その横にちょこんと坐る。

「よい子じゃ」

頭を撫《な》でてやると太郎が恥ずかしそうに首をすくめる。

「菓子でもあればよいが、生憎《あいにく》、何も持っておらぬ。よしよし、これをやろう」

傍《かたわ》らに置いてあった脇差《わきざ》しを手に取り、太郎に差し出す。

「韮山さま、いけませぬ」

紀之介が慌てて止める。

「構わぬ。太郎は、いくつになる?」

「四つでございまする」

太郎が答える。

「脇差しなどもらっても今すぐには役に立たぬであろうが、いずれ元服《げんぷく》すれば役に立つぞ。遠慮はいらぬ。受け取るがよい。と言っても、重すぎるかな」

「平気でございます」

太郎が両手で脇差しを持つ。

「紀之介、持ってやるがよい。わしに次郎を抱かせよ」

「では」

紀之介が赤子を宗瑞に渡し、太郎の手から脇差しを預かる。

「小さいのう。それに何と軽いことか」

「生まれて半年ほどでございますから」

「それが一年も経つと自分の足で立ち上がり、口も利くようになる。当たり前のこととはいえ、何とも不思議な気がする」

「はい」

「次郎にも何か贈りたいが、さすがに小柄《こづか》や脇差しでは早すぎるだろうな。何がいいか田鶴と相談してみよう。ところで……」

「何か？」

「年が明けたら狩野を攻めるつもりでいる。その打ち合わせをしたいから、明日か明後日、城に来るがよい」

「承知しました」

五

廊下から座敷をそっと覗くと、四つの小さな背中が見える。宗瑞の四人の息子たちが手習いに励んでいるのだ。千代丸が十歳、次郎丸が九歳、三郎丸が七歳、四郎丸が四歳である。文机を四つ並べ、兄弟が共に学んでいる姿を見て、思わず宗瑞の口許が綻《ほころ》ぶ。

大名の子息ともなれば、一人一人に傅役《もりやく》がつき、学問だけでなく武芸もきっちり仕込むのが普通だが、宗瑞は敢《あ》えてそういうやり方を取らず、四人一緒に学ばせるようにしている。在城しているときは、できるだけ自分が教えるようにもしている。留守にしているときは、他の者に任せる。学問ならば松田信之介《まつだしんのすけ》、武芸であれば山中才四郎《やまなかさいしろう》に頼むことが多い。まだ子供たちが小さいので、それほど難しいことを教える必要もなく、信之介や才四郎で十分に間に合うのだ。子供たちが学んでいる場には、大抵、田鶴も同席する。口を出すわけではなく、じっと子供たちの様子を見守っている。

今日は信之介に任せて城を出た。

信之介は千代丸の横に膝をつき、素読の間違いを正しているところだ。四郎丸はようやく学問を始めたばかりだし、三郎丸も学問の初歩である往来物を学んでいるところだから、音読して、それを帳面に書き写すという作業をひたすら繰り返している。教える方は、あまり手がかからない。

千代丸と次郎丸はすでに四書に進んでいるから、往来物のようなわけにはいかない。特に千代丸は『論語』を終えて『孟子《もうし》』に進んでおり、字句や文章の解釈も格段に難しくなっているし、素読するのも楽ではない。千代丸以上に信之介も苦労している。少年時代に学んだ記憶を辿《たど》りながら教えなければならないからだ。今も愛読している『論語』ならば、それほどの苦労はないが、『孟子』『大学』『中庸』あたりになると記憶がぼやけているところもある。講義でしくじらないように、事前に下調べをしてから教えていることを宗瑞は知っている。それでなくても信之介は忙しい体だ。民政に関する一切を、宗瑞は信之介に委ねているのだ。その信之介に子供たちの教育まで任せるのは、さすがに限界に来ているようであった。

信之介が顔を上げ、廊下にいる宗瑞に気が付く。会釈する。それで田鶴も宗瑞に顔を向ける。

その気配を察したのか、四郎丸が振り返る。

宗瑞と目が合うと、パッと笑顔が広がり、

「父上！」

筆を放り出して宗瑞に駆け寄る。

「これ、学問しているのですよ」

田鶴が叱るが、

「よい、よい」

宗瑞が首を振る。

父の甘い顔を見て安心したのか、四郎丸が宗瑞の膝の上に乗る。負けじと三郎丸も宗瑞に飛びつく。

これでは講義にならぬと思うのか、

「しばし休憩にいたしましょう」

信之介が言う。

それを聞いて次郎丸も筆を置いて宗瑞のそばに行く。千代丸だけが書物から顔も上げず、真剣な表情で素読を続けている。

「千代丸さま、少し休みましょう」

信之介が声をかけるが、千代丸は首を振る。

「精が出るのう。一心不乱に学問に励むのは立派なことだ。邪魔をしたわしが悪い」

「ならば、今日学んだところをお父上に聞いていただいてはいかがですか？」

「おお、千代丸、聞かせてくれるか？」

「はい」

千代丸が宗瑞に体を向ける。一礼して、また『孟子』に視線を落とす。

斉《せい》の宣王《せんおう》問うて曰《いわ》く
隣国と交わるに道ありや
孟子対《こた》えて曰く
あり
ただ仁者《じんじゃ》のみよく大をもって小につかうるをなす

大きな声ではっきりと読んでいく。

それを聞いているうちに不覚にも宗瑞の目が涙で曇り、千代丸の姿が霞《かす》んでくる。

おまえは、いずれ、わしの後を継いで伊勢家の当主となり、家臣や領民が末永く幸せに暮らしていけるように心配りをしなければならぬ。おまえ自身が幸せになるのは、家臣や領民が幸せになった後である。それ故、おまえは誰よりも辛く苦しい道を歩まなければならぬ。寸暇《すんか》を惜しみ、一日も休むことなく学問と武芸に励まなければならぬのだ……物心ついた頃から口を酸っぱくして言い聞かせ、他の三人の息子たちに甘い顔を見せるときでも、千代丸だけには厳しい顔を向けることが多かった。弟たちに見せる慈父の顔と、自分に向ける鬼のような形相の違いに戸惑い、父上はわたしが嫌いなのでしょうか、と継母の田鶴にすがって泣いたこともあると聞いている。殿は千代丸に厳しく接しすぎるのではありませぬか、と田鶴に詰め寄られたこともある。

宗瑞とて鬼ではない。わが子がかわいくないはずはない。千代丸が誰よりも学問と武芸に励んでいるのを知っているし、それが父の期待に応えなければならないという思いからであることも承知している。そんな千代丸を誉《ほ》めてやりたい、よくがんばったと抱きしめてやりたい……そう思わぬではない。しかし、そのたびに、

(甘い顔をすることはできぬ)

と己を戒《いまし》めた。

人生五十年とすれば、宗瑞に残された寿命はわずか九年である。九年経っても、千代丸は十九歳に過ぎない。宗瑞の身に何かあれば、その瞬間から千代丸が伊勢家を背負って立つ運命にある。

今川義忠《よしただ》が戦死した後、幼かった龍王丸《たつおうまる》(氏親《うじちか》)がいかに苦労したか、生き長らえたのが不思議なほど苛酷な運命に弄《もてあそ》ばれた様を目の当《ま》たりにしているだけに、宗瑞としては少しでも早く千代丸を一人前にしたいと思わずにいられない。それが千代丸への愛情だと信じているからこそ、辛く当たることが多い。まだ十歳の千代丸が宗瑞の期待に応えようとして『孟子』を朗々と音読している姿を見て胸が詰まり、涙が溢《あふ》れるのも無理はない。

音読が終わると、宗瑞はうつむいたまま、

「見事じゃ」

と、ひと言誉めた。

それを聞いて、千代丸の表情が明るくなる。

「邪魔をしてすまなかった。手習いを続けなさい」

三郎丸と四郎丸を膝から下ろす。

子供たちはまた文机に向かって学問を始める。

宗瑞が廊下に出ると、田鶴が後を追ってくる。

「田鶴、礼を申すぞ」

振り返らず、足も止めずに宗瑞が言う。

「何のことでございますか？」

「子供たちをしっかり育ててくれているではないか。皆、よい子に育っている」

「わたしなど何ほどのこともしておりませぬ」

「三郎丸と四郎丸も強い子に育つ。心配するな」

「え？」

「紀之介から聞いた。千代丸や次郎丸に比べて、三郎丸と四郎丸が病気がちなことを心配しているのであろう？」

「……」

「千代丸と次郎丸も赤子の頃はよく病気になったものだ。ひどい熱を出して、もう助からぬのではないか、と諦めかけたことすらあった。だが、武芸に励むようになってからは、あまり風邪も引かぬようになった。三郎丸と四郎丸も兄たちのように丈夫になる。あまり心配するな」

「おっしゃることはよくわかるのですが、どうしても気になってしまって……」

「葛山の血は、それほど柔《やわ》ではあるまいよ」

ははは、と宗瑞が笑う。

ところで、と足を止めて田鶴に体を向ける。

「千代丸は、だいぶ学問が進んでいるようだ。もう信之介の手には負えまい」

「わたしも、そう思います。子供らに教えるのが仕事ならば何とかするでしょうが、他にもたくさんの仕事を抱えていて、その合間に講義してくれるのですから大変です。あまりにも忙しそうなので、見ているこちらが心配になってしまうほどです」

「信之介が倒れるようなことになっては、わしが困る。香山寺の宗清さまにお願いして、千代丸を教えていただこうと思う」

「宗清さま……。どのような御方なのですか？」

「まだ二十五という若さだが、とても優れた御方だ。和尚さまは自分に何かあれば、宗清さまに後を継がせたいとおっしゃっていた」

「それほど立派な方に教えていただけるのであれば、千代丸のためにもよいでしょうね。城の外に出すのが心配と言えば心配ですが……」

「そんなことを言っていたのでは、いつまでも城から外に出せぬではないか。もちろん、一人で通わせるわけではない。行き帰り、誰かに警護させる。領民の子らと机を並べて学ぶのは、千代丸にとっても悪いことではないはずだ。賛成してくれるか？」

「もちろんです。いずれは千代丸だけでなく、次郎丸も三郎丸も四郎丸も香山寺で学ばせることができれば、と思います」

「そう言ってもらえて嬉しいぞ」

宗瑞がにこりと微笑みかける。

六

明応五年（一四九六）の冬から翌年の春にかけて、宗瑞は、いかにして狩野道一と茶々丸を滅ぼして伊豆を統一するか、その方策を検討した。

軍事的に制圧することができれば話は早いが、それは簡単ではない。領地の生産高が増え、他国から流入する農民も増えていることもあり、今では宗瑞の動員兵力は一千五百くらいになっているが、それはすべてを掻《か》き集めた数であり、興国寺城や韮山城の守りに割《さ》かなければならない人数を除くと、実際に宗瑞が動かすことができるのは一千ほどだ。

その人数では一度に狩野城を攻め潰すことは無理である。時間をかければ、茶々丸に味方する南伊豆の豪族たちが兵を率いて駆けつける。そうなれば泥沼の戦いになる。たとえ勝利することができても、双方共に疲弊《ひへい》する。それを喜ぶのは、宗瑞に復讐する機会を狙う大森定頼であろう。

いずれ狩野道一や茶々丸と決戦する日が来るであろうが、それまでにできるだけ敵方の力を削《そ》いでおきたいというのが宗瑞の考えだ。調略《ちょうりゃく》を用いて敵方の豪族を味方につけようというのだ。調略の手段は、一に金銀、二に所領安堵《あんど》の約束である。

これまで宗瑞は質素倹約に努めてきたから、分不相応なほどの金銀の蓄えがある。敵方の切り崩しのためにそれらの金銀を惜しみなく使っている。戦で兵を失うより金銀を使う方が、長い目で見ればずっと安上がりだという信念に基づいたやり方である。

宗瑞、弥次郎、弓太郎、信之介、門都普、紀之介らが、敵と味方に色分けした伊豆の大きな地図を囲んで、頻繁に会合を開いている。会合が開かれるたびに、宗瑞に味方する豪族は少しずつ増えている。

しかし、宗瑞はまったく嬉しそうな顔を見せない。

味方が増えるのは嬉しいが、単に頭数が増えるだけでは大した意味がない。戦略的に重要な場所にいる豪族を味方にしたいのだ。

例えば、大見《おおみ》三人衆である。

彼らの領地は修善寺の南東、田方郡《たがたぐん》大見郷である。ここは狩野城の真東に位置している。宗瑞が狩野城を攻めた場合、大見三人衆が敵か味方かで戦況は大きく変わる。敵であれば、宗瑞は常に背後から攻められることを心配しなければならず、最悪の場合、狩野道一と大見三人衆に挟《はさ》み撃《う》ちにされてしまう。

逆に、味方であれば、狩野城の補給路を断ち、二方向から攻めることができる。何より、背後の心配をしなくて済むのが大きい。

それだけではない。

中伊豆の有力豪族である大見三人衆が宗瑞に味方すれば、その周辺の小豪族が雪崩《なだれ》を打ったように宗瑞方につくのは明らかだ。それほどの影響力を持つ豪族なのである。

そうなれば、狩野城は孤立する。急いで攻めずとも、自然と立ち枯れてしまうであろう。

それ故、宗瑞は大見三人衆への調略を最優先の課題としている。

彼らとの窓口になっているのは弓太郎だ。

「どうなっている？」

宗瑞が訊くと、弓太郎の表情が曇る。それを見るだけで、調略が思わしくないことがわかる。

「駄目か？」

「いいえ、そういうわけでは……」

弓太郎は歯切れが悪い。

「日和見《ひよりみ》を続けるつもりか。どうせ、こちらを焦《じ》らせて自分たちを高く売るつもりなのであろうよ」

弥次郎が舌打ちする。

「一度強い態度に出てはどうでしょう?」

紀之介が言う。

「どういうことだ?」

宗瑞が訊く。

「狩野城を攻めてみるのです。その折、大見三人衆にも出陣を命じ、従わなければ敵と見《み》做《な》す、と告げるのです」

紀之介の言葉を聞くと、弓太郎が顔色を変え、

「馬鹿な! そんなことをしたら、今までの苦労が水の泡ではないか。みすみす大見三人衆を狩野方に追いやることになるぞ」

「そうでしょうか」

紀之介が首を捻《ひね》る。

「殿の力が増していることは大見三人衆とて知らぬはずはない。にもかかわらず、旗幟《きし》を鮮明にしないのは、きっかけがないからではないでしょうか。彼らが賢く、先を見る目があれば、このあたりが潮時だとわかるはずです。出陣命令に飛びつくでしょう。さして賢くもなく、欲に目がくらんで自分たちをより高く売ろうとしているだけなら出陣を拒むで

しょうが、それならそれでよいではありませんか。そのような愚かな者たちをいつまでも相手にする必要はない。それこそ時間の無駄というものです。彼らがはっきり敵とわかれば、狩野と共に滅ぼしてしまえばよい」

「そう簡単にいくものか」

弓太郎が苦い顔をする。

「いや、紀之介の言う通りかもしれぬ」

宗瑞が思案顔で言う。

「わしに味方すれば厚く遇すると約束はするが、それは際限なくどこまでも金銀を与えるという意味ではない。身の程を知らぬ欲深き者など、後々、災いの種になるだけだ。このあたりで、彼らの本心を確かめるべきかもしれぬわ」

「では、戦支度を始めますか？」

紀之介が訊く。

「うむ、始めよう。こっそり支度する必要はない。狩野方にわかるように堂々と支度すればよい。その上で大見三人衆に使いを出せ。どちらに味方するかはっきりせよ、とな」

宗瑞が強い口調で言うと、承知しました、と皆が頭《こうべ》を垂れる。

七

佐藤藤左衛門《さとうふじざえもん》、梅原六郎左衛門《うめはらろくろうざえもん》、佐藤七郎左衛門《しちろうざえもん》の三人、すなわち、「大見三人衆」が梅原六郎左衛門の屋敷に集まり、座敷に車座になって坐り込んでいる。

三人ともあまり機嫌のよさそうな顔をしていない。

「で、どうしたものかのう？」

最年長の六郎左衛門が他の二人の顔を眺めながら訊く。もう五十歳で、髪が薄く、わずかに残っている髪も白い。温厚な性格で、三人のまとめ役である。

昨日、宗瑞から手紙が届いた。その内容は、近々、狩野道一を成敗するつもりだから大見三人衆も兵を出してほしいという要請である。

これまでも、出兵要請の手紙は何度も届いているが、その都度、のらりくらりと曖昧《あいまい》な返事をしてごまかし、兵を出したことは一度もない。

だからといって狩野道一に味方しているわけでもない。要は日和見で、どちらかに形勢が傾いた段階で勝ち馬に乗ろうという目論見《もくろみ》なのである。

今回もそのつもりでいた。

ところが……。

「兵を出さねば敵と見做す……これは露骨な脅しではないか。わしらをなめているのだ。

向こうがそのつもりなら、こちらも遠慮することはない。狩野に味方するのも気が進まないが、どちらかを選ばねばならぬのなら、そうするしかない」

七郎左衛門が真っ赤な顔で吠《ほ》えるように言う。三人の中では最も若い四十二歳で、血の気が多く、すぐにカッとなる。

「そう簡単ではないぞ」

藤左衛門が首を振る。四十五歳で、七郎左衛門とは従兄弟《いとこ》同士である。計算高く、利に敏感な男だ。

「何が簡単ではないのだ？」

七郎左衛門が藤左衛門を睨《にら》む。年齢は三歳違うが、幼い頃から一緒に遊び回った仲なので、物言いに遠慮がない。

「狩野に味方しても得るものは、ほとんどないぞ。だから、この頃は宗瑞に味方する豪族が増えているのだ。迂闊に狩野に与《くみ》して、狩野と共に滅ぼされては元も子もない」

「まだ戦もしていない。わしらが味方すれば狩野が勝つかもしれぬではないか」

「わからぬ奴だな。狩野が勝ったとして、わしらにどんな得があるというのだ？　今まで以上に狩野が威張り腐るだけではないか」

「狩野には公方さまがついておられる。狩野が伊豆の主になるわけではない」

「ふんっ、ろくな公方ではないわ。わしらに重い年貢を課して、己は遊興三昧《ゆうきょうざんまい》に明け暮れていた阿呆ではないか。しかも、義理とは言え母を殺し、血を分けた弟を殺した人でなしだぞ。あの公方に堀越に戻られてはたまらん。のう?」

藤左衛門が同意を求めるように六郎左衛門に顔を向ける。

「確かに、あの公方はろくでなしよ。宗瑞を打ち負かした途端、昔のやり方を始められるのは御免被《こうむ》りたいのう。北伊豆の豪族たちは宗瑞に支配されるようになって、かえって昔よりも暮らしが楽になったという。最初は人気取りで調子のいいことをしているのかと疑っていたが、どうもそうではないらしい。短い間ではあったが大森氏から城を奪って小田原を支配していた。なかなかの戦上手であることは間違いないし、政もしっかりしている。いつまでも日和見を決め込んでいるのはまずいかもしれぬな」

六郎左衛門が言う。

「しかし、この手紙は気に食わぬ」

七郎左衛門は納得できないという顔だ。

「わしらを試しているのであろうよ。どちらに味方するか、そろそろ、はっきりせよ、とな。一年前なら、宗瑞もこれほど強気なことを言えなかったであろうが、この一年でかなり力をつけた。わしらが狩野に味方しても、それでも勝てると宗瑞は胸算用しているに違いない。悔しいが、その見立ては間違っていないような気がする。あまり自分を高く売ろうと欲張ると、向こうからいらないと断られてしまいそうだ。このあたりが潮時ではないかな」

六郎左衛門が言うと、

「わしも、そう思う。おまえは、どうだ?」

藤左衛門が七郎左衛門を見る。

「わし一人だけが反対もできまい。三人が力を合わせてこその大見三人衆だからな。この手紙のことは忘れるとしよう」

七郎左衛門がうなずく。

八

明応六年(一四九七)の春にかけて、宗瑞は着々と戦支度を進めた。それが狩野討伐のためであることを隠そうとせず、むしろ、声高に宣伝した。

当然ながら、それは狩野道一と茶々丸を刺激せずにはおかなかった。

四月に入って間もなく狩野道一が動いた。

修善寺の柏久保城を奇襲攻撃したのだ。

座して攻められるのを待つくらいなら、相手の支度が十分に調《ととの》わないうちに先制攻撃を仕掛けるべきだと考えたのである。

狩野の兵は二百に過ぎないが、それに諸豪族の兵が加わって総勢七百ほどである。今回は狩野氏と姻戚関係にある伊東《いとう》氏が三百もの兵を送ってきたので七百という大きな兵力になった。伊東氏は、古くから中伊豆に根を下ろし、相模湾に面する伊東周辺を支配する豪族である。この七百の兵が突如として柏久保城を襲った。

柏久保城は多目権平衛《ためごんべえ》と荒川又次郎《あらかわまたじろう》が守っていたが、その兵力は二百に過ぎない。狩野方の動きを事前に察知することができず、大慌てで城門を閉ざすことしかできなかった。わずか二百では七百の敵軍に抗する術《すべ》もなく、城の周辺にある田畑や家屋敷が焼かれるのを指をくわえて眺めるしかなかった。直《ただ》ちに韮山に早馬が発せられた。

「ほう、向こうから仕掛けてきたか」

宗瑞は、さして慌てなかった。

狩野討伐を声高に叫んで戦支度をしていたのは狩野道一を挑発して城から誘い出し、平地で決戦を挑むためだったから、むしろ、相手側から攻めてきたのは勿怪《もっけ》の幸いとも言える。狩野城はそれほど規模も大きくないし、決して堅牢《けんろう》な城というわけでもないが、それでも力攻めするのは容易ではない。力攻めすれば味方に多くの損害が発生することを覚悟しなければならない。できれば城攻めは避けたかったから、柏久保城に攻めかかってくれたのは、ありがたい話だった。守りの兵を少なめにし、敢えて隙《すき》を見せたのも誘い水だったのである。すべては宗瑞の狙い通りと言っていい。

が……。

あまり嬉しそうな顔もせず、浮かない表情をしているのは、

（いつもより兵が多いのは、なぜだ？）

と腑に落ちないからである。

宗瑞の読みでは、今の狩野道一が集められる兵は五百くらいだろうと踏んでいる。山内顕定《あきさだ》と大森定頼に小田原城を奪い返された直後であれば、宗瑞の先行きに見切りをつける豪族も少なくなかったから、狩野道一も一千くらいの兵を集めることができたであろう。

しかし、山内上杉軍の伊豆侵攻が立ち消えとなり、宗瑞が地道に調略を続けて狩野方の切り崩しに力を注いだことが功を奏して、宗瑞に寝返る豪族が増えている。そういうことを計算すると、今の狩野道一が集められる兵力は五百くらいのはずなのである。

しかし、権平衛や又次郎の知らせによれば、狩野方の兵力はいつも以上に多く見えるという。それがどうにも納得できないのだ。

「誰が狩野に味方しているのか探ってくれ」

宗瑞が門都普に命ずる。

「承知した」

直ちに門都普は配下の忍びを中伊豆に放った。

宗瑞はいつでも出陣できる態勢にあり、その気になれば、一気に修善寺まで南下するこ

ともできる。

しかし、わざと出発を遅らせ、ようやく韮山を出たのは柏久保城からの急使がやって来た翌日である。出発してからも行軍はのろのろしており、わずか数時間で休息を命じた。韮山と修善寺の中間にある大仁《おおひと》に陣を張って門都普の報告を待つことにしたのだ。柏久保城の守りについては、さほど心配していない。城の造りは堅固なので、どれほどの大軍に攻められようと四、五日なら守ることができるはずであった。

もちろん、柏久保城周辺に何人もの兵を送り、戦の様子を探らせている。万が一、城の守りが破られそうな事態が発生すれば、直ちに大仁から駆けつけるつもりだ。

翌日、門都普が戻ってきた。

「多くのことがわかったわけではないが、とりあえず、知らせた方がいいと思ったので帰ってきた」

「うむ、それで？」

「狩野の軍勢は七百から八百というところだ」

「八百？　それは多いな」

「多めに見積もって八百だ。実際には、もっと少ないだろうが七百以上はいると思った方がいい。伊東の兵が加わっている。およそ、三百」

「伊東が三百も出したというのか？　それは驚きだな……」

宗瑞が掌《てのひら》で顔を撫で下ろす。汗が滲《にじ》んでいる。三百といえば、伊東が動員できる兵力を超えている。狩野氏と縁戚関係にあるから、狩野道一が檄を飛ばせば、いつも兵を出すものの、せいぜい百くらいのものである。それが三百である。恐らく、伊東近在の小豪族たちから兵を掻き集めたのに違いない。狩野道一の動員力が落ちているため、伊東に無理をさせざるを得なかった、とも考えられる。

「玄機《げんき》入道《にゅうどう》が兵を率いているのか？」

「伊東氏の当主はすでに出家して玄機という法名を名乗っている。四十七歳である。

もっとも、俗世間と絶縁したわけではない。

その点は、宗瑞と同じである。

狩野勢と戦った折、宗瑞は遠目に玄機入道を見たことがある。でっぷりと太った赤ら顔の中年男だった。戦場ではこれといって目立った働きをした記憶がない。いかに多くの兵を率いてきたところで、玄機入道が相手ならば恐れることもないのではないか、と思う。

「違う。玄機入道ではない。円覚《えんかく》という男だ」

「ん？　僧侶か」

「玄機入道の六つ下の弟で、武蔵《むさし》にいるのを呼び寄せたらしい。噂だが、円覚は若い頃、下野《しもつけ》の足利《あしかが》学校にいたそうだ」

「足利学校だと？　円覚は軍配者《ぐんばいしゃ》なのか」

宗瑞が驚く。

下野にある足利学校は軍配者の養成を専門とする特殊な学校である。扇谷上杉氏の軍配者を長く務め、今は駿河《するが》にいる星雅《せいが》も、山内顕定の軍配者である牧水軒《ぼくすいけん》も足利学校で学んでいる。円覚が足利学校の出身だとすれば、戦に関しては玄人《くろうと》ということになる。

(なるほど、だから勝負をかけてきたのだな)

宗瑞が日に日に勢力を増し、声高に狩野討伐を宣伝していることに焦りを覚えた狩野道一は、妻の父である玄機入道に助けを求めたのであろう。これまでの経験から、狩野道一も玄機入道もあまり戦がうまくない、と宗瑞にはわかっている。当人たちも、よほど愚かでなければ、自分たちでは宗瑞に歯が立たないと理解しているであろう。

だからこそ、この乾坤一擲《けんこんいってき》の奇襲攻撃のために円覚を呼び寄せたのに違いない。むしろ、今まで円覚が表に出てこなかったことが宗瑞には不思議だ。

「柏久保城は大丈夫なのか?」

門都普が訊く。

「水も食糧もたっぷりある。守りも堅い。どれほど優れた軍配者であろうと、そう簡単には落とせまい。城の外に出るようなことさえなければ、数日は持ちこたえられよう」

宗瑞が何事か思案しながら答える。

「これから、どうする? すぐに狩野方を攻めるのか?」

「いや、念のために、韮山からもう少し兵を呼ぶ。狩野道一が相手なら五百でもいいだろうが、足利学校で学んだ軍配者が相手では、どのような謀《はかりごと》を企《たくら》んでいるかわからぬ」

韮山から五百の兵しか率いてこなかったのは、柏久保城にいる二百と合流すれば七百になるので、それで十分に戦えると判断したからだ。

だが、状況が変わった。戦の玄人が相手ならば、用心する必要がある。相手よりも兵力が少ないというのは、いかに宗瑞でも心許《こころもと》ない。

「戻ったばかりで悪いが、また出かけてくれぬか」

「どこに行けばいい？」

「ここから柏久保城までのどこかに円覚は兵を隠しているに違いない。それがどこなのか探ってほしいのだ」

「しかし、城の様子を知るためにすでに何人もの兵を放っているのではないのか？」

「あの者たちは馬鹿正直に街道を往復しているだけで、敵兵が潜《ひそ》んでいることなど知る由もない」

「それほど警戒しなければならないのか？　円覚がどんな男かもわからないのに」

「足利学校で学んだことがあるというだけで十分だ。ひと通りの兵法《へいほう》を身に付けているに違いない。わしが円覚なら、兵をふたつに分け、ひとつで城を囲み、もうひとつを街道沿いのどこかに隠しておく」

「挟み撃ちにするためか？」

「そうだ。大慌てで韮山から修善寺に向かうわしを挟み撃ちにして討ち取ろうとするだろう。わしが死ねば柏久保城は落ちる。韮山城も長くはもつまい。円覚の狙いは柏久保城ではない。わしの首よ」

「軍配者というのは恐ろしい生き物だな」

「今までの敵とは違う。わしも石橋を叩いて渡らねばならぬ。何しろ、命はひとつしかない。そう簡単に敵に渡せぬわ」

宗瑞がにこりともせずに言う。

九

その夜……。

宿舎のそばでにわかに叫び声や馬のいななきが響き渡り、宗瑞は目を覚ました。

「兄者！」

弥次郎が垂れ幕をはね上げて入ってくる。

「何があった？」

「狩野方が柏久保城に攻めかかったようだ。城中から火の手が上がっているらしい」

「城が燃えているのか？」

「詳しいことがわからぬ。裏切り者が火を放ったのか、敵が城に入り込んで火を放ったのか、たまたま火矢が納屋に落ちたのか……よくわからぬが、このままにしてはおけぬぞ」

「そうだな。出陣の支度をせよ。どれくらいかかる？」

「半刻（一時間）もあれば」

「できるだけ急がせよ」

そう命じて、宗瑞自身、甲冑《かっちゅう》を身に着け始める。

自身の支度が終わると、宗瑞は宿舎を出て、馬に跨《また》がる。弥次郎が慌てて飛んできて、

「兄者、まだ支度が調わぬ。もう少し待ってくれ」

と叫ぶ。

「わしは先に行く。支度ができ次第、後を追ってくるがよい」

宗瑞は馬の腹を両足で蹴る。後に従うのは、わずか二十騎ほどに過ぎない。

背後で弥次郎が大声で何か叫んでいる。馬鹿なことはやめろ、兄者の身に何かあったらどうするつもりなんだ……恐らく、そんなことを叫んでいるのに違いない、と宗瑞にも見当がつく。

確かに馬鹿なことであろう。

大仁と修善寺の間に円覚が兵を隠し、宗瑞を待ち伏せしているはずだ、と確信している。どこに兵を隠しているか、門都普に探らせているが、まだ報告がない。その報告を待たず

に大仁を出発するのは、しかも、わずかの手勢を率いただけで出発するのは、飛んで火に入る夏の虫、と言っていい。

だが、そういう危険を百も承知で、それでも宗瑞は、じっとしていることができない。万が一、柏久保城を狩野道一に奪われる事態になれば、これまで伊豆統一のために積み上げてきた努力が水泡に帰してしまうからだ。また一からやり直しである。少なくとも伊豆統一は二年……いや、三年は遅れるであろう。

(こんなことで時間を無駄にできるか)

という思いなのである。

何が何でも柏久保城を守る、という強い信念が宗瑞を修善寺に向かわせている。

夜道である。

明かりを持って先導する者もいないので月明かりだけが頼りだ。だから、あまり速く馬を走らせることができない。

一刻(二時間)ほど後……。

南の空が明るくなっているのが見えた。

柏久保城の方角である。

(やはり、城が燃えているのか?)

燃えているどころか、すでに敵の手に落ちているのではないか……そんな嫌な想像をしてしまう。

とにかく、行かねば、と宗瑞が手綱をしごこうとしたとき、突然、左右の茂みから兵が群がり出て来て道を塞《ふさ》ぐ。その数七、八十はいるであろう。

宗瑞が驚く。従っていた者たちも、待ち伏せていた敵が現れたのに違いないと考えて刀に手をかける。

「韮山城の伊勢宗瑞さまではございませぬか？」

中央にいる武士が呼ばわる。

一瞬、

（この場をごまかして逃げようか？）

という考えが宗瑞の頭をよぎる。

しかし、正面だけでなく、背後も兵に囲まれている。この場で死ぬことになるとしても名前に泥を塗るような見苦しい真似をするのはやめよう、と思い直し、

「いかにも、わしが宗瑞だが」

と返事をする。

「おお、やはり、そうでございましたか」

周囲がパッと明るくなる。松明《たいまつ》に火がつけられたのだ。宗瑞の馬前に武士が膝をついて頭を垂れている。

「それがし、梅原六郎左衛門と申します」

「梅原六郎左衛門?」

そうつぶやいて、宗瑞がハッとする。大見三人衆の一人ではないか。

「街道沿いに伊東の兵が潜んでおりました故、追い払いましたが、まだ残っている者たちがいるやもしれぬと考え、宗瑞さまをお守りするために、ここで待っておりました。驚かせてしまいましたが、伊東の兵どもにわれらの居場所を知られぬためでございまする。どうか、お許し下さいませ」

「話がわからぬ。これは、どういうことなのだ?」

宗瑞が首を捻る。

十

夜明け前……。

柏久保城の大広間、上段に宗瑞が坐っている。

大広間の中央に大見三人衆が平伏《へいふく》している。彼らの左右に、弥次郎、弓太郎、多目権平衛、荒川又次郎らが畏《かしこ》まって控えている。

「何はともあれ、城が無事でよかった」

弥次郎が言うと、

「大見三人衆のおかげだ。礼を申すぞ」

宗瑞が三人に声をかける。

「ありがたきお言葉でございまする」

年長の梅原六郎左衛門が答える。

こういう事情であった。

昨日、日が暮れてから狩野勢が柏久保城に攻めかかった。それに呼応して、事前に農民に紛れて城に入り込んでいた狩野の忍びがあちらこちらで放火したため、城内は大混乱に陥った。権平衛と又次郎は、攻めかかってくる敵の攻撃を防ぎつつ、城内の敵を探し出し、火を消し止めなければならなかった。援軍を要請する使者を宗瑞のもとに発した。ごく当たり前の対応であった。

が……。

すべては伊東の軍配者・円覚の思惑通りだったと言っていい。

円覚の狙いは宗瑞の首である。

柏久保城の救援にやって来る宗瑞を街道沿いで待ち伏せして討ち取ろうというのだ。

もちろん、宗瑞が警戒していることは円覚も承知している。韮山城を出た後、大仁で足を止めたのが、その証拠である。

（どこに兵を隠しているか、必死に探らせているのだな）

円覚には宗瑞の考えが手に取るようにわかる。

裏返せば、円覚の考えも宗瑞に読まれているということだ。兵法をきちんと学んだ軍配者というのは同じような発想をするから、相手の考えが読めるのである。相手の考えを読み、相手に自分の考えを読まれていることを承知した上で、どんな工夫を凝《こ》らすことができるか、その駆け引きが軍配者の腕の見せどころと言っていい。究極の腹の探り合い、騙し合いなのである。

まず円覚が動いた。

柏久保城の火攻めである。

宗瑞を誘い出すための餌《えさ》だ。

この餌に宗瑞が食いつくか、どうか。

食いつくようなら伏兵で宗瑞を討ち取ってしまうし、食いつかないようなら柏久保城を攻め落としてしまう。どちらに転んでも円覚に損はない。

そうなるはずだった。

ところが……。

円覚の計算外のことが起こった。

大見三人衆の向背《こうはい》である。彼らは宗瑞にも狩野道一にも与せず、これまで日和見を続けてきた。今回も、そうだろうと思っていた。まさか宗瑞に味方すると決め、兵を出す支度をしているとは知らなかった。

狩野勢が柏久保城を奇襲したことを知った大見三人衆は直ちに宗瑞のもとに駆けつけるつもりでいたが、利に敏感な佐藤藤左衛門が、

「待て待て、これは、われらを高く売る好機かもしれぬぞ」

と言い出した。

柏久保城の危機を救えば、宗瑞に大見三人衆の力を示すことができる。これから先、宗瑞としても自分たちを粗略に扱うまいという思惑がある。

狩野勢を逆に奇襲してやるつもりで様子を探った。

すると、狩野勢の本隊五百は柏久保城を攻めているものの、あとの二百は行方がわからない。尚も探り続けると、その二百が街道沿いに潜んでいることがわかった。

「なるほど、南下してくる宗瑞殿を討ち取るつもりなのだな」

と察し、

「ならば、わしらも兵を分け、狩野勢の本隊と伏兵を同時に奇襲してやろう」

と計画した。

梅原六郎左衛門が八十人を率いて街道沿いに潜んでいる狩野勢を、佐藤藤左衛門と佐藤七郎左衛門が百人を率いて狩野勢本隊を背後から攻めることにした。

それが成功した。

柏久保城攻撃の指揮を執《と》っていたのは狩野道一だが、突然、敵が背後から現れたことに浮き足立った。夜なので、敵の数がわからないことが恐怖心を煽《あお》ったのである。わずか百人ほどの大見勢が何倍にも思われたのだ。

「退《ひ》け！　退け！」

宗瑞を待ち伏せする部隊を指揮している円覚に連絡を取ろうともせず、狩野道一は独断で退却を決め、城を囲んでいる兵まで置き去りにした。狩野勢は一気に崩れた。統率を失った兵は、蜘蛛《くも》の子を散らすように我先に逃げ出した。

梅原六郎左衛門は宗瑞を待ち伏せしている円覚の兵を襲うつもりだったが、さすがに円覚は狩野道一とは役者が違っていた。柏久保城の方角で異変が起こったことを察知すると、直ちに偵察兵を出し、何が起こったのかを知った。総大将である狩野道一がすでに戦場を離脱したことを知るや、

（こんな馬鹿な話があるか）

と憤慨したものの、すぐに冷静さを取り戻し、これ以上、この場に留《とど》まっても仕方がない、さっさと引き揚げよう、と決断した。

それ故、梅原六郎左衛門が攻撃したのは、引き揚げようとしている円覚の部隊の最後尾で、円覚は敵を相手にする必要はない、敵に遭遇したら一目散に逃げろと指示していたので、戦いらしい戦いは、ほとんど行われていない。

円覚が立ち去った後に梅原六郎左衛門の手勢が残り、大仁からやって来た宗瑞を迎えたのである。

宗瑞の言う通り、大見三人衆の仕掛けた奇襲攻撃のおかげで、狩野勢は消えた。

だが、勝利と呼べるかどうかは微妙だ。

狩野道一は柏久保城の包囲を解いて逃げたに過ぎず、致命的な打撃を受けたわけではない。円覚も兵を減らすことなく無傷で立ち去った。

「兄者、これからどうする？」

弥次郎が訊く。

「まずは敵の動きを探る。その上で狩野を攻める」

宗瑞の言葉に迷いはない。

今こそ狩野道一と雌雄《しゆう》を決するときだと判断したのだ。宗瑞が韮山から率いてきたのが五百、柏久保城にいるのが二百、大見三人衆の兵が百八十……ざっと九百近い兵力である。韮山から呼び寄せている追加の兵が午後には到着するから、それを合わせれば一千を超える。狩野の実数は七百くらいだとわかったから、一千の兵があれば優位に戦うことができるはずだ。

「昼まで兵を休ませるように。その後で改めて評定《ひょうじょう》をすることにしよう」

散会した後、宗瑞は門都普一人をそばに呼び、狩野勢の様子を探るように命じた。

すると門都普は、

「すでに探らせている」

と破顔一笑し、当たり前ではないか、と言う。

「なるほど、言うまでもないことだったか」

宗瑞も笑う。

昼近くになると、門都普の放った忍びが次々と柏久保城に戻って、狩野勢の動きを報告する。

それらをまとめると……。

狩野道一の采配《さいはい》に腹を立てて、多くの豪族たちが領地に戻ってしまったという。伊東から三百もの兵を率いて参陣した円覚も、

(こんなやり方をしているようでは、とても宗瑞には勝てぬ)

と見切りを付け、狩野城を去ったという。

「それも罠ではないのか？」

「いや、本当に伊東に向かっているようだ」

「ふうむ……」

門都普の報告が事実であれば、狩野城にはわずか二百の兵しか残っていないことになる。一夜にして七百の狩野勢から五百が雲散霧消したのである。

「茶々丸さまも狩野城にいるのか?」

「確かなことはわからぬが、他に移ったという話も聞いていない」

「よし、攻めるぞ。狩野道一を討つ」

　宗瑞は戦評定を開き、その場で狩野城攻撃の手筈を決めた。いつもは皆の話を十分に聞いてから方針を決めるが、このときは、宗瑞が一方的に命令を下し、狩野城を攻め潰すという不退転の決意を示した。

十一

　ちょうど二年前の春にも宗瑞は狩野城を攻めている。罠を仕掛けて狩野道一を城外に引きずり出し、野戦で勝敗を決しようとした。狩野道一は宗瑞の罠に引っ掛かり、あと一歩で滅びるという瀬戸際に追い詰められた。そこに城内から茶々丸が現れ、狩野軍が息を吹き返した。風向きが変わったことを察した宗瑞は、さっさと兵を退いた。

　それから二年経ち、今また宗瑞は狩野城を包囲している。二年前、狩野城には四百の兵がいた。狩野氏の兵が二百、あとの二百は狩野氏に味方する豪族たちの援兵だった。今は二百の兵が城に籠もっているだけである。

　大見三人衆が柏久保城を囲む狩野道一を背後から襲い、それに驚いた狩野道一は味方を置き去りにして逃げた。

「情けない御方よ。あのような臆病者の下知《げじ》に従っていたのでは命がいくつあっても足りぬわ」

狩野道一の采配に見切りを付けて、ほとんどの豪族たちが領地に帰ってしまったのである。だからといって狩野道一と手を切って、すぐに宗瑞に味方するという単純な話でもない。なぜなら、狩野道一は、あくまでも堀越公方・足利茶々丸に忠誠を誓う豪族たちの取りまとめ役に過ぎないからである。たとえ狩野道一を見限ったとしても茶々丸を見限るわけではない。

とはいえ、これまで宗瑞に敵対する勢力のまとめ役であった狩野道一を倒す政治的な意味は、宗瑞にとって決して小さくはない。柏久保城の南に位置する狩野城を奪えば、宗瑞の勢力圏が更に南に広がることになる。その戦略的な意味も大きい。

二年前と違い、今回、宗瑞は謀を用いて城を落とそうとは考えなかった。狩野城を厳重に包囲し、敵の力が弱まるのを待った。

ひとつには兵力差が大きいことがある。

宗瑞の兵は一千、籠城《ろうじょう》している狩野の兵は二百である。力攻めしても落とすことができそうだが、宗瑞は無理をしなかった。兵を惜しんだためでもあるし、宗瑞が狩野道一を窮地に追い込んでいることを四方の豪族たちに知らしめようとしたためでもある。

またひとつには、茶々丸の所在確認ができていないということもある。もし茶々丸が狩野城にいるのならば、時間をかけずに力攻めするべきであった。衰えているとはいえ、茶々丸の政治的な影響力は依然として侮《あなど》れないものがある。茶々丸の檄に応じて兵を挙げる豪族がいても不思議ではない。

だからこそ、弥次郎や弓太郎は、

「早く攻めた方がいい」

と、盛んに宗瑞の尻を叩く。

だが、誰よりも戦上手と宗瑞が認めている紀之介は、

「放っておいても勝手に倒れるのだから、こちらから手を出すことはないでしょう。迂闊に近寄ると思わぬ怪我をすることになりかねない」

と総攻撃に反対した。

「一昨年のことを忘れたか。茶々丸さまが姿を見せれば、敵が奮い立つ。一度は領地に引き揚げた豪族どもが戻ってくるかもしれぬぞ」

弥次郎が舌打ちする。

「茶々丸さまが城にいるのならば、狩野道一が城に逃げ帰ってすぐにそうしたはず。茶々丸さまの姿を見れば、豪族どもも引き揚げを思い止《とど》まったことでしょう。そうしなかったのは、つまり、茶々丸さまが城にいないからではないでしょうか」

紀之介が宗瑞の顔を見る。

「そうかもしれぬ。が……」

宗瑞は小さくうなずくと、そうでないかもしれぬ、とつぶやく。

尚も話し合いは続いたが、しばらく包囲を続けるということ以外、何も決まらなかった。

心に迷いが生じると、宗瑞は一人で座禅を組む。

韮山城にいるときは持仏堂に籠もるが、戦陣に身を置いているときでも、思い立つと床に腰を下ろして坐る。一度心の中を真っ白にして、それから改めて思案に耽《ふけ》るのである。

連日坐り続け、五日ほど過ぎたとき、宗瑞は皆を呼び集め、

「今夜、城を攻める」

と告げた。

「おお、ついに決意してくれたか」

弥次郎が我が意を得たりと大きくうなずく。

「但《ただ》し……」

城の東側は囲みを解く、と宗瑞が言う。

「みすみす狩野勢を逃がすというのか？」

弥次郎が愕然《がくぜん》とする。

「うむ」

「なぜだ？　こちらの勝ちは決まっているようなものだ。それなのに、なぜ、そんなこと

「茶々丸さまがどこにいるのかわからぬ。狩野道一がどこに逃げるか見届ければ、茶々丸さまの居所もわかるであろうよ。われらの真の敵は狩野道一ではなく、茶々丸さまなのだ。ここで狩野一族を滅ぼしたとしても、それで伊豆の戦が終わるわけではない。ならば、まずは城と領地を奪い、次の戦いに備えるのがよいと考えた」

「なるほど……」

紀之介がぽんと膝を打つ。

「殿は狩野道一が伊東に逃げるとお考えなのでございますな？」

「わかるか？」

「ここと伊東の間には大見三人衆の領地がある。伊東に逃げるには、どうしても、そこを通らなければなりませぬ。城に籠もる狩野勢と戦うまでもなく、伊東に逃げていくところを討ち取ればいい……そうお考えなのでございましょう？　だから、城の東側に逃げ道を作っておく」

「さて、狩野道一は、どう動くかな……」

囲碁の手でも思案するような様子で宗瑞がつぶやく。

その夜……。

宗瑞の軍勢は一斉に狩野城を攻めた。

火矢が放たれ、宵闇に紛れて城に忍び込んだ者たちが各所に放火した。兵たちは堀を渡り、柵《さく》に梯子《はしご》をかけてよじ登ろうとする。

最初のうちは狩野勢も必死に応戦していたが、数で大きく劣っていることは承知しているし、籠城で士気も下がっていたから、城の東側に逃げ道があることを知ると、たちまち腰砕けになって城から逃げ出そうとする。城を枕にして討ち死にするほどの覚悟が狩野道一にあれば、そう簡単に城を捨てようとはしなかったであろうが、猛将でも名将でもなく、どちらかというと戦が苦手で政治的な根回しの方が得意だから、

「一旦は城を捨てるが、必ずや宗瑞から取り戻す」

と皆に告げ、一族郎党を引き連れて城を落ちた。

城を出ると、紀之介が予想したように、狩野勢はそのまま伊東方面に進んだ。

宗瑞は兵を二分し、一隊を弥次郎に預けて狩野道一を追撃させ、もう一隊を城に残して消火に当たらせた。

弥次郎の追撃は、さほど激しくなかった。

宗瑞に、そう命じられていたからだ。

「窮鼠《きゅうそ》猫を嚙《か》む、と言う。あまり追い詰めると、思わぬ反撃を食らいかねない……」

おまえは勢子《せこ》なのだ、それを忘れるな、と言い含めた。

つまり、獲物である狩野勢を大見三人衆の領地に追い込み、そこで待ち伏せする大見三

人衆が討ち取るという計画なのである。

それが成功し、命からがら伊東に辿り着いたのは百人足らずである。

翌日の夕方、門都普が狩野城に現れた。

宗瑞と二人きりになると、

「狩野道一は生きている。伊東にいる」

「そうか」

狩野道一が生きているかどうか、宗瑞にはあまり関心がない。狩野城を奪われただけでなく、宗瑞に敵対する豪族たちの盟主という座も失ったからである。これまで狩野道一が担《にな》ってきた役割を、これからは伊東玄機入道が担うことになるはずであった。玄機入道には円覚という軍配者がついている。その分、狩野道一よりも手強《てごわ》いであろう。

「茶々丸さまも伊東にいるぞ」

「狩野道一と一緒だったのか？」

「いや、最初から伊東にいたようだ。本当かどうかわからぬ噂だが、重い病に罹《かか》っているらしい」

「病か……」

そう聞くと、宗瑞も納得できることが多い。

円覚という軍配者を駆り出し、七百もの軍勢を催して狩野道一が柏久保城を攻めたのは、

（じっとしていては宗瑞に攻め潰されてしまう）

という危機感のせいに違いない。捨て身の奇襲攻撃で宗瑞を韮山から誘《おび》き出し、罠を仕掛けて宗瑞を討ち取ろうとしたのだ。伊東玄機入道が弟の円覚に三百の兵を預けて狩野道一のもとに送ったのも、同じような危機感を抱いたからであろう。

そもそも狩野道一にしても伊東玄機入道にしても茶々丸のために戦っているのだから、茶々丸も味方を鼓舞《こぶ》するのが当然なのに、まったく姿を見せないのが宗瑞には不思議だった。何か事情があるのではないかと訝《いぶか》っていたが重病だと聞けば納得できる。これほどの一大事に、動きたくても動くことができないのだから、よほど病状が深刻なのではないか、と宗瑞は推測する。

（わしにとっても、ここが正念場かもしれぬ）

狩野道一からは領地を奪い、茶々丸は病で動くに動けぬ……裏を返せば、今こそ宗瑞に敵対する者たちを一掃し、伊豆をひとつにする千載一遇《せんざいいちぐう》の好機ではないのか、と思われる。

直ちに家臣たちを集め、

「伊東を攻める。伊東に味方する者は容赦せずに攻め潰す。日和見は許さぬ。そう触れを回すのだ」

と、宗瑞は命じる。

伊東の西側から大見三人衆を主力とする四百、北側から弥次郎の率いる四百、西と北の二方向から同時に攻めさせることにした。宗瑞自身は紀之介と共に狩野城に残った。

「不満そうな顔だな」

「そんなことはございませぬ……と言いたいところですが、正直に言えば、大いに不満でございます」

「なぜ、わしがおまえを手許に残したか見当はついているか？」

「おおよそは」

「申してみよ」

「向こうには円覚という軍配者がおります。どんな罠を仕掛けてくるかわからぬ故、伊東に向かっている味方に何かあれば、わたしに命じて、兵を率いて駆けつけさせる……そうお考えなのではありませんか？」

「それもある。しかし、それだけではない」

「他に何があるのですか？」

「すぐにわかる。そうよのう、あと一日か、二日ほどで、な」

「はあ……」

紀之介が首を捻る。いったい、何が起こるというのか、さっぱりわからなかった。

が……。

その翌日から、近在の豪族たちが兵を率いて続々と狩野城に集まってきた。ほんの数日前まで狩野道一に味方し、柏久保城を攻めた者たちである。そんな連中が宗瑞に頭を垂れ、これからは伊豆の主である韮山さまにお仕えしたい、と忠誠を誓った。その数は、二日で五百人を超えた。

宗瑞は彼らを許し、所領安堵を約束した。

「但し……」

言葉だけでなく、その行動によって忠誠の証《あかし》を示さなければならぬ、と釘を刺すことも忘れなかった。宗瑞が彼らに求めたのは伊東攻めに加わることであった。

もちろん、豪族たちに否応はない。

今や力の均衡は崩れ、宗瑞が茶々丸方を圧倒する勢いである。

だからこそ、勝ち馬に乗らねば、と慌てて駆けつけてきた。ここで宗瑞の機嫌を損じれば、狩野道一のように城も領地も奪われてしまう。領地と一族を守るために狩野道一に味方してきた。これからは同じ理由で宗瑞に味方するだけのことだ。

宗瑞は紀之介を呼び、五百の兵を率いて伊東に向かうように命じる。

「弥次郎たちも喜ぶであろうよ」

先発した弥次郎や大見三人衆からは援軍を送ってくれという使者が何度も届いている。

伊東方は三百人ほどで、城もさして頑丈ではない。城と言うより砦《とりで》と言った方がよさそうなものだが、円覚の巧みな采配と兵たちの士気の高さのせいで、弥次郎たちは苦戦を強いられている。

「弥次郎や大見三人衆との戦いで伊東方も疲れが出て来る頃だ。新手の五百が攻撃に加われば、ひとたまりもあるまいよ」

「なるほど、殿は豪族どもが味方に馳《は》せ参じることを見越していたわけですね？　しかし、簡単に味方を裏切って寝返るような節操のない者たちを信じてよいものでしょうか」

「あの者たちとて、好きで堀越公方に従っていたわけではない。逆らえば滅ぼされてしまうから従っていただけのことよ。今は、わしの方が強いと見たから、こちらに靡《なび》いてきた。そういう者たちなのだ。呼びかけに応じてやって来た者たちは許す。厄介なのは、あくまでも茶々丸さまに従おうとする者たちよ。この際、敵と味方をはっきり見極めなければならぬ」

「殿に従わぬ者たちは、どうなさるおつもりですか？」

「うむ……」

宗瑞は難しい顔をして黙り込み、それきり口を開かない。どうすればいいか考えあぐねているのかもしれなかった。

十二

年が変わり、明応七年（一四九八）となって間もなく、ついに伊東城が落ちた。

狩野城を奪ってから、かなり時間がかかったが、これは宗瑞が無理をしなかったからである。

初めのうちこそ兵力差にモノを言わせて、短期間で攻め落としてしまうつもりだったが、小城とはいえ、なかなか守りが堅く、円覚の変幻自在の采配が冴え渡ったこともあり、味方の被害が多くなった。そこで宗瑞は方針を変え、伊東城を厳重に包囲して立ち枯れさせる作戦に切り替えた。城の周囲を何重もの柵で囲み、城の出入りを封じたのである。

城内には良質の井戸がいくつかあったので飲み水には困らなかったが、兵糧《ひょうろう》には限りがある。三ヶ月ほどで兵糧が尽き、城兵は飢えに苦しんだ。

この惨状を見かねて、今でも茶々丸に忠誠を誓う南伊豆の豪族たちが何度か宗瑞方に攻撃を仕掛けたが、その都度、返り討ちにされた。豪族たちを取りまとめ、常に先頭に立って攻めかかったのは下田《しもだ》にある深根《ふかね》城の主・関戸吉信《せきどよしのぶ》であった。

冬が近付く頃には城内に餓死者が続出し、兵たちの間に厭戦《えんせん》気分が漂い出した。

伊東玄機入道、弟の円覚、茶々丸、狩野道一の四人は夜毎、話し合いの場を設けた。何か手を打たなければ、宗瑞の狙い通り、遠からず立ち枯れてしまいそうだからだ。

「もはや、倉には一粒の米も残っておりません。公方さまには申し訳ないが、大根の葉と山芋を少しばかり入れた汁くらいしか出せぬのです。兵たちには、それすら与えることができませせぬ」

　玄機入道が深い溜息をつく。

「戦うのも無理か？　一か八か、城から打って出てはどうだ」

　青白い顔をした茶々丸が訊く。

「兵たちは弱り切っております。まともに歩くことのできる者すら稀で、敵と戦うほどの力はありますまい」

　円覚が首を振る。

「かといって、籠城を続けても死人が増えるのみ」

　玄機入道が言うと、

「まさか宗瑞に和を請《こ》うつもりではありますまいな？」

　狩野道一がじろりと玄機入道を睨む。

「それは、ならぬぞ。この期《ご》に及んで宗瑞に降伏するくらいなら死んだ方がましだ。それは許さぬ」

　茶々丸がぴしゃりと言う。

「……」

「……」

　玄機入道と円覚がちらりと視線を交わす。

　降伏という選択肢がないとすれば、このまま籠城を続けるか、勝ち目のない戦いを挑むか、残された道は、そのふたつしかない。

だが、どちらも現実的ではない。

四人が黙り込む。

重苦しい沈黙が漂う。

やがて、茶々丸が、

「ならば、関戸を頼るか……」

と、つぶやく。

「この城を脱して、深根城に逃れるとおっしゃるのですか?」

狩野道一が驚いたように訊く。

「入道も円覚も申したではないか。この城には、もはや食うものがない。戦うことのできる者もいない。この城で座して死を待つよりは、何とか囲みを脱して関戸のもとに赴くのがよいのではないか?」

「では、われら一同、公方さまにお供いたします」

「いや、それは、まずかろう」

茶々丸が首を振る。

「大人数で城を抜け出すことはできまい。できるだけ少ない数で行くのだ。何十人も連れて行こうとすれば、たちまち敵方に見付かって皆殺しにされてしまう」

「城の北側や西側で騒ぎを起こし、その隙に南側の柵を破って抜け出せばよいかもしれませぬ」

　狩野道一が言う。

「入道よ、悪いとは思うが、そちを連れて行くことはできぬ。ここにはそちの妻子もいれば、老いた母もいる。その者たちを連れて行ったのでは足手まといになるからな」

　茶々丸が冷たく言い放つ。

「仰せの通りに」

　玄機入道が頭を下げる。

「円覚、そちには供を命ずる」

　茶々丸が円覚に顔を向ける。

「は？　わたくしが、でございますか」

「そちは戦がうまい。関戸を助けて宗瑞を苦しめるのだ」

「し、しかし……」

　円覚の表情が強張《こわば》る。

　茶々丸と狩野道一が城から出て行けば、玄機入道は宗瑞に降伏するであろう。そうしなければ城にいる者たちが餓死してしまうからだ。

　茶々丸さまに命じられて、仕方なく宗瑞殿と戦うことになった、と言い繕《つくろ》えば、慈悲深いという噂の宗瑞だから、もしかすると玄機入道は命が助かるかもしれない。

しかし、弟の円覚が茶々丸の供をしたと知れば、宗瑞が怒って玄機入道の首を刎ねるかもしれない。円覚が軍配者として腕を振るって宗瑞方を苦しめたことを考えれば、そうなる可能性は高い。

「よいのだ。おまえは公方さまに従え。後のことは何も心配しなくてよい」

「……」

円覚は口を閉ざした。兄が死を覚悟していることを察したのだ。

玄機入道が言う。

「公方さまを城から落とす支度をいたしましょう」

早速、闇に紛れて深根城に使者を送り出し、茶々丸を脱出させる手筈を整えた。

新月を待って、茶々丸と狩野道一は伊東城を出た。茶々丸は歩くことができないので下僕に背負われている。従うのは、円覚ら、わずか数人である。

南に一里(約四キロ)ほど歩いたところに関戸吉信と家臣たちが輿《こし》を用意して待っていた。

「公方さま」

「関戸か。頼りにしておるぞ」

茶々丸を輿に乗せ、彼らは海岸に向かった。馬を使うことができれば、夜道でも距離を稼ぐことができるのだが、茶々丸が馬に乗れないので舟を使うことにした。夜の海に漕《こ》ぎ出すのは危険なので、夜明けを待って海岸沿いに南に下った。

翌日の昼過ぎ、玄機入道は宗瑞に使者を送って降伏の意思を伝えた。昼過ぎまで待ったのは、茶々丸たちが遠くに逃げるのを待ったのである。

宗瑞から、玄機入道と円覚が二人だけで城から出て来るように、という指示が来た。円覚はもう城にいないから、仕方なく玄機入道は一人で城を出た。

幔幕《まんまく》の中で宗瑞が床几《しょうぎ》に坐り、その左右に家臣たちが居流れている。

玄機入道は宗瑞の前で正座する。

「わしが宗瑞だ」

「伊東玄機でござる」

「円覚殿も一緒に来るように、と伝えたはずだが」

「生憎と円覚は城におりませぬ。茶々丸さまの供をして城から逃げてしまいました」

「ほう、逃げたか……」

宗瑞は、さして驚いた風でもない。

玄機入道から降伏したいという使者が来たとき、

（もう茶々丸さまも狩野道一も城にはおらぬな）

と直感したのである。

「図々しいことは百も承知で、宗瑞殿にお願いがございます」

「わしに願いとは何であろう？」

「命乞いはいたしませぬ。この首を刎ねて下さいませ。しかしながら、城に籠もった兵たちは、わたしの命令に従ったに過ぎませぬ故、どうか慈悲をかけて下さいませぬか。首を刎ねられる前に、これからは宗瑞殿に心から従うように申し伝えまする。手前味噌に聞こえましょうが、よき者たちばかりでございます。必ずや宗瑞殿のお役に立ちましょう」

「入道殿の首を刎ねた男の下知に従うかな？」

「わたしがそう命じれば、素直に従いまする」

「よほど入道殿に懐いておるようだ。だからこそ、これほど長い間、苦しい籠城に耐えることもできたのであろう。ひとつ正直に答えてくれぬか」

「何なりと」

「これまでは茶々丸さまに忠義を尽くしてきたな。これから先も、それは変わらぬのか？それとも、わしに従う気持ちがあるか」

「降伏すると決めたときに、この命を宗瑞さまに差し出したのでございます。煮て食おうが焼いて食おうが宗瑞さまの心次第。従えとおっしゃるのなら、喜んで従いましょう」

「その言葉、信じてよいか？」

「わたしは嘘など申しませぬ！」

玄機入道が真正面から宗瑞の目を睨む。

「よかろう。ならば、これからは、わしに従え。入道殿には今まで通り、伊東の支配を任せよう」

「は？」

玄機入道が首を捻る。

「わたしの命を助けるとおっしゃるのですか」

「入道殿も、兵たちも、誰も殺さぬ。わしの役に立ってくれるという者たちを、なぜ、殺さねばならぬ？　惜しいではないか」

「し、しかし、弟の円覚が茶々丸さまの供をして深根城に……」

「円覚殿は出家だ。俗世間に生きる者とは違う。それに足利学校で学んだ軍配者ならば、己の腕を認めてくれる者に従うのもわからぬではない。恐らく、茶々丸さまが円覚殿を放そうとしなかったのであろう。違うかな？」

「恐れ入りましてございまする」

今や玄機入道は心の底から宗瑞を畏怖《いふ》している。

（噂通りの男……いや、それ以上の男であったわ。茶々丸さまとは器の大きさが違う。このような御方に刃《やいば》を向けて逆らうとは、わしが愚かであった）

元々が竹を割ったようなさっぱりした性格なので、これからは宗瑞さまのお力になろう、と腹を括《くく》ると、宗瑞さまのために自分ができることはないかと思案し、茶々丸に味方して宗瑞に敵対する豪族たちに、

「宗瑞さまに従え」

と呼びかけた。

これは効果があった。

中伊豆の有力豪族たちのうち、狩野氏は宗瑞に城と領地を奪われ、大見三人衆は宗瑞に味方し、伊東氏は茶々丸から宗瑞に寝返った。北伊豆だけを支配していた宗瑞の勢力圏は大きく南に広がり、今や天城山《あまぎさん》の北はことごとく宗瑞方という構図になった。これを見て中小の豪族たちは動揺し、早く宗瑞に味方しなければ攻め潰されてしまう、と恐怖した。

しかし、何の伝手《つて》もなく降伏したのでは狩野道一のように領地を奪われてしまうかもしれないと二の足を踏んでいた。そんなときに伊東玄機入道が降伏を呼びかけた。多くの豪族たちがこれに飛びつき、これからは宗瑞さまに従うから、どうか領地を安堵してもらえるようにしてほしい、と玄機入道に口添えを頼んだ。宗瑞は、これを受け入れ、膝を屈して頭を垂れる者には寛大な対応をした。

この結果、茶々丸が伊東城を脱出してから三ヶ月も経たないうちに宗瑞の勢力圏は更に広がり、今や露骨に宗瑞に敵対するのは下田の深根城に拠《よ》る関戸吉信だけという状況にな

った。ここに茶々丸と狩野道一もいる。関戸の兵は二百人。女子供、年寄りを含めて五百人が深根城に立て籠もった。

もはや孤立無援である。

伊豆に味方はいない。

普通に考えれば、とても勝ち目はないのだから降伏以外に道はなさそうだ。

が……。

一縷《いちる》の望みがないわけではない。

茶々丸の外交力である。

第二代の堀越公方という権威を背景に、茶々丸は、山内上杉氏や大森氏、三浦《みうら》氏などにせっせと書状を送り、早急に伊豆に攻め込んでほしいと要請した。

宗瑞が何よりも恐れているのが、外敵の伊豆侵攻である。ようやく茶々丸と狩野道一を深根城に追い詰めて伊豆統一を九割方成し遂げたというのに、外敵が茶々丸救援という名目で伊豆に攻め込んできたら、すべてが水の泡になってしまう。それだけは防がなければならない。

そうなる前に深根城を落とし、茶々丸の首を刎ねる必要がある。

宗瑞は深根城を包囲した。

その数は二千である。

勢力圏が広がるにつれて、宗瑞が動員できる兵力も増えた。三年前、奇計を用いて小田原城を奪ったときには、一千の兵しか動かすことができなかったのに、わずか三年で動員力が二倍になったのだ。

宗瑞は巨大な拳《こぶし》を振り上げ、その拳で深根城を叩き潰そうとしている。

十三

関戸吉信は深根城の二代目城主である。

吉信の父・播磨守《はりまのかみ》宗尚《むねひさ》は関東管領・上杉憲実《のりざね》に仕えていた。憲実は、南伊豆でたびたび豪族たちが争って鎌倉に訴訟沙汰を持ち込むのに手を焼き、宗尚を派遣して争いを鎮静化させることにした。

宗尚は下田街道と松崎《まつざき》街道が交わる交通の要衝に深根城を築いた。

城の北側には山があり、切り立った崖《がけ》になっている。天然の城壁と言っていい。東側と南側は沼地で、粘《ねば》つく深い泥に足を取られて人も馬も進むことができない。城の出入口は西側だけに設けられている。ここには、城の北にある稲生沢川《いのうざわがわ》から水を引き入れた堀がある。城に入るには、堀にかけられた木橋を渡るしかない。

関戸軍は宗瑞軍の来襲に備え、橋の城側に柵や矢倉を構え、橋を渡ってくる敵を弓矢で狙い撃ちできるようにした。城の西側だけを守ればいいというのは、兵力の少ない関戸軍には好都合であった。

裏返せば、攻める側の宗瑞軍にとっては、これほど攻めにくい城もない。

だからこそ、

「兵糧攻めにするべきではないか」

と、弥次郎や弓太郎が言う。

この二人は、狩野城を攻めたときには、時間をかけずに早く攻めた方がいいと主張した。

だが、今回は深根城の守りの堅さに恐れおののき、

「こんな城を力攻めしたのでは、どれだけ兵がいても足りぬ。いたずらに兵を死なせることになる」

と考えたのだ。

「無理をすることはない。伊東城と同じやり方をすればよいではありませんか」

伊東城を攻めたとき、宗瑞は城を立ち枯れさせる作戦を採り、兵糧攻めにした。作戦は成功し、三ヶ月ほどで城の兵糧が尽き、城兵は飢えに苦しんだ。伊東玄機入道は降伏した。

それと同じことをやればいい、というのが弥次郎と弓太郎の考えなのである。

が……。

宗瑞は、

「それは、まずい」

と首を振る。

籠城する関戸方が期待しているのは、大森氏や三浦氏、山内上杉氏が伊豆に攻め込むことである。動員できる兵力のほとんどを、宗瑞は深根城攻めに投入しているから、外敵が北伊豆に侵攻してきたら、本拠地である韮山城が危ない。直ちに深根城の包囲を解いて韮山に取って返さなければならなくなる。そうなれば、茶々丸は息を吹き返し、またもや南伊豆の豪族たちを従えて宗瑞に挑んでくるに違いない。

「茶々丸さまは、なりふり構わず、わしを滅ぼそうというつもりのようだ」

二日ほど前、夜分に深根城をこっそり抜け出そうとする者を宗瑞の兵が捕らえた。その者は、大森定頼に宛てた茶々丸の書状を携えていた。

そこには、定頼が韮山城を攻めてくれれば、褒美《ほうび》として伊豆半国を与える、と書かれていた。宗瑞憎さのあまり、茶々丸は伊豆半国を売り渡そうというのである。

大森定頼にとっては悪い話ではない。お飾りの存在だったとはいえ、形式上、堀越公方は伊豆の支配権を持っていた。その堀越公方が伊豆半国を譲ると公言すれば、大森氏が支配する大義名分ができる。兵を動かす余裕があれば、定頼が食指を動かしても不思議ではない。

「それは、わかるが……」

宗瑞の言うことも理解できるが、もし深根城を無理攻めして敗れるようなことになれば、それこそ宗瑞の足許が揺らぐことになるのではないか、と弥次郎が懸念する。

「関戸吉信は着々と籠城準備をしていたはずだ。たとえ兵糧攻めしても、城を落とすのに半年はかかるであろうよ。今、ここには二千の兵がいるが、その二千を半年もここで食わせることなどできぬ。それに半年も待てば、必ず、大森か三浦、あるいは山内上杉が動く。彼らが伊豆に攻め込んできたら、わしらは終わりだ。そうなる前に決着させなければならぬのだ」

宗瑞は、黙りこくっている紀之介に顔を向け、

「この城、どう攻める？」

と訊く。

「正直に申し上げれば、わたしも今度ばかりは兵糧攻めがよいのではないか、と考えていました。しかし、それはならぬと殿がおっしゃるのであれば……鵯越《ひよどりごえ》をするしかないか、と存じます」

「ふうむ、鵯越か……」

一《いち》ノ谷《たに》の合戦《かっせん》で源《みなもとの》義経《よしつね》が平家軍を破ったとき、義経は平家軍の背後に聳《そび》える切り立った崖を下り、平家軍の背後を襲って勝利を得たと伝えられる。これを鵯越の逆落《さかお》としという。

深根城の北側にも切り立った崖があり、関戸軍はまったくの無警戒である。

「無理だ。あんなところを下りられるものか」

弥次郎が首を振る。

「いや、やってみよう。城方も無理だと思っているはずだ。きっと油断している」

宗瑞が決断する。

次の日の夜、紀之介が五十人の兵を率いて崖の上に立った。義経は兵だけでなく、馬も崖から落としたが、紀之介は人間だけにすることにした。見下ろすと、ほとんど垂直と言っていいほど斜面の角度がきつく、とても馬が下りられそうには思われなかったからだ。

頑丈に結わえた太い縄を三本用意して崖下まで垂らし、同時に三人の兵を下ろすことにした。うまく下りることができたら、すぐに城内に乱入するのではなく、まず宗瑞軍が橋を渡るのを阻止している柵や矢倉を制圧する。西側から橋を渡って城に近付くことさえできれば、兵力差にモノを言わせて城を攻め潰すことができる。

明かりもなく、ほとんど手探り状態で崖を下りるのだから時間がかかる。それでも何とか最初の三人は無事に下りることに成功した。それを見て、次の三人が下り始める。

(うまくいきそうだ……)

紀之介が自信を持ち始めたとき、いきなり崖の下が明るくなった。一瞬、何が起こったのかわからなかった。続いて、うわーっという喊声《かんせい》が聞こえた。

松明を手にした城兵が群がり出てきたのだ。

（こ、これは……）

紀之介は愕然とし、くそっ、見抜かれていたか、と唇を嚙む。攻め手に窮した宗瑞軍がいずれ危険を冒《おか》して北側の崖を下ろうとするに違いないと円覚は見越し、抜かりなく崖の動きを見張らせていたのだ。

先に崖下に下りていた三人は城兵に捕まり、下りかけていた三人のうち一人だけは何とか味方のもとに戻ったが、あとの二人は城兵の射る矢に当たって転落した。生死は不明である。味方が捕らえられるのを見て、いきり立つ兵どもを宥《なだ》め、紀之介は引き揚げることにした。

宗瑞のもとに出向き、肩を落として作戦の失敗を告げる。その場には弥次郎と弓太郎も同席する。

「そうか。待ち伏せされていたか」

宗瑞は、それほど驚いた様子も見せずにうなずく。

「円覚という軍配者、なかなかに手強い者でございます。改めて思い知らされました」

紀之介が言うと、

「それほど手強い相手ならば、城から出るように玄機入道に命じさせればよいではないか。円覚も兄の言葉には従うだろう」

弥次郎が言う。

「それは無理だろうな。茶々丸さまが放すはずがない。強引に城から出ようとすれば、きっと殺される。それに……」

「何だ？」

「軍配者は戦をするのが仕事だ。円覚は軍配者として当たり前のことをしたに過ぎぬ。それを責めても仕方がない。玄機入道が悪いわけでもない。そもそも義経の鵯越を知らぬ軍配者などおらぬ。万が一に備えて、崖を見張るくらいのことは誰でもする。こちらが甘かったのだ」

宗瑞は、ふーっと大きく息を吐くと、明日の攻撃はひとまず先延ばしにしよう、と言う。

北側の崖を下りるという紀之介の作戦は、宗瑞も成功の可能性は低いと考えていた。待ち伏せされるとは予想していなかったが、崖が険しすぎて兵が無事に下りられないのではないかと危惧していたのだ。

それ故、その作戦が失敗した場合、直ちに二の矢を放つつもりでいた。それは弥次郎と弓太郎が提案した作戦で、城の東側の沼地から攻めるというものだった。深い泥に足を取られて、人も馬もまともに進むことができないほどだから、筏《いかだ》を浮かべて漕ぎ進めようという考えなのだ。

だが、北側の崖さえ油断なく見張っていた円覚のことだから、恐らく、沼地にも目を光らせているに違いない、と宗瑞は考えた。

宗瑞の言葉に弥次郎と弓太郎は異を唱えなかった。

紀之介の作戦が失敗するのを間近で見て、自分たちの作戦に自信を持てなくなったのであろう。


翌朝……。

まだ夜が明けて間もないとき、

「兄者、大変だぞ！」

弥次郎が血相を変えて宗瑞の宿舎に駆け込んできた。

「どうした？」

「来てくれ！」

「……」

何か一大事が起こったことを察し、手早く着替えると、弥次郎と共に宿舎を出る。弥次郎は小走りに深根城の方に向かう。

（何をそんなに慌てている……？）

上に立つ者は、たとえ何があろうと動揺したり慌てたりする姿を下々の者に見せてはならない、というのが宗瑞の自戒で、だからこそ、宗瑞はどれほどの窮地に陥っても決して声を荒らげたり表情を変えたりしない。

「殿は肝《きも》が据わっておられる」

と感心する者も多いが、別に心臓に毛が生えているわけではなく、常日頃から、そう振る舞うように心懸けているだけのことである。

そういう宗瑞だから、弥次郎の慌て振りが気に入らなかった。弥次郎が小走りに進むので、かえって宗瑞は悠然とゆっくり歩いた。兵たちの視線を十分に意識した行動である。

「あれだ」

「ん？」

弥次郎が指差したのは、堀にかかる橋である。

橋の向こう側には宗瑞軍が橋を渡るのを阻止するために柵や矢倉が設けられている。

そこに昨日までなかったものが見える。

罪人を処刑するのに使う磔台《はりつけだい》だ。材木を十字型に組み、下の方に足を乗せる横木を付ける。そこに罪人を立たせて、材木に手足を縛り付けるのだ。

その磔台が五つ並んでいる。磔台の横には、先端を鋭く削った竹槍を手にした城兵が二人ずつ立っている。

「あれは、ゆうべ、城方に捕らえられたわれらの兵です」

いつの間にか紀之介が宗瑞の背後にいる。

肩越しにちらりと宗瑞が振り返ると、紀之介が目を血走らせて、瞬《またた》きもせずに磔台を見つめている。

こんな紀之介の顔を見るのは宗瑞も初めてだ。

やがて、太陽が山の端から完全に現れると、あたりが急に明るくなる。宗瑞の周りに続々と人が集まってくる。これから何が起こるのかと、皆、固唾《かたず》を呑んでいる。城門の方から鎧《よろい》を身に着けた武将が二人出て来る。

「狩野道一だ」

「もう一人は……」

「関戸吉信でございまする」

伊東玄機入道が言う。険しい表情だ。

「言い訳がましく聞こえるでしょうが、円覚は、決してあのようなことをする男ではありませぬ」

「茶々丸さまのことは、よく知っている。義理とはいえ母親である円満院《えんまんいん》さまと、血を分けた弟である潤童子《じゅんどうじ》さまの首を刎ねて御所の門前に晒《さら》したような御方だ。何をしても不思議はない」

宗瑞が淡々と答える。これから何が起こるか、想像がついているようであった。

「宗瑞！」

堀の向こうで狩野道一が大声で呼ぶ。

「公方さまに刃向かう大悪人めが！　その手先となって働く者たちも同類ぞ。死ねば地獄に墜ちるのは必定《ひつじょう》。それを忘れるな。宗瑞に与する者がどうなるか、その目で見るがよい」

狩野道一がうなずくと、城兵が竹槍を構え、磔にされた兵たちの脇腹に左右から竹槍を突き刺す。五人の断末魔が響き渡る。

城兵たちは五人の死骸を磔台から下ろすと、その場で首を刎ねた。その首を縄で結わえ、矢倉にぶら下げる。

「腰抜けどもが！」

「仲間が首を刎ねられても見て見ぬ振りか」

「悔しかったら取り返しに来るがいい」

城兵たちが手を叩いて宗瑞方を嘲《あざけ》り、盛んに挑発する。

「おのれ！」

「許さん」

兵たちはもちろん、弥次郎や弓太郎も顔を真っ赤にして腹を立てる。今にも突撃しそうなほど怒りが沸騰している。

「敵の誘いに乗ってはならぬぞ。今日は攻撃せぬ」

宗瑞が皆を戒める。

「どうするつもりだ、兄者？」

弥次郎が訊く。

「わしに策がある。明日、話す」

宗瑞が宿舎に向かって歩き出す。

「皆、こらえよ。明日まで待て、と殿はおっしゃった。策があるともおっしゃった。その言葉を信じるのだ」

そう言うと、弥次郎も宿舎に戻る。他の者たちも溜息をつきながら引き揚げる。誰もが宗瑞の言葉には忠実である。これまでずっと宗瑞の指図に従って勝利を収めてきた。

（韮山さまの言葉に間違いはない）

という、一種、信仰めいた信頼感があるのだ。

宿舎に戻った宗瑞は、床に坐り、何度か大きく深呼吸する。皆の前では感情を押し殺し、表情を取り繕ったが、はらわたが煮えくり返っているのは宗瑞も同じである。

だが、

（これは罠だ。わしらを誘っている）

と見抜くだけの冷静さが頭の片隅に残っていた。円覚は、宗瑞たちが怒りに任せて無理攻めするのを手ぐすね引いて待ち構えていたに違いない。磔にされて殺された上、首を刎ねられて、その首を矢倉に晒された五人の兵には申し訳ないと思うが、みすみす敵の罠にはまってしまえば、どれほどの犠牲が出るかわからない。

だからこそ、急いで宿舎に戻り、頭を冷やさなければならないと考えた。策がある、と弥次郎に言ったが、実は策などない。そうでも言わなければ収まりそうになかったし、とりあえず、自分も思案する時間がほしかったから、そう言っただけである。

「頭の中を空にしなければ、どうにもならぬわ」

脳裏に渦巻いている怒りや憎しみといった感情、それに様々な雑念を一掃しなければ、城攻めの策など考えられるものではない。

いつものように宗瑞は座禅を組む。

城にいるときであろうと、戦場にいるときであろうと、心に迷いが生じたら座禅を組んで、一度、心を真っ白な状態にするのが宗瑞のやり方である。

呼吸を整えて半眼になり、何も考えないように心懸ける。時間の流れに静かに身を任せるのだ。

どれほど時間が経ったことか……。

立ち上がって宿舎を出ると、太陽がかなり高いところに上っている。恐らく二刻（四時間）くらい座禅を組んでいたのではあるまいか。

城方は橋の向こう側に柵や矢倉を拵《こしら》えているが、宗瑞の方でも橋を囲むように柵を設置している。城から誰も出さないためだ。矢倉もいくつかある。

宗瑞は矢倉に上ってみた。

城の広さは、せいぜい一町（約一〇九メートル）四方、ほとんどの建物が平屋である。狩野城や伊東城と同じように、この深根城も、後世の城とは規模も造りもかなり違っている。城というより砦という方がふさわしい。

北側の切り立った崖、東側と南側の沼地、西側の堀……それらが城の守りを恐ろしく頑丈なものにしている。裏返せば、それらがなければ、深根城は裸城も同然であった。

（もう崖を下ることはできぬ。円覚のことだから、崖だけでなく、沼地もしっかり見張っているであろう。ならば、堀に橋を架けるか……）

宗瑞は矢倉の上で思案する。

日が西に傾いても、そこから動かない。堀の濁った水が西日を浴びて静かに揺らめいている。その西日の反射を見つめているとき、

（あ）

と、宗瑞は声を上げそうになった。

城を落とす策を思いついたのである。

その夜……。

宗瑞は主立った者たちを集めて軍議を開いた。

「てっきり軍議は明日だと思っていた」

弥次郎が首を捻る。

「明日、城を落とすのだ」

宗瑞が言うと、その場にいる者たちが怪訝《けげん》な顔になる。それができるくらいなら、とっくにやっている。深根城は天然の要害と言ってよく、迂闊に手出しすれば、手痛いしっぺ返しを食うことになる。それを弓太郎が口にすると、

「その通りだ。城の北には切り立った崖があり、東と南には沼地が広がっている。しかも、円覚は油断せずに崖も沼地も見張っている。崖といい沼地といい、まさに天然の要害と言うしかない。とても歯が立たぬ。わしらには、どうにもできぬ。が……」

宗瑞が一呼吸置いて、皆の顔をゆっくり眺め回す。

「城の正面にある堀は違う。あれは人が造ったものだ。人が地面を掘り、そこに水を引いた。人が造ったものならば、それを壊すこともできようし、元に戻すこともできよう」

「元に戻す？　堀を埋めるとおっしゃるのですか」

紀之介が訊く。

「崖からも沼地からも攻められぬ。とすれば、堀を渡るしかないが、堀には橋がひとつしかなく、橋の向こうには敵が柵や矢倉を拵えて待ち構えている。橋を渡ろうとするから攻められぬのだ。橋など渡らねばよい。堀を埋めてしまえば橋などいらぬではないか」

「それはそうだが……。皆、どう思う？」

弥次郎が他の者たちの顔を見る。宗瑞の作戦に驚いて、それがいいのか悪いのか、自分には判断できないので他の者たちの意見を聞こうとしたのだ。

「……」

しかし、すぐに発言する者はいない。

（そう簡単に堀を埋めることができるのか？）

と半信半疑なのである。

やがて、

「殿のお考えはわかりましたが、堀を埋めるにはかなりの土がいるでしょう。それを掘ったり運んだりする道具を用意しなければなりませぬ。その用意に数日かかるのではないでしょうか」

紀之介が口を開く。暗に、明日城を落とすのは無理でございますぞ、と言っている。

「土など掘らぬ」

宗瑞は首を振ると、更に詳しく自分の考えを説明した。皆が納得すると、翌日の段取りを決める。

十四

夜が明けると宗瑞軍二千が動き始める。

戦いではない。自分たちの宿舎を壊したのだ。

ばらばらになった材木を堀に放り込む。

宗瑞軍の兵が堀に近付くと、城方の兵が矢を放ったが大した威力はない。なぜなら、宗瑞軍二千のうち四百ほどが弓を構えて堀端に控えており、城方の兵が姿を見せると直《ただ》ちに矢を放ったからだ。城には五百人ほどが立て籠もっているが、戦闘能力があるのは二百人ほどで、あとの三百人は女子供と年寄りである。橋を守るために配されているのは、せいぜい、五十人くらいだから四百の敵には抗しようもないのだ。

打ち壊された宿舎が堀に投げ込まれた頃、今度は付近の村々の百姓たちが材木を担《かつ》いで現れた。車に材木や板を山積みにし、それを牛や馬に引かせている者もいる。中には大きな石を担いでいる者もいる。堀を埋めるのに役立つものであれば、どんなものでも買い上げる、と宗瑞軍が布告を発したせいだ。約束通り、運ばれてきた量に応じて、宗瑞軍は銭を支払った。この噂は、たちまち近隣に広がった。

「石ころが銭になる」

「持っていけば持っていっただけ、たくさんの銭がもらえる」

南伊豆の田舎には、まだ貨幣経済が浸透しておらず、物々交換が経済の主流である。それだけに銭は貴重品だ。農民が銭を手に入れる機会などほとんどない。その貴重な銭を手に入れるため、中には自分の家を叩き壊して宗瑞軍のもとに運んでくる農民までいる。

絶え間なく材木や板や石が堀に投じられるうちに、次第に水面が上がり、ついには水が溢れ出すようになった。初めのうちこそ、

「何を馬鹿なことをしているのか」

「あんなもので堀を埋められるものか」

と城方の兵たちは笑っていたが、そのうちに笑う者はいなくなり、

（本当に埋められてしまうのではないか）

と不安そうな表情に変わった。

宗瑞軍の作業を妨害しようとして、城方も橋の近くに配置する兵を増やしたものの、数では宗瑞軍にかなわないから、所詮、焼け石に水であった。

昼過ぎ、門の近くに狩野道一と関戸吉信が現れ、何やら難しい顔で話し込む。

その報告を受けた宗瑞は、

（逃げようとするかもしれぬ）

と察し、城の包囲を更に厳重にするように命じた。

北側の崖にも兵を置き、沼地周辺も兵に巡回させた。

時間が経つうちに、更に堀には多くのものが投げ込まれたが、今では投げ込まれたものが深く沈むことはなく、水面近くで積み重なった。

堀を埋める作業と並行して、宗瑞は堀に渡す長梯子を何挺も拵えさせている。材木や石

で堀を埋めても、足場が悪いのでは堀を渡るのに手間取ってしまう。長梯子を使えば、素早く渡ることができる。もう間もなく長梯子が必要になるはずであった。

「茶々丸さまだ！」

城門から輿に乗せられた茶々丸が現れる。その傍らに、墨染めの衣をまとった僧侶が付き添うように立っている。

（あれが円覚だな）

と、宗瑞はピンときた。

伊東玄機入道の弟だから、いかつい大男を想像していたが、実際には小柄な優男《やさおとこ》で、生真面目でおとなしそうな顔をしている。

茶々丸の方は、以前、宗瑞が見かけたときよりも、更に具合が悪そうな様子である。枯れ木のように痩せて、遠目には六十過ぎの老人のように見える。

狩野道一と関戸吉信が輿の前に並んで立つ。

「よく、聞け！　ここに公方さまがおられる」

狩野道一が大音声を発する。

「おのれらは欲に目がくらみ、そこにいる伊勢宗瑞に味方しているが、宗瑞は大悪人であるぞ。公方さまを御所から追い、お命まで狙ったのだ。山内上杉家も、小田原の大森家も、宗瑞を許さぬと言い、公方さまに力を貸すと言っておる。遠からず、山内上杉家と大森家の大軍が伊豆にやって来る。そのとき、宗瑞に味方した者たちは皆殺しにされるぞ。公方さまに詫びを入れよ！　宗瑞を討て！　そうすれば、宗瑞に味方した罪を許してやろう」

自分の言葉が宗瑞軍の者たちに届いているかを確かめるように、狩野道一は言葉を切って堀越しに兵たちの顔を右から左にゆっくりと眺める。

「主に弓引いた者は地獄で責められると決まっている。この世だけの話ではないのだぞ。宗瑞に味方する者は極楽往生など決してかなわぬのだ。自分のことだけでなく、子や孫、一族に連なる者のことまでよくよく思案して……」

狩野道一に向かって、宗瑞軍から矢が放たれる。その矢が足許に落ち、狩野道一は驚いて言葉を切る。それが呼び水になったのか、無数の矢が一斉に放たれる。さすがに茶々丸を直《じか》に狙おうとする者はいなかったが、輿の周囲でばたばたと兵が倒れる。

「退け、退け！」

狩野道一が大慌てで輿を門の中に移動させる。

円覚も小走りについていく。

関戸吉信は怒りで顔を真っ赤にし、

「この城に立て籠もっているわれら一族、それに当家の家臣は、命ある限り、宗瑞と伊勢家の者を許さぬ。おのれらを憎み、隙あらば、その命を奪うことを誓う。御仏の加護は、われにあり！　さあ、攻め込んでくるがいい。汝《なんじ》の血肉を食らってやろうぞ」

憎悪に満ちた声で叫び、門内に姿を消す。

十五

一刻（二時間）後……。

すでに堀は材木や石で埋まった。

沈みきらない材木や板が水面から出ている。

そのままでも堀を渡れないことはないが、ぐらぐら揺れるし、慎重に進まないと深みにはまる恐れもある。それを防ぐために長梯子を渡した。

何十挺も渡された長梯子を頼りに、満を持して宗瑞軍が堀を渡り始める。

もちろん、城方も何とか阻止しようとする。

しかし、味方を援護するために宗瑞軍の数百の兵が絶え間なく矢を射るので、城方の兵は思うように矢を放つことができない。

堀の向こう側に渡った宗瑞軍の兵が百を超えたとき、橋を守っていた城方の兵は門内に退却した。

宗瑞軍は橋を奪い、橋を封鎖していた柵や矢倉を破壊した。橋を渡って、一気に城門に殺到する。

堀という強固な防御陣を失えば、深根城を守るのは人の背丈ほどの土塀と土塀の外に巡らされた柵だけである。柵は二重になっているが、縄の結び目を切れば、呆気《あっけ》ないほど簡単に倒れてしまう。

城門を破るのは容易ではないが、柵を倒して土塀を乗り越えるのは、さほど難しくない。宗瑞軍の兵たちが続々と城内に侵入する。

宗瑞自身は本陣を動かず、遠目に戦いの様子を眺めている。手許に三百の兵を残してある。それ以外に、北側の崖、東と南の沼地に二百ずつ兵を送り、城から逃れようとする者を捕らえるように命じている。それ故、城内に突入したのは一千三百ほどの兵である。城内には関戸吉信の家臣を中心とする兵が二百、彼らの家族と、宗瑞軍を恐れて城に入った付近の農民などが三百ほどいる。圧倒的な兵力差だから、城に入ってしまえばもはや負けることなどあり得ない。

だが、宗瑞の表情は険しいままだ。この戦いを最後に伊豆の内乱に終止符を打つつもりでいる。そのためには宗瑞に敵対してきた者たちを一人も逃がしてはならなかった。茶々丸、狩野道一、関戸吉信の三人だけは何としても捕らえなければならない。

兵を突入させるにあたり、無益な殺生《せっしょう》をしてはならぬ、暴行略奪も許さぬ、と宗瑞は厳しく命じた。

城に立て籠もる者の半分以上が女子供と年寄りだと知っていたからである。

この時代の戦いにおいては、勝者となった者は、兵たちに褒美として二日か三日、敵地における略奪を許すのが普通である。それが目的で戦いに参加する者も多い。敵地から引き揚げるときには車に戦利品を積み上げ、縄で縛った女子供を引いて帰るというのが当たり前の光景だ。女子供は、戦の後に行われる奴隷市で売るのである。年寄りは売り物にならないので殺されてしまう。そういう常識からすると、暴行略奪をしてはならぬ、という宗瑞の命令は異例と言っていい。当然ながら、それに不満を持つ者もいるはずであった。

「気に入らぬのであれば、ここから立ち去るがよい。その代わり、この城を落とした後、わしが討伐《とうばつ》に向かう」

宗瑞が断固として言うと、誰もが口をつぐんだ。

今や宗瑞が伊豆の支配者であることを皆が認めている証であった。

この時代の常識に反してまで、宗瑞が暴行略奪を禁じたのは、戦が終われば、深根城やその周辺の土地を宗瑞が支配することになるからであった。将来のことを考えて、この土地に恨《うら》みを残したくなかったのだ。

兵が突入した後も、なかなか戦いに決着がつかなかったのは、関戸吉信の一族と郎党、およそ百人が城内の一郭に立て籠もり、頑《がん》として降伏を拒否したからだ。

「あれは死兵《しへい》ですね」

状況報告に戻ってきた紀之介が言う。

「死兵か。厄介だな」

宗瑞が顔を顰《しか》める。

死兵とは、文字通り、死を覚悟して戦う兵のことである。生き延びることを諦め、死を恐れずに戦うため、死兵を相手にすると思わぬ大損害を被《こうむ》ることが多い。一人でも多くの敵を道連れにしてやろうとして立ち向かってくるからだ。こういう敵はまともに相手にせず、肩透かしを食わせるのが賢いやり方である。

「逃げ場はありませんから、遠巻きにして放置すれば、いずれは自滅するでしょうが……」

力攻めして斬り合いになれば、味方の被害も大きくなるから、今は無理して攻めず、遠くから弓矢を放つ程度で様子を見ている、と紀之介が説明し、それでよろしいですか、と訊く。

「あまり時間をかけることはできぬ」

宗瑞の表情が更に険しくなる。

日が暮れれば、夜の闇に紛れて城から逃げる者も増える。名もなき者であれば問題ないが、茶々丸や狩野道一、関戸吉信のような者を取り逃がせば大変なことになる。

籠城していた五百人のうち、その半分ほどはすでに捕らえたが、雑魚《ざこ》ばかりでめぼしい大物は含まれていない。

「茶々丸さまや狩野道一も関戸と共に立て籠もっているのか？」

「わかりませぬ」

紀之介が首を振る。

「あの御方は、そう簡単に自分の命を捨てるような真似をするとは思えぬのだが……」

宗瑞が首を捻る。

そこに弥次郎がやって来る。

「狩野道一を捕まえたぞ」

「何？」

「農民の形《なり》をして、沼地から逃げようとしていた」

「一人でか？」

「家臣を二人連れていたが、正体がばれると刃向かってきたので切り捨てた。狩野道一だけを縛ってある。茶々丸さまは一緒ではなかった。歩くことができず、輿に乗せて運ばなければならないから置き去りにしたのではないかな」

「まだ城のどこかに隠れているのなら、茶々丸さまを捕らえて、戦いをやめて降伏するように関戸吉信に命令させればよいかもしれませぬな。茶々丸さまの命令には従うでしょうから」

紀之介が思いつく。

「茶々丸さまが見付からなかったら、どうするんだ？」

弥次郎が訊く。

「そのときは火攻めにせよ」

宗瑞が口にすると、

「焼き殺すというのか？」

弥次郎が驚いたように聞き返す。

「死にたくなければ諦めて出て来るだろう」

「出てこなければ？」

「死ぬことになる」

「立て籠もっているのは兵だけではないぞ、女子供もいる」

「哀れと思わぬではないが、時間をかけて攻めることはできぬし、無理攻めして味方の兵を失うこともできぬ。死兵が相手では、そうするしかない」

「それは、そうだが……」

弥次郎は歯切れが悪い。宗瑞の言うことが理解できないわけではないが、女子供まで一緒に焼き殺すという残酷なやり方に素直に賛成もできかねる。

「まずは茶々丸さまを探すことです」

紀之介が言うと、

「そうだな」

弥次郎がうなずく。

「狩野道一が知っているかもしれない」

「知っていたとしても簡単には話さないでしょう」

「責めてもよいかな?」

弥次郎が宗瑞に許可を求める。

「うむ、よかろう。女子供を焼き殺すより、狩野道一を責め殺す方がましだからな」

十六

それから半刻(一時間)ほどして……。

弥次郎、紀之介、それに弓太郎の三人が宗瑞のもとにやって来た。

「円覚を捕らえました」

弓太郎が言う。

「茶々丸さまは?」

「まだです」

「狩野道一は、どうだ?」

「何も知らぬようだな」

弥次郎が首を振る。

「責め殺したのか？」

「いや、そんなことはしていない。いくらか鞭《むち》で打ち据えただけだ。責め殺すなどと……そんなことをするはずがないだろう」

怒ったように答える。

「ここに円覚を連れてくるのだ。玄機入道も呼べ」

宗瑞が命ずる。

やがて、縄を打たれた円覚が連れて来られ、宗瑞の前に坐らされる。兄である伊東玄機入道もやって来る。玄機入道は円覚の姿を目にして、ハッと驚くが、すぐに無表情を取り繕う。

「縄を」

宗瑞が紀之介に命ずる。

「円覚殿の縄を解いて差し上げよ」

「はい」

懐から小柄を取り出し、円覚を縛っている縄を切る。

「わしが宗瑞だ」

宗瑞が円覚に軽く会釈する。

「円覚にございます」

深く答礼する。

「入道殿にも来てもらった。兄弟が敵味方に分かれて戦うのは辛かったであろうな」

「時には父と子が、兄と弟が敵と味方に分かれて戦わなければなりませぬ。それが戦というものであると存じます」

「足利学校で兵法を学んだと聞いたが？」

「さようにございまする」

「なぜ、今になって伊豆に戻ってきた？　いや、逆だな。なぜ、今まで伊豆に戻って来なかった？」

「これまでは武蔵のさる家に仕えておりました。今年になって主が亡くなりましたので、暇乞《いとまご》いをして兄のもとに戻ったのです」

「武蔵というと、山内上杉に仕える家だな？」

「はい」

「では、星雅殿を存じておるか？」

「もちろんでございます。山内上杉家が扇谷上杉家に苦しめられてきたのは星雅さまのお力によるもの。あれほどの軍配者は滅多におりませぬ。足利学校の教師たちは、星雅さまのような軍配者になれ、と事ある毎《ごと》に学生に申します」

「その星雅殿ですら荒川《あらかわ》で敗れて主を死なせてしまい、今では扇谷上杉家はすっかり衰えてしまった。戦とは難しいものよのう」

「お言葉ながら……。扇谷上杉の御屋形《おやかた》さまが星雅さまの言う通りになさっていれば、今頃、山内上杉家は滅び、扇谷上杉家が関東を支配していたことでございましょう。荒川で山内上杉の軍配を預かっていたのは牧水軒という軍配者で、わたしにとっては足利学校の先輩ですが、その牧水軒がかねがね話しておりました。扇谷上杉家の弱点は、御屋形さまの慢心である、と」

「慢心？」

「あの御屋形さまは、星雅さまの力を認めようとせず、星雅さまの力で得た勝利を、自分の力で得た勝利のように喧伝《けんでん》しておりました。そこに慢心が生じ、最後には自ら墓穴を掘ることになったのだと思います」

「つまり、牧水軒は御屋形さまの慢心を衝《つ》き、お命を奪うことに成功したと申すのだな？」

「はい」

「扇谷上杉の御屋形さまは死に、わしは今でも生きている。その違いは何だと思う？」

「それは……」

「遠慮なく申すがよい」

「宗瑞さまは運の強い御方であると存じます」

「運か……」

「その運は自らのお力によって得たものにございます。狩野殿と共に柏久保城を攻め、わたしは兵を街道沿いに隠し、城を助けにやって来る宗瑞さまを討ち取ろうと考えました。しかし、大見衆に不意を衝かれ、散り散りになって逃げるしかありませんでした」

「では、わしが助かったのは運ではなく、大見三人衆のおかげではないか」

「いいえ、そうは思いません。大見衆を味方にするために、時間をかけて様々な説得を試みたことが、つまり、そういう地道な努力を続けたことが宗瑞さまの命を救ったのです。それは宗瑞さまご自身が自らの命を救ったということです。もっとも、大見衆もそれほど多くの兵を率いていたわけではないので、狩野殿がもう少し落ち着いていれば、自らの命と引き替えにしてでも宗瑞さまを討ち取ろうという覚悟があれば、あそこまで見苦しく逃げることにはならなかったと思います。あのときの戦いで勝敗を分けたのは、宗瑞さまの運だけではなく、宗瑞さまと狩野殿の器量の違いであるともいえましょう」

「伊東の城で入道殿は、わしに降伏した。なぜ、円覚殿は茶々丸さまに従ったのだ？」

「そうせよ、と命じられたからでございます。公方さまに逆らうことはできませぬ。それに……」

「何だ？　申せ」

「軍配者というものは、自らが始めた戦いの終わりまできっちり見届けなければならぬものだと思うのです。柏久保城を攻めて敗れ、伊東でも敗れ、そこで公方さまが降伏するとおっしゃるのであれば従ったでしょうが、深根城でもう一度やってみたい、と言われれば、やはり、従わなければならぬと考えました。自分から離れてはならぬと公方さまに命じられたのは確かですが、嫌々従ったというわけではなく、そうするべきだと考えたのも本当なのです」

「今は、どうだ？　素直に負けを認めるか」

「強がりを言うつもりはありませぬ。こちらの負けでございます」

円覚が頭を垂れる。

「関戸一族と家臣たちが城の一郭に立て籠もって戦いを続けている。知っているか？」

「あの者たちは死を覚悟しております」

「わしは無益な殺生を好まぬ。もう戦いをやめさせたいが、関戸はわしの言葉になど耳を貸さぬ。戦いをやめるとすれば、茶々丸さまが命じたときだけであろう。だが、まだ茶々丸さまは見付かっていない。恐らく、城のどこかに隠れている、とわしは思う。その場所を円覚殿が知っているのではないか、とも思う。教えてくれぬか？」

「……」

円覚が黙り込む。

「この期に及んで意地を張るな。知っているのなら話すがいい」

痺《しび》れを切らしたように、玄機入道が声を荒らげる。

「もし隠れ場所を知っていたとして、わたしが話したらどうなるのですか？　話せば命を助けてやる、話さねば首を刎ねる、とおっしゃいますか？」

「そうは言わぬ」

宗瑞が首を振る。

「茶々丸さまの隠れ場所を話そうが話すまいが、円覚殿の命を奪うつもりはない」

「え？」

円覚が意外そうな顔になる。

「軍配者とは、己の技を高く買ってくれる者のために尽くすのが当たり前で、それ故、主家を替えるのは恥ではない。むしろ、誇るべきことなのだ。なぜなら、力のない軍配者には、どこからも声がかからぬからだ。星雅殿もそうではないか。最初は太田道灌《おおたどうかん》殿に仕え、道灌殿が亡くなると扇谷上杉の御屋形さまに仕えた。今は駿河の今川にいるらしい。円覚殿は茶々丸さまに仕え、立派に務めを果たした。これからは入道殿と共にわしに仕えてほしい。伊勢家の軍配者になってほしいのだ」

「わたしを、伊勢家の軍配者に……」

円覚は宗瑞の言葉に驚いた。

「念のために言うが、軍配者にしてやる見返りに茶々丸さまの隠れ場所を教えろ、などというつもりはない。軍配者として円覚殿が優れていると認めたからこそその頼みなのだ」

「それでも言えぬ、と答えれば？」

「関戸の者たちは死兵である。そのような者たちと戦って、わしの大切な兵を死なせるわけにはいかぬ故、日暮れ前に火攻めにする。そうなれば、立て籠もっている者たちは助からぬ。皆、焼け死ぬ。そんな酷《むご》いことは、できればしたくない。それ故、戦いをやめて降伏するように茶々丸さまに命じてもらいたいのだ」

「なるほど……」

円覚がうつむいて思案する。

やがて、心を決めたらしく、

「宗瑞さまを信じて申し上げましょう」

茶々丸の隠れ場所を口にする。

十七

茶々丸は厩《うまや》の奥、地面に掘られた穴の中に隠れていた。穴の上に板を渡し、そこに飼い葉を積み上げていた。単純すぎる仕掛けだが、円覚に教えられるまで宗瑞の兵は、そこに穴があることに気が付かなかった。穴は狭く、足を折って横になるくらいの広さしかない。わずかばかりの水と食糧が置かれていた。それを聞いたとき、

（そんなところに隠れて、茶々丸さまは何をするつもりだったのだろう？）

と、宗瑞は不思議だった。

茶々丸は自力で歩くことができない。誰かが助けに来るのを待つしかないが、いったい、誰が助けに来ると期待していたのか、それが宗瑞にはわからなかった。

穴から引きずり出され、板戸に乗せられて、茶々丸は宗瑞の前に運ばれてきた。弥次郎や弓太郎など、その場に同席している者たちが顔を顰めて、鼻を袖で覆ったのは、茶々丸の体からひどい悪臭が漂っていたからである。穴に隠れている間に糞尿を垂れ流し、それが体にこびりついたのだ。

宗瑞自身、まさか茶々丸がそんな状態だとは知らなかったので、体を洗ってから連れて来いと言うべきだったか、と悔やんだものの、

(いやいや、そんな悠長なことをしている時間はない……)

すぐに思い直した。

日暮れが近付いている。何とか関戸吉信を降伏させなければ、火攻めするしかなくなる。それは立て籠もっている者たちの死を意味する。

「茶々丸さま」

宗瑞が呼びかける。

茶々丸は、かろうじて板戸に坐っているが、頭と肩をがっくり落とした猫背姿で、今にも崩れ落ちてしまいそうなほど弱っている。

「宗瑞にございまする」

「ん……」

茶々丸がゆっくり顔を上げる。

（何と……）

宗瑞だけでなく、その場にいる誰もが息を呑む。

以前、狩野城を攻めたとき、遠目に茶々丸を見て、容貌が大きく変わったことは知っていた。

が……。

間近で見ると、その容貌は実に凄《すさ》まじい。顔の右面の肉がほとんど削ぎ落とされており、まるで骸骨《がいこつ》である。わずかばかりの筋肉と脂肪が骨に付着しているという感じなのだ。

しかも、右の眼球が失われ、眼窩《がんか》がぽかっと黒い空洞になっている。

「ふんっ、宗瑞か。殺せ。殺すがよかろう。それが汝の望みであろう」

「お願いがございます」

「聞かぬ。汝の願いなど誰が聞くものか」

「関戸一族が城の一郭に立て籠もっております。その数は、およそ百人。恐らく、城を枕に討ち死にする覚悟なのでありましょう。しかし、百人の中には女子供や年寄りもおりまする。皆が皆、ここで死にたいわけでもありますまい。茶々丸さまが命ずれば、きっと関戸も降伏するでしょう」

「なぜ、そのようなことを命じなければならぬ？　わしのために必死に戦っているのに」

「だからこそ、でございます。茶々丸さまのために命懸けで戦っている忠義者たちをここで死なせてもよいのでございますか？」

「ひとつ、正直に答えよ」

「何なりと」

「わしを殺すつもりなのであろう？」

「……」

「それとも、その百人の命と引き替えにわしを助けるつもりがあるのか？」

「……」

「この期に及んで嘘をついてはならぬぞ。正直に答えよ。わしを助けるか？」

「それは、できませぬ」

宗瑞が首を振る。

「茶々丸さまが生きておられる限り、第二代堀越公方の名前を利用して兵を挙げようとする者がいるでしょう。それでは、いつまで経っても伊豆は平穏になりませぬ」

「何を言うか。兵乱を起こしたのは汝ではないか。伊豆は、わしの支配で平穏に治まっていたのだ」

「茶々丸さまに兵を向けたことをくどくど言い訳するつもりはありませぬ。しかし、ひとつ言わせていただけるなら、今のわたしは伊豆の守護に任じられております」

「清晃《せいこう》を丸め込んだのであろう。腹黒い管領・細川と手を組んでな。清晃も細川も間抜けよ。猫を手懐《てなず》けたつもりでいるが、実は、その正体が猫の皮を被った虎だと気付いておらぬ。汝のような悪人は、いずれ飼い主の手を嚙む。伊豆を手に入れたならば、次は相模か駿河を狙うに違いない。最後には幕府に刃向かうのだ」

「いかようにも、わたしを罵《ののし》って下さいませ。しかしながら、今は関戸吉信に降伏を命じて下さるようにお願いいたします」

「ふうむ……」

茶々丸が思案する。

が、すぐに、

「よかろう。関戸が立て籠もっているところに、わしを連れて行け。わしの姿を見て、わしの言葉を聞かなければ、関戸は何も信じまい」

「ありがたきお言葉にございます。では、早速に」

「待て。条件がある」

「何でございましょう？」

「そこにいる二人……」

茶々丸が玄機入道と円覚を見据える。

「その二人に板戸を運ばせよ。運ぶのは四人がかりであろうから、あとの二人は、汝と汝の弟」

「馬鹿な！」

思わず声を上げたのは弥次郎である。

「黙って聞いていれば、いい気になって。誰がこんな奴を運ぶものか」

「ほう、嫌だと申すか。わしは別に構わぬ。どうせ殺されるのだ。今更、怖いものなど何もない。条件を呑めぬと言うのなら、わしは何もせぬ。それだけのことよ」

「呑みましょう」

宗瑞が腰を上げ、茶々丸のそばに近寄る。

「兄者、まさか……本気か？」

弥次郎が驚愕《きょうがく》する。

「たかがこれしきのことをするだけで百人の命を救えるのだ。何を迷うことがある」

「……」

弥次郎が溜息をつきながら立ち上がる。

玄機入道と円覚も従う。

四人が茶々丸を関戸吉信が立て籠もっているところに運んでいく。簡単な柵が拵えられ、柵の外を宗瑞の兵が囲んでいる。蟻《あり》の這い出る隙間もない。

但し、手出しはしていない。

関戸方からも攻撃はしてこない。一刻（二時間）ほど前から矢を射ることもなくなった。すでに矢も尽きているのであろう。

「関戸吉信！　聞こえるか、伊勢宗瑞じゃ」

宗瑞が大きな声で呼ばわる。

「ここに茶々丸さまがおられる。汝に話があるとおっしゃっている」

しばらくすると、

「でたらめを言うな！　公方さまがおられるはずがない」

「嘘ではない。ここにおられる。話を聞け」

「関戸、わしじゃ！」

茶々丸が声を発する。それほど大きな声ではないが、関戸吉信の耳には届いたらしく、

「公方さま！」

転がるように外に飛び出し、慌てて地面に膝をつく。楯《たて》を手にした何人かの兵が関戸吉信の周囲を固める。矢で射られることを警戒しているのであろう。

「味方と信じていた者たちの裏切りにあい、おめおめと宗瑞に捕らわれてしまった。無念じゃ」

「おいたわしや……」

関戸吉信が袖で目許を拭《ぬぐ》う。

「最後までわしのために戦ってくれたのは、関戸一族だけじゃ。日本一の忠義者として、汝らの名前は世間に知られることであろう。宗瑞は、わしを殺すと言う。何が何でも殺さずにはおかぬと言う。明日の朝には、わしの首が城の外に晒される。宗瑞のような人でなしに膝を屈して命乞いするつもりはない。生き恥を晒すくらいならば死んだ方がましじゃ。わしは冥土《めいど》に旅立つと決めた」

「公方さま……」

「関戸、わしは汝に最後の命令を与える。わしの遺言と思って、よく聞くがいい」

「は」

「決して降伏してはならぬ！　最後の一人まで戦い抜くのだ！　一人でも多くの敵を殺せ！　この戦いで死んだ者は、わしと共に冥土に旅せよ」

「こいつ！」

弥次郎がいきなり茶々丸の口許を殴りつける。

茶々丸は力なく板戸の上にひっくり返る。

「宗瑞！　わしは公方さまの命令に従う。わが一族、たとえ根絶やしにされようとも決して汝に降伏はせぬ。わしの首がほしければ、ここに攻め込むがよい。返り討ちにしてくれるわ」

関戸吉信が建物の中に引っ込む。

「何ということだ……」

宗瑞が呆然とする。

「謀《はか》られましたな。自分が助からぬと知り、関戸一族を道連れにするつもりなのでしょう。まったく、人でなしとは誰のことなのか……」

紀之介が憤《いきどお》ったように言う。

「殿のお気持ちは察しますが、こうなった上は火攻めするしかありませぬぞ。日が暮れてしまっては……」

「わかっておる」

宗瑞が溜息をつく。

いかに厳重に包囲しているといっても、城のどこに抜け穴があるかもしれず、夜の闇に紛れて城から逃げる者がいるかもしれない。それが関戸吉信であれば、この先も戦が続くことになる。

「火攻めをせよ」

宗瑞は命令する。

柵の外から無数の火矢が打ち込まれ、関戸一族が立て籠もる一郭が燃え上がる。逃げ出してくる者たちは殺さずに捕らえよ、と宗瑞は命じておいた。

しかし、その命令は役に立たなかった。

誰も逃げることができなかったからだ。逃げようとする者はいたが、関戸の兵がその者たちを追い、容赦なく切り捨てたのである。

「公方さまは、最後まで戦えと命じられた。その命令に逆らう者は裏切り者である！」

火の手が広がるにつれ、建物の中から絶え間なく悲鳴が響き渡る。女子供の泣き声も混じっている。

もはや、これまでと関戸吉信が覚悟を決め、まず弱い者たちを殺し、それから自分たちも自害することにしたのだ。関戸の兵たちが、自分の家族と身内を殺し始める。まさに地獄絵図であった。

柵の外にいる宗瑞の兵たちは、建物の中で何が起こっているか想像できたが、指をくわえて立ち尽くすことしかできなかった。

その建物は夜明け近くまで燃え続けた。

青白い曙光《しょこう》が深根城を照らし始める頃、ようやく鎮火したが、建物は原形を留めておらず、真っ黒に焦げた残骸が広がっているだけだ。生き残った者は一人もいない。

深根城には、およそ五百人が立て籠もっていた。兵が二百人、あとの三百人は女子供と年寄りだ。そのうち関戸吉信と共に百人が焼け死に、それ以前の戦いで数十人が命を落とした。捕らわれたのは三百四十人前後で、その内訳は兵が八十人ほど、残りは女子供と年寄りだ。

焼け落ちた一郭を巡視した後、宗瑞は再び茶々丸を引き出した。昨日と同じように板戸に乗せられたまま運ばれてきた。

「満足ですかな？　茶々丸さまに最後まで忠義を尽くした者たちが皆、焼け死んでしまいましたぞ」

宗瑞の声には怒りが滲んでいる。

「あの者たちを殺したのは、わしではない。宗瑞、汝がやったのだ。女子供まで容赦なく殺しおって。人殺しめ！　いずれ地獄に墜ちようぞ」

「確かに、わたしもいずれは死ぬ。しかし、まずは茶々丸さまにあの世に逝っていただく。打ち首にしたいところですが、かりそめにも堀越公方であった御方を打ち首にするのは忍びない。自害していただきます」

「わしは自害などせぬ」

「いいえ、していただきます」

「自害に見せかけて殺すというのか？　悪人の考えそうなことよな。よいわ、この期に及んで命乞いしようとも思わぬ。殺せばよかろう。宗瑞よ、この世に別れを告げるに当たって、わしは正直になろうと思う。聞くがよい」

「何でございましょうか？」

「わしには妻がいる。側室もおる。何人もいる。数えきれぬほどじゃ。伊東の城には連れて行かなかったが、この深根城には皆、連れてきた。弱音を吐くつもりはないが、ここが死に場所になるかもしれぬと思ったからじゃ。妻も側室も呼び寄せた。それだけではない。この城に来てから手を付けた女もいる。ふふふっ、こんな体で女が抱けるのか、と疑うかもしれぬが、まあ、勝手に疑うがいい。わしには子が何人もいる。男もいれば、女もいる。その年齢も様々じゃ。それだけではない。わしの種を孕《はら》んでいる女もいる。もうすぐ生まれそうな大きな腹をした女もいれば、身籠《みご》もったことがわかったばかりという女もいる。それだけではないぞ。その女たちの身内もいる。父親や母親、兄や姉、弟や妹……血の繋がりのある多くの者がここにいる。わしが何を言いたいかわかるか、宗瑞？」

「……」

「頭のよい汝のことだ。もう察しているであろうな。ゆうべ、関戸一族は滅んだ。さぞや胸が痛んだことであろう。何しろ、汝は慈悲深い韮山さまとして知られているのだからな。その韮山さまが一晩で百人もの人間を、しかも、女子供や年寄りまで焼き殺したのだから平静でいられるはずがない。汝が捕らえた者は何人だ？　三百人くらいか？　もっと多いか？　よいか、その中には、わしの血を受け継ぐ多くの者と、その家族がいるのだ。いずれ許されて、この城を出て行くことになろう。何年かすれば、わしの血を受け継ぐ者たちが汝に反旗を翻すことになるのだ。愉快ではないか、宗瑞。汝は伊豆を平穏にしたいなどと言うが、そんなことは無理なのだ。わしの血が続く限り、な」

「そのようなこと、信じられませぬな」

「信じるかどうか、それは汝の勝手よ」

「その話が本当だとして、なぜ、わたしに話すのですか？　親ならば、たとえ自分の身がどうなろうとも、わが子を守ろうとするはず。茶々丸さまが口を閉ざしていれば、その子らは城を出ることができたはずなのに……」

「なぜだと思う、宗瑞？」

茶々丸が顔を上げ、宗瑞の顔を睨む。その視線には底知れぬ憎悪の炎が燃えている。

（そういうことか……）

宗瑞は茶々丸の意図を察し、目の前が暗くなる。

十八

「捕らえた者たちの中に茶々丸さまの血を引く者がいる。それを見付け出さねばならぬ……」

茶々丸から聞かされたことを、宗瑞が弥次郎たちに説明する。

「子供たちの中に茶々丸の息子や娘が紛れ込んでいて、それが何人いるのかも、何歳なのかもわからぬというのか？　しかも、茶々丸の子を身籠もっている女たちもいると？　いったい、どうやって見分けるというのだ？　腹の大きな女は何人かいるようだが、それが茶々丸の子かどうか、どうやって確かめればいい？　身籠もったばかりだとすれば、まだ腹も大きくなっていない。すべての女を疑わなければならないではないか。とても信じられぬ。出任せを言っているだけではないのかな」

弥次郎が愕然とした表情で大きな溜息をつく。

「信じられぬ話だとしても、もし本当だったら大変なことになりますな。茶々丸さまの子が生き延びて、その子を担げば、大森や三浦が伊豆に攻め込む大義名分になる」

弓太郎が言う。

「捕らえた者たちを、一人ずつ、じっくり吟味して探すしかないでしょう」

紀之介が難しい顔で言う。何かうまいやり方がないかと思案しているが、今のところ、そんな当たり前のやり方しか思いつかないのだ。

「どうだ、茶々丸の話は本当なのか？　あんな体で子供など作れるのか」

弥次郎が門都普に顔を向ける。

「茶々丸の女好きは普通ではない。堀越にいるときも見境なしだったから、怪我をして体が不自由になったからといって、その性癖がそう簡単に変わるとも思えない。正確な数はわからないが狩野城にいるとき、側室を置いていたのは間違いない」

「もしかすると……」

紀之介がつぶやく。

「何だ、気になることでもあるのか？」

宗瑞が訊く。

「今にして思えば、最初から奇妙だと感じました。もう後がないのですから死に物狂いで戦う覚悟だったのでしょうが、それにしても、この程度の城に五百人が立て籠もるのは多すぎる気がしました。まともに戦っても勝てるはずがないのですから、敵の狙いは、山内上杉や大森が助けにやって来るのを待つことだけだったはず。しかし、すぐには来ないから、ここで時間を稼がねばならなかったわけではありませんか」

「何が言いたいのかわからない」

弥次郎が怪訝な顔になる。

「五百人を毎日食わせるのは大変だということです。いつ援軍がやって来るのかわからないのだから、何よりも食べ物を惜しまねばならなかったはずでしょう？　五百人すべてが兵だというのなら、わからないでもないが、兵は二百人ほどで、あとの三百人は農民ですよ。なぜ、貴重な食い物を農民に与えなければならないのか？　食い物が尽きればどうなるか、伊東城で骨身に沁みているというのに」

「農民どもが勝手に逃げ込んだのではないかな？」

弓太郎が言う。

「茶々丸は農民の心配をするような慈悲深い男ではない。邪魔だと思えば、城から追い出すし、逆らえば平気で殺す。そういう男だ」

門都普が首を振る。

「つまり、こう言いたいのか？　城が落ちたとき自分の子や側室を紛れ込ませるために、わざと多くの百姓たちを城に入れた、と」

弥次郎が訊く。

「そう考えると、筋が通る気がします」

紀之介がうなずく。

「ならば、すぐにでも調べ始めないとな。数が多いし、時間がかかりそうだ」

弥次郎が宗瑞に顔を向ける。

「そう簡単ではないでしょう」

紀之介が首を振る。

「わかっている。だから、すぐに……」

「これも罠ではないか、という気がするのです」

「どんな罠だ？」

「こんな大事なことを茶々丸さまが殿に話したのは、どうせ調べても何もわかるはずがない、と見くびっているからではないでしょうか。どのような取り調べを受けても誰も白状しない、たとえ白状したとしても本当のことを言わない、だから、自分の子も、身籠もっている側室も見分けられるはずがない……もしかすると農民の中に関戸の兵が紛れ込んでいるのかもしれない。誰が農民で誰が兵なのかわからないし、農民など一人もおらず、すべて関戸の兵なのかもしれない。そういう様々な手を打ってあるからこそ、堂々としゃべったのではないか、と疑いたくなります」

「そうだとして、いったい、何の罠だ？　時間がかかるにしても、いずれ本当のことがわかるはずだ」

「それこそが狙いではないですか。時間をかけるということが。つまり、われらをここで足止めするための罠ということです」

「韮山に帰さないようにするということか？」

「ええ」

「そんなことが心配なら、ここで調べたりせず、全員を韮山に連れ帰ればいい」

「あれだけの数です。途中で逃げられる恐れもある。それに……」

「何だ？」

「韮山で調べて、茶々丸さまの御子や側室が見付かったとして、彼らをどうするのですか？」

「決まっている。茶々丸の血を引く者を生かしておくわけにはいかないだろう。なあ、兄者？」

弥次郎が宗瑞に訊く。

「……」

宗瑞は険しい顔で黙りこくっている。

「韮山で処刑するのは、いい考えだとは思いませぬ。たとえ茶々丸さまの血を引く者であっても、女子供を処刑するのは体裁のいいことではないので、殿のお名前に傷がつきます。韮山にはご家族もおられることですし……」

紀之介が言葉を濁す。韮山で処刑すれば、当然、田鶴や子供たちの耳にも入る。紀之介は田鶴の性格を知っているから、恐らく、処刑を思い止まるように宗瑞を説得しようとするに違いない、と思う。

「ならば、どうしろと言うんだ？」

弥次郎が首を捻りながら紀之介に訊く。

「正直に言えば、わたしもどうすればいいのかわからないのです」

「難しい話だな」

門都普がつぶやく。

宗瑞は黙ったままである。

結局、何も決まらないまま散会した。

いや、ひとつだけ決まったことがある。宗瑞が方針を決めるまで、取り調べをしないということだ。

「時間がないのに、そんな悠長なことをしていていいのか？」

と、弥次郎は不満顔だったが、何か妙案があるわけでもないので、最後には宗瑞の指示に従うことを承知した。

（この期《ご》に及んでも、あの御方は嫌らしい真似をなさる……）

一人になると、宗瑞は深い溜息をつく。

廊下が軋《きし》む音がして、宗瑞はハッとする。

「誰だ？」

「わしだ」

門都普である。戻ってきたらしい。

「何か用か？」

「ここには二人しかいない。そう強がるな。困り切っていることはわかっている」

部屋に入ると、門都普は宗瑞の前に腰を下ろす。

「何でもお見通しか。おまえに隠し事はできぬな」

宗瑞が口許に笑みを浮かべる。

「今朝、傷が悪化して二人死んだ。捕らえた兵だ。それで残りは三百四十三人になった。兵が七十四人、白髪頭の年寄りが六十一人、残りの二百八人が女と子供だ」

「数えてきたのか？」

「まずは正確な数を知らねば、と思ってな。女といっても十五、六の娘もいれば、四十過ぎの大年増もいる。子供の年齢《とし》も様々だ。生まれたばかりの赤ん坊もいれば、三つか四つくらいの幼子もいるし、もっと大きな子もいる。十か十一くらいの男の子もいるが、幼く見えるだけで、実際は、もっと年上なのかもしれない。あるいは、もっと年下なのかも」

「何が言いたい？」

「調べようがない、ということだ。本当のことなどわからぬ。調べるだけ時間の無駄だ」

「無駄か……。茶々丸さまが嘘をついている、とは考えられないか？」

「それを、わしに訊くのか？　茶々丸のことなら、そっちの方がよく知っているではないか。嘘だと思うのか？」

「そうだな。そんなはずはない。茶々丸さまは嘘などついていない。女たちの中に茶々丸さまの妻や側室がいる。気まぐれに手を付けただけの女もいるだろう。そのうちの誰かが身籠もっているに違いない。子供たちの中には、茶々丸さまの息子や娘がいるはずだが、その年齢すらわからない。年寄りの中には、そういった女たちの身内が混じっているのだろう。困ったことになった。茶々丸さまの血を引く者を一人でも逃がせば大変なことになるが、どうやって見付け出せばいいのかわからない」

　宗瑞が溜息をつきながら首を振る。

「困ることはない。どうすればいいか、もうわかっているではないか」

「何だと？」

「見分けようがないというのは、その通りだ。ならば、それ以上、考えても仕方ないではないか。時間をかけることはできぬし、取り調べに間違いがあってはならぬ。そんなことは無理に決まっている。無理なものは無理なのだ。とすれば、やり方は、ひとつしかない。見分けることができなければ、見分けようなどとしなければよいのだ。簡単なことではないか」

「よせ！」

　宗瑞が声を荒らげる。

「それ以上、何も言うな。何が簡単なものか。おまえは、わしに人でなしになれと言っているのだぞ」

「誰もが人間として当たり前に生きていくことができる国を造りたい……そんな夢を、わしは信じなかった。できるはずがないと思っていた。それでも、ここまでついてきたのは、おまえが好きだからだ。伊勢新九郎《しんくろう》が好きでたまらぬ。子供の頃から、ずっとそうだ。だから、おまえの夢が破れて、おまえの身が危なくなったときは、わが身を楯にしておまえを守るつもりでいた。だが、小田原城を手に入れた頃から、もしかすると、夢はかなうのかもしれぬ、という気がしている。理想の国を造ることができるのではないか、と信じたい気持ちになっている。そして、今、おまえはここにいる。茶々丸と狩野道一を捕らえた。ついに伊豆をひとつにして、伊豆を理想の国にすることができる機会を得たのだ」

「何が言いたい？」

「理想の国を造るには、きれい事だけでは済まないということだ。新九郎が国を支配すれば農民の暮らしは楽になる。だから、農民は新九郎に味方をする。しかし、今まで農民から奪い取って贅沢していた者たちは、新九郎の敵になる。茶々丸がそうだ。狩野道一がそうだ。関戸吉信がそうだ。他にもいるだろう。いないはずがない。そういう者たちは、血を啜《すす》り、肉を食らい、骨を粉々に砕いてやりたいというほどに伊勢新九郎を憎んでいるはずだ。理想の国を造るには、彼らを叩き潰さなければならぬ。己の手を彼らの血で汚さねばならぬ。伊勢新九郎に平伏せぬ者は容赦なく首を刎ねなければならぬのだ。それは避けようがない。現に、今、それが起こっている。ここで手緩《てぬる》い仕置きをすれば……」

「もういい、門都普。おまえの言いたいことは、よくわかった。いや、おまえに言われるまでもなく、わしにもわかっていたのだ。しかし、そんなことは考えたくなかった。だから、さっきの話し合いでも口にしなかった」

「難しく考えるな。やれ、と言うだけでいい。あとのことは任せろ。一日で片を付ける。おまえが悩むことはない」

「一人にしてくれぬか。一人で考えたいのだ。思案がまとまるまで、ここには誰も通さぬように言ってくれ」

「わかった」

門都普が腰を上げ、部屋から出て行く。

十九

心に迷いが生じたとき、宗瑞は座禅を組む。

答えを得るためではない。

心を真っ白にするためだ。

何か迷ったときは、心の中に雑念が満ちてしまい、何をどう判断すればいいのかわからなくなってしまう。それ故、一度、雑念を一掃する必要があるのだ。

今も迷っている。

だが、答えが見付からないからではない。

どうすればいいか、自分でもわかっている。

茶々丸の血を引く者を逃がすわけにはいかない。

しかし、誰が茶々丸の息子なのか娘なのか、どの女が茶々丸の種を身籠もっているのか、それを探し出す術がない。取り調べには長い時間がかかるだろうし、たとえ時間をかけたとしても真実を見付け出せるとは限らない。何が真実で、何が嘘なのか、それを見極めるのは至難の業である。

ならば、どうすればいいのか？

門都普が言ったように、時間をかけることなく、しかも、確実に茶々丸の血筋を断絶させる方法はひとつしかない。

皆殺しである。

捕らえた者たちを、老若男女を問わず、すべて殺してしまうのだ。そうすれば間違いは起こらない。

嘘に惑わされて、茶々丸の血を引く者を逃がしてしまうことはない。

その代わり、何の関わりもない多くの者の命を奪うことになってしまう。

それが茶々丸の罠なのだ。領民に慕われている慈悲深い韮山さまが、そんな無慈悲なことをするはずがない、と見くびっている。たとえ自分が処刑されたとしても、自分の血を引く者が生き延び、いずれ宗瑞と伊勢氏に復讐することを茶々丸は期待している。

実際、そうなる可能性は高い。

茶々丸の子が深根城から逃れ、それを山内上杉氏や大森氏が保護すれば、

「茶々丸さまの血を引く第三代の堀越公方さまである。伊勢氏に奪われた国を取り戻す」という伊豆侵攻の大義名分ができるし、動揺する豪族たちも少なくないであろう。それを防ぐには、この地で決着させるしかない。

だが、それは、

「何の罪もない女子供まで皆殺しにした人でなし」

という汚名を宗瑞が背負うことを意味する。

捕らえている三百四十三人のうち、恐らく、三百人以上は茶々丸と何の関わりもない者たちであろう。茶々丸の血縁者を隠すために利用されているに過ぎないのだ。一人でも多くの者を救いたい、そのために理想の国を造りたいという信念で戦い続けてきたのに、何の罪もない老若男女三百人以上を殺すことができるのか、そんなことをしていいのか……

宗瑞は苦悩している。

（どうすればいいのだ？）

宗瑞が両手で顔を覆う。

翌朝、宗瑞は、弥次郎や紀之介など主立った家臣たちを呼び集めた。

わずか一晩で宗瑞の目の下には濃い隈《くま》ができ、ひどく顔色が悪い。睡眠も取らず、飲食もしていないせいだ。そんな宗瑞を見れば、どれほど悩み苦しんだか、誰もが容易に察することができた。

いったい、どんな結論を出したのか……皆、固唾を呑んで宗瑞の言葉を待つ。

「茶々丸さまには切腹していただく。同じく狩野道一も切腹」

「……」

これについては、さしたる驚きもない。

茶々丸と狩野道一のせいで、伊豆は北と南に分かれて争ってきた。この二人が死ぬことで、ようやく長い争いに終止符が打たれるのだ。

皆の関心は、そこにはない。

捕らえている三百四十三人の扱いを、どうするかである。その中に、茶々丸の血を引く者が紛れ込んでいるはずなのだ。万が一、その者を逃がすようなことになれば、後々、災いの種になることは明らかである。

「それ以外の者たちの処分だが……」

宗瑞が皆の顔をぐるりと見回しながら大きく息を吐く。

「打ち首とする」

「……」

その場にいる者たちが一斉に息を呑む。

咄嗟《とっさ》には誰も言葉を発することができない。

それほどの衝撃であった。

やがて、弥次郎が、

「捕らえたものたちをすべて処刑するということか？」

と訊く。

「そうだ」

「一人残らずか？」

「そう言っている」

宗瑞がうなずく。

「女もいれば子供や年寄りもいる。年齢も様々だし、確かに茶々丸の血を引いている疑いのある者は多いが、どう考えても関わりがなさそうな年寄りもいる。腰の曲がったじいさんやばあさんも打ち首にするのか？」

「うむ」

「それは、あまりにも酷《むご》いのではないか。年老いた農民まで殺すとは……」

「農民とは限らぬ。茶々丸さまに仕えていた武士が農民の振りをしているだけかもしれぬ。妻や側室に仕えていた老女かもしれぬ」

「そうだとしても……」

「時間をかけることはできぬのだ」

宗瑞が弥次郎の言葉を遮《さえぎ》るように強い口調で言う。

「たとえ時間をかけたとしても、茶々丸さまに関わりのある者たちと、そうでない者たちを正しく選《よ》り分《わ》けることなど、とてもできぬ」

「だから、皆殺しにするのか？」

「そう決めた」

「まるで鬼ではないか」

「かもしれぬ」

「なぜ、韮山に連れて帰らぬのだ？　韮山に連れて帰れば……」

「きちんと選り分けられるというのか？」

「少しでも疑わしい者だけを処刑すればいい。それだけでも半分くらいは助かるはずだ」

「弥次郎、同じことを何度も言わせるな」

宗瑞が険しい表情で弥次郎を睨む。

「わしは、この深根城で伊豆の戦いを終わらせるつもりでいる。これからも戦はあるだろうが、それは伊豆の外での戦いになる。伊豆という国では、もう戦が起こらぬようにしたい。平穏な国にしたいのだ。三百四十三人もの命を軽んじているわけではない。しかし、ここで仕置きを誤れば、これからも伊豆で戦いが続くことになる。そうなれば、どれほど多くの命が奪われるかわからぬ。異論のある者は、遠慮はいらぬ、この場で言うがいい。

だが、わしも考え抜いて決めたことだ。それはわかってもらいたい」

「……」

その場にいる者たちはうつむいて、宗瑞と視線を合わせようとしない。宗瑞の言うことは理解できるが、そうだとしても、老若男女を問わず、すべて打ち首にするというのは、弥次郎の言うように、あまりにも酷いやり方だと思うのだ。

「殿のおっしゃることが正しい。伊豆をひとつにするためだ。仕方あるまい」

弓太郎が言うと、ようやく他の者たちも、口々に宗瑞の考えに賛同し始める。紀之介は黙りこくっているが、何度も大きくうなずいている。これが正しいやり方なのだ、他に道はないのだ、と己に納得させているかのようだ。

「ひとつ提案がある」

門都普が口を開く。

周りの者たちが驚いたように門都普を見る。このような話し合いで門都普が発言することは滅多にないからだ。

「何だ？」

宗瑞が訊く。

「茶々丸、狩野道一、それ以外に処刑する者たち、彼らの首を城外に晒してはどうか、と思う」

「……」

宗瑞の表情が変わる。

「は？」

弥次郎が鋭い目で門都普を睨む。

「打ち首にするだけでも酷いというのに首を晒すだと？　なぜ、死者を鞭打つようなことをしなければならぬのだ」

「先程、殿は伊豆での戦いを、この深根城で終わらせるとおっしゃった。ならば、これから伊豆を支配するのが誰なのか、広く世間に知らしめるのがよいと思うからだ」

「早雲庵《そううんあん》は無慈悲な男よ、と評判が落ちるだけではないか」

「茶々丸が第二代堀越公方の座を奪い取ったとき、最初に何をしたか思い出せ。義理の母と、腹違いの弟を殺し、その首を御所の門前に晒した。その二人だけでなく、自分に逆らう者たちも容赦なく殺し、同じように首を晒した」

「知っている。そのせいで愚かで残忍な公方だと領民に憎まれた」

「その通りだ。しかし、それだけではない。憎まれる以上に、茶々丸は恐れられた。だからこそ、殿が伊豆に討ち入るまで堀越公方として好き勝手に振る舞うことができたのだ」

「多くの首を城外に晒すことで伊豆の民を恐れさせよと言いたいのか？　茶々丸のように」

「殿が慈悲深い主であることは、もう知れ渡っている。それだけでなく、時には鬼のように恐ろしいこともなさる御方だと恐れられるのは、伊豆を支配する上で、いや、いずれ伊豆以外の国をも支配していく上で決して悪いことではないはずだ」

「伊豆以外の国だと？」

「そうだ。伊豆がひとつになれば、次は相模に向かうのではないのか？」

「小田原か……」

弥次郎が、ちっと舌打ちする。城代として小田原城を預かりながら、その責務を全《まっと》うできなかった悔しさが込み上げてきたらしい。

「紀之介、どう思う？」

宗瑞が訊く。

門都普の提案に賛成するのか反対するのか、すぐに自分の考えを口にせず、紀之介の考えを聞こうとするのは、宗瑞の心にも迷いがあるのであろう。

「そういうやり方を好むかどうかと問われれば、好まぬ、と答えるでしょうが、殿が伊豆を治めていく上で役に立つかどうかと問われれば、役に立つ、と答えます。それが正しいやり方なのかどうか、わたしにはよくわかりませんが……」

言葉を選びながら、絞り出すように紀之介が言う。

「弓太郎は、どうだ？」

「全員を打ち首にすると決めたのであれば、その首を晒すのは、確かに効き目があるでしょう。それを目の当たりにすれば、これから先、殿に逆らおうとする者はいなくなるでしょうから。いくらか後味の悪いやり方かもしれませんが、そもそも、戦とはそういうものなのですから仕方ありません」

弓太郎が答える。

「他の者は、どうだ？　何か考えのある者は遠慮なく言え」

宗瑞が皆の顔を順繰りに見回す。

発言する者はいない。

「そうか」

宗瑞が目を瞑り、しばし思案する。

やがて、目を開けると、

「明日の朝、捕らえた者たちを処刑する。打ち落とした首は城外に晒すことにしよう。これから皆で手分けして、その準備をせよ。茶々丸さまと狩野道一の切腹には、わしも立ち会う」

二十

翌朝、まだ暗いうちに宗瑞は床を出た。

斎戒沐浴《さいかいもくよく》し、衣服を調える。前の晩は、酒も飲まず、生臭いものや肉、魚を口にしなかった。飯と汁、焼き味噌と蒸した野菜を塩で味付けしたものを少し食べただけである。身を清めるために飲食を慎んだということもあるが、そうでなくても食欲などまったくなかったし、酒を飲む気にもなれなかった。

宗瑞自身の意思によって、今日は多くの命を奪わなければならない。酒の力を借りて、胸に抱えている苦しみを楽にしてはならない、と己に言い聞かせたのである。醒《さ》めた頭で、これから為《な》されることをしっかり自分の目に焼き付けるつもりだった。

処刑は夜が明けてから行われることになっている。

日が昇るには、まだ間がある。

宗瑞は座禅を組むことにした。

捕らえた者たちをすべて処刑し、その首を城の周囲に晒す……それは考え抜いて出した結論である。

だからといって、心に迷いがないわけではない。

宗瑞を苦しめるのは、

（わしなら処刑を止めることができる）

ということであった。

それは他の誰にもできない。宗瑞だけが処刑を中止する力を持っている。裏返せば、何の罪もない者たちが数多く交じっていると承知しているにもかかわらず、捕らえた者たちすべての命を奪う責任は宗瑞が一人で負わなければならないということである。宗瑞が断固とした決意を示したからこそ、家臣たちは異を唱えなかったのだ。

(もう迷うな。この期に及んで迷ってはならぬ)

そう自分に言い聞かせる。

迷っている姿を人に見せることはできない。弥次郎や弓太郎のような血縁者の前でも、それは同じことだ。宗瑞が迷えば、家臣たちも迷う。その決断が正しいかどうかは別として、一度決断した以上、もう迷ってはならない。迷えば心に隙ができる。結束に乱れが生じる。迷うのは宗瑞の誠実さ故だが、それを人に知られることは百害あって一利なしだ。人はそれを宗瑞の弱さと見るであろう。強さだとは思わない。

いつもならば、座禅を組んでしばらくすると気持ちが落ち着いてきて、心の中から雑念が消えていくが、今朝は、いつまで経っても雑念が消えない。それどころか、次から次へと新たな雑念が心の奥底から湧き上がってくる。額に脂汗が浮かんできて胸が苦しくなってくる。

こんなことは初めてだ。

(どうにもならぬ……)

ふーっと大きな溜息をつくと、宗瑞はごろりと仰向けにひっくり返る。大の字になって天井を見上げる。

（伽耶《かや》、どうすればいい？　本当にこれでいいのか？　わしは間違ったことをしているのではないのか……）

二十三年前、宗瑞が二十歳のとき、最初の妻、伽耶は亡くなった。生まれたばかりの息子を流行病《はやりやまい》で喪い、その後を追うようにして亡くなったのだ。

宗瑞は生きる気力をなくし、抜け殻となって都をさまよった。野垂れ死んでもおかしくなかったのに、たまたま大徳寺《だいとくじ》の宗哲《そうてつ》に救われ、宗哲らが飢えた貧民を救うために努力している姿に心を打たれて、死ぬのは簡単だ、いつでも死ねる、自分が死ぬ前に一人でも多くの者を救おう、それが伽耶と息子への供養になる、と考えるようになった。この二十三年というもの、一切の私欲を捨てて、他人を救うために、誰もが人間らしく生きる国を造るために身を粉にしてきた。

（その揚げ句が、これなのか……）

茶々丸の血を引く者、茶々丸に与する者、それらの者たちを逃がさぬために、せいぜい、数十人の者たちを逃がさぬために、その何倍もの罪のない者たちの命を奪う……そんなことが許されるのか、そんなことをするために自分は生きてきたのか、と宗瑞は暗然とした気持ちになる。

「わしだ。入っていいか？」

門都普の声がする。

「ああ、入れ」

宗瑞が体を起こす。

「ゆうべ、眠れなかったようだな」

「うむ」

「無理して立ち会うことはない。わしらに任せろ」

他の者がいるときは言葉遣いに注意するが、二人だけのときは昔と変わらぬ物言いをする。

「そうはいかぬ。わしが命じたことだ。目を背けることはできぬ。茶々丸さまと狩野道一の切腹を見届け、その後、すべての者の処刑を見届ける」

「まだ迷っているのか？　苦しそうな顔だぞ」

「迷いがないと言えば、嘘になる。だが、どちらか選ばなければならぬのなら、こうするしかない」

「何もかも背負い込もうとするな。目を背ければいいではないか。何も聞かねばいいではないか。そのために、わしらがいるのだ」

「もう決めたことだ」

「本当にいいのか？」

「大丈夫だ。そろそろではないのか？」

「だから、呼びに来た。もう支度は調っている」

「ならば、行こう」

宗瑞が腰を上げる。

二十一

処刑場はふたつ設置されている。

茶々丸と狩野道一だけに使われるものと、それ以外の者たちのために使われるものだ。

いかに暴虐だったとはいえ、第二代の堀越公方の地位にあった者と、それ以外の者では身分が違いすぎる。一緒に処刑するわけにはいかない。

狩野道一の扱いについては宗瑞も迷ったが、古くからの伊豆の有力豪族であり、茶々丸の名代《みょうだい》として南伊豆の豪族たちを取りまとめていたという点を考慮して、茶々丸と同じ場所で切腹させることにした。

言うまでもないが、万が一、切腹を拒んだ場合には首を刎ねるのだ。

まず、茶々丸と狩野道一を切腹させ、その後に、それ以外の者たちを処刑するという流れになる。

門都普に案内され、宗瑞は幔幕を巡らせた処刑場に入る。すでに弥次郎たちは床几に腰掛けて待っている。宗瑞は正面の床几に腰を下ろす。門都普は重臣たちの末席に控える。身分が低いからというわけではなく、門都普自身がいつもその場所を選ぶ。

宗瑞は、ふーっと大きく息を吐く。

すでに決断を下し、その決断を覆《くつがえ》す気持ちはないものの、それでも処刑場に身を置くと、やはり、気が滅入ってくる。

中央に畳が一枚敷かれ、その上に白い布がかけられている。三方《さんぼう》が置かれ、そこに小柄が載せられている。畳の前には、ぽっかりと穴が掘られている。

普通、切腹では、そう簡単に死ぬことができない。

腹を切った後、頸動脈《けいどうみゃく》を切り裂かなければ死ねないのである。

しかし、なかなか、そこまで自分一人でできる者はいない。

腹を切っただけでは、出血多量で死ぬのを待つしかないが、それには長い時間がかかるし、苦痛が長引くことになる。その苦痛を和らげるために介錯《かいしゃく》する者がいる。茶々丸と狩野道一の介錯人は、三島新蔵《みしましんぞう》といい、まだ二十代の若者だが、家中でも名前の知られた剣の達人である。下手な者が介錯すると、首を落とし損ねて、処刑される者の苦しみをかえって大きくすることになりかねない。茶々丸と狩野道一は、宗瑞にとっては仇敵だが、勝敗の決した今、二人を苦しめてやろうなどという気持ちは宗瑞にはない。少しでも楽に死なせてやろうと宗瑞が三島新蔵を指名した。

新蔵は額に鉢巻きを締め、襷掛《たすきが》け、股立《ももだ》ちを取り、地面に片膝をついて畳の横に控えている。

「始めよ」

宗瑞が言う。

やがて、狩野道一が連れて来られる。

両脇を宗瑞の家臣たちに支えられている。膝ががくがく震え、今にも腰が抜けそうな有様で、一人では歩くこともできないのだ。顔色も悪く、まるで死人のように真っ白だ。

畳の上に坐らされると、ばったりと両手を畳につき、全身をぶるぶる震わせる。

「狩野殿、どうなされました？　具合でも悪いのですか」

宗瑞が声をかけると、狩野道一が顔を上げ、

「宗瑞殿、わしを憎むのはわかる。言い訳がましく聞こえるだろうが、わしは私欲のために宗瑞殿と戦ったわけではない。公方さまに頼まれて、やむなく兵を挙げただけのこと。どうか、それをわかってほしい」

「承知しております」

「負けを認めよう。わしは負けた。公方さまも負けた。宗瑞殿の勝ちだ。わしの城も領地も差し上げよう。わしは何もいらぬ。頭を丸めて仏門に入りたい。二度と鎧を身に着けることも、刀を手にすることもない。わしが目障りだというのなら、伊豆を出ていく。都に

上って、どこぞの寺に入る。高野山《こうやさん》に登ってもよい。それ故、どうか命だけはお助け願いたい。今更、この年寄りの首を奪ったところで何も変わるまい。情けをかけてもらえぬか。いや、情けをかけていただけませぬか。この通りでござる」

狩野道一が畳に額をこすり付けて、宗瑞に命乞いする。

「……」

宗瑞がじっと狩野道一を見つめる。困惑している様子である。それは他の者たちも同じだ。まさか、この期に及んで狩野道一が見苦しく命乞いするとは思っていなかったのであろう。

宗瑞が堀越御所を急襲して茶々丸から伊豆の支配者の地位を奪い取ったのは五年前である。それ以来、狩野道一は南伊豆の豪族たちを取りまとめ、宗瑞に敵対する勢力の旗頭という立場にあった。茶々丸の威光が豪族たちを結束させたのは確かだが、体の不自由な茶々丸に代わって常に陣頭指揮を執《と》ったのは狩野道一である。それほどの男が死を恐れ、目に涙まで浮かべて、どうか殺さないでくれ、と懇願している。

弥次郎たちが眉間《みけん》に皺《しわ》を寄せて苦々しそうな顔をしているのは、

（何と無様な……）

という軽蔑心のせいであろう。こんな情けない男に今まで苦しめられてきたのか、という怒りも感じている。

「狩野殿、どうか顔を上げて下され」

宗瑞が声をかける。

「では……」

狩野道一が顔を上げ、期待を込めた眼差しを宗瑞に向ける。

「ここ数年、わしと狩野殿は命懸けで鎬《しのぎ》を削ってきた。お互いに一歩も退くことのできぬ戦いだった。今、わしはここに坐り、狩野殿はそこに坐っている。わずかばかり、わしは運がよく、たまたま狩野殿は不運だったせいで、そうなっただけのこと。坐る場所が逆になっていても少しも不思議ではなかった。違いますかな？」

「わしが言いたいのは……」

「この戦いで多くの者が死にました。わしの命令に従って死んだ者も多いし、狩野殿の命令で死んだ者も多い。自分だけが生き残って、狩野殿は彼らに顔向けできるのですか？」

「仏門に入って、その者たちの菩提《ぼだい》を弔《とむら》ってやりたいという気持ちなのです」

「たわけたことを言うな！」

宗瑞が声を荒らげ、鋭い目で狩野道一を睨む。

「今になって、そのようなことを言うくらいなら、なぜ、もっと早く戦をやめなかった。茶々丸さまに諫言《かんげん》すればよかったではないか。城が落ちる前、狩野殿は、わしの兵たちにこう言った。宗瑞は大悪人であるぞ、宗瑞に味方する者は極楽往生など決してかなわぬのだ、と。まさか忘れたわけではありますまい」

「そ、それは……」

狩野道一の顔色が更に悪くなる。

「その舌の根も乾かぬうちに、大悪人であるわしに命乞いし、死んだ者たちの菩提を弔いたいなどと言う。あなたは恥という言葉を知らぬのか？」

「……」

「小柄を手に取られよ」

「宗瑞殿……」

「とにかく、手に取られよ」

「……」

震える手を三方に伸ばし、狩野道一が小柄を持ち上げる。

が、すぐに小柄を落としてしまう。

「無理じゃ。わしにはできぬ。死にとうない。頼む、宗瑞殿、どうか助けて下され……」

死にたくない、どうか命だけは助けてくれ、と大きな声で泣き叫びながら訴える。

門都普が素早く狩野道一に近付く。背後から抱きしめるようにしながら小柄を拾い上げ、狩野道一の手に自分の手を重ねて小柄を腹に刺す。

「うっ……」

狩野道一の体がびくっと硬直する。

門都普が体を離す。

その瞬間、宗瑞が三島新蔵に目配せする。

狩野道一のやや後方で、新蔵は合図を待っていた。刀を抜き、いつでも首を落とすことができる態勢を取っていたのである。

新蔵は、つつっと狩野道一に近付くと、ためらうことなく刀を振るう。一刀で首が落ちる。ころりと首が穴に落ちる。狩野道一の胴体は前のめりに倒れ、血が激しい勢いで穴に向かって噴き出す。

「狩野道一殿、見事に切腹なされた」

表情を変えずに宗瑞が言う。

狩野道一の亡骸《なきがら》を運んだり、畳を新しいものに替えたり、それらの作業に四半刻（三十分）ほどかかった。その間、宗瑞も家臣たちも姿勢を変えずに、その場に留まっている。私語を交わす者がいないのは、宗瑞が厳しい表情で黙り込んでいるからであった。

支度が調いましてございます、と家臣が告げると、

「始めよ」

宗瑞がうなずく。

皆がちらりと宗瑞を見る。茶々丸が狩野道一のように見苦しく命乞いしたらどうするつ

もりなのだろう、と気にしている様子である。

しばらくすると輿に乗せられた茶々丸が処刑場に入ってくる。輿から下ろされ、畳の上に坐らされる。普通の格好で坐ることが辛いのか、片足を投げ出し、両手を畳について体を支えている。

「狩野を殺したのか？」

「先程、この場所で見事に切腹なさいました」

宗瑞が答える。

「ふんっ、ぬけぬけと嘘を言いおって。狩野が泣き喚《わめ》く声が聞こえたわ。命惜しみする男だから、そう簡単に腹など切るはずがない。切腹に見せかけて殺したのであろうよ」

憎々しげに宗瑞を睨む。

「わしを殺してから、他の者たちも皆殺しにする腹積もりか？　とうとう、おまえも本当の人でなしになるか。何の罪もないとわかっている数多くの女子供、それに年寄りまで殺すというのだからな」

「……」

「わしも鬼ではない。まさか、おまえが皆殺しにするとは思っていなかったので意地を張ったに過ぎぬ。わしの子を教えよう。わしの子を身籠もっている女を教えよう。その女の父と母を教えよう。全部で六人ほどだ。他の者たちは許してやるがよい」

「それは、できませぬ」

「ほう、できぬと？　なぜだ？」

「その言葉が本当かどうか確かめようがないからでございます」

「もうすぐ死ぬのだ。嘘など言わぬ」

「信じられませぬ、茶々丸さまは人を惑わすのがお上手でおられる。わたしには嘘を見破ることができませぬ」

宗瑞が首を振る。

「六人殺せば済むのに何百人も殺すというのか？」

「やむを得ませぬ。そう決めました」

「そのようなことをして妻や子に顔向けできるのか？　自分の夫が、自分の父親が、罪のない女子供を殺した人でなしだと知ることになるのだぞ」

「茶々丸さま、無駄話などやめて、第二代の堀越公方として潔く切腹なさいませ」

諭すように宗瑞が言う。

「ふんっ、いいだろう。切腹してやる。但し……」

茶々丸が傍らに控える三島新蔵を睨む。

「わしには介錯などいらぬ。わしの首がほしければ、わしが死んでからにせよ。手出し無用、よいか」

「……」

新蔵が問うような眼差しを宗瑞に向ける。

「それが茶々丸さまの望みならば、従うしかない。介錯せず、その場で見届けよ」

「は」

新蔵が膝をついて畏まる。

「どうぞ」

宗瑞が茶々丸に切腹を促す。

「慈悲深い韮山さまなどと、愚かな農民どもを騙しているが、まるっきりの大嘘ではないか。ついに正体を現したな。おまえなど極悪人だ。今は勝ち誇ってわしを見下しているのだろうが、いずれ、おまえも誰かに負けて、ここに坐らされる日が来る。それを覚えておくがいい……」

茶々丸が腹をくつろげる。緩慢な動作で小柄を手に取ると、逆手に持ち直す。ためらうことなく両手で左の脇腹に突き立てる。

「うっ」

と呻《うめ》き、表情が苦痛に歪む。

歯を食い縛り、両手をじわじわと右の脇腹に向かって動かす。ぶわっ、と大量の血が溢れる。

一度、小柄を引き抜き、大きく息を吐く。

改めて大きく息を吸うと、小柄を胸の中央、肋骨のすぐ下あたりに突き立てる。そのまま下腹部まで一直線に切り下げる。十文字腹である。

今や血だけでなく、内臓も腹からこぼれ落ちる。

処刑を見守る家臣たちが顔を顰めて口許を押さえたのは、濃厚すぎる生臭い臭気に辟易《へきえき》したせいである。

「おまえの子々孫々、末代まで呪ってやるぞ！　おまえが地獄に墜ちる日を待っているからな」

小柄を放り出すと、腹からこぼれた内臓をわしづかみにし、宗瑞に向かって投げつける。もう力が出ないのか、内臓は届かず、宗瑞の足許に落ちるが、宗瑞の手や着衣に血がはねる。

「新蔵、首を刎ねよ！」

弥次郎が腰を浮かせて怒鳴る。

地面に片膝ついていた新蔵は弾けるように立つと、刀を振り上げて茶々丸の首を落とす。

首が穴に落ち、胴体が前のめりに倒れる。

誰も口を利く者がいない。

茶々丸の死の凄まじさに圧倒されているのだ。

ハアハアという新蔵の荒い息遣いだけが、しんと静まり返った処刑場に響く。

宗瑞が床几から立ち上がり、ぐるりと家臣たちを見遣る。

「第二代堀越公方・足利茶々丸さま、見事な最期であられた。亡骸を丁重に取り扱うようにせよ。手厚く葬って差し上げなければならぬ」

そこで一呼吸置くと、

「四半刻（三十分）ほど休み、それから残りの者たちの処刑を始める」

「……」

家臣たちが黙って頭を垂れる。

宗瑞が処刑場から出て行く。

二十二

宿舎に戻ると、宗瑞は力が抜けたように床に坐り込んだ。全身に汗をかいている。疲労も大きい。

（まずは着替えねば……）

白い帷子《かたびら》に点々と赤い血が飛び散っている。

茶々丸の血である。

汗を拭い、新しい帷子に着替えたところに、弥次郎、弓太郎、紀之介、門都普の四人がやって来た。

「もう時間か？」

「まだだ。支度に手間取っている。狩野道一と茶々丸の切腹に時間がかかったのでな」

弥次郎が言う。

「そうか」

「お顔の色が優れぬようですが……」

弓太郎が心配そうに訊く。

「無理もない。茶々丸め、最後まで嫌味なことをする」

弥次郎が顔を顰める。

「わしの顔色が悪いのを心配して四人揃ってやって来たのか？　そうではあるまい。言いたいことがあるのなら言うがよい」

「……」

弥次郎、弓太郎、紀之介の三人が顔を見合わせる。

門都普だけはうつむいて、むっつり黙り込んでいる。

「ならば言うが……」

弥次郎が口を開く。

「茶々丸の言葉が気になる。自分に関わりのある者は六人だけで、それ以外の者は何の関わりもないという。それが本当なら……」

「よせ」

　宗瑞が首を振る。

「あんな言葉に惑わされてはならぬ。それが茶々丸さまの狙いなのだ。死ぬ間際に至っても、われらを苦しめよう、悩ませよう、困らせようという企みなのだ。わしらが迷えば、茶々丸さまの思う壺だ」

「それは、わかる。決めたことを土壇場で変えるのはよくないとも思う。だが、大勢の命に関わることだ。よくよく思案を重ねるべきではないかな？」

　弥次郎が言うと、

「今すぐ処刑を始めるのではなく、もう一度、皆で話し合い、何かいいやり方がないか、じっくり考えてはどうでしょうか？」

　弓太郎も賛同する。

「それでは同じことの繰り返しではないか」

　黙っていた門都普が唐突に口を開く。

「いくら話し合ったところで、どうにもならぬ。茶々丸は自分に関わりのある者は六人だけだと言ったが、それが本当かどうか確かめる術がない。もっと多いかもしれぬぞ。そもそも、たとえ六人を選んだとしても、それが本物かどうかもわからぬのだ。身代わりを立てて、わしらをごまかそうとするかもしれぬ。いくら話し合っても無駄なのだ。はっきりしているのは、それこそ茶々丸の狙いだということだ」

「そうかもしれないが……」

弥次郎も歯切れが悪い。罪のない多くの者の命を奪うことに後ろめたさを感じるせいであろう。

「言いたいことがあるのではないのか？」

宗瑞が紀之介に顔を向ける。

「正直なところ、どうすればいいのか今になってもわかりません。何が正しくて、何が正しくないのか……。ずるいようですが、殿の指図に従うのみでございます」

「そうか」

宗瑞がうなずく。

「わしの考えは変わらぬ。これ以上、皆と話し合いをするつもりもない」

「……」

弥次郎と弓太郎が驚いたように息を呑む。宗瑞の言葉にまったく迷いが感じられなかったからだ。

しばらく誰も口を利かなかったが、やがて、

「そこまで覚悟を決めているのなら、これ以上、余計なことを言わぬ方がよさそうだ」

弥次郎が諦めたように腰を上げる。

弓太郎も黙って倣《なら》う。

弥次郎、弓太郎、紀之介の三人が出て行く。

門都普だけが残り、

「何も間違っていない。他に道はないのだ。自分を責めるな」

「自分を責めてなど……」

と口にしてから、おまえに嘘はつけぬ、と苦笑いをする。

「何の罪もないとわかっている者たちの命を奪わなければならぬのだ。間違っていないはずがない。こんなやり方は間違っているのだ。しかし、正しいやり方がわからぬ」

「何かが間違っているとすれば、たぶん、この世の中が間違っているのだ」

「そうかもしれぬ」

宗瑞がうなずく。

「茶々丸の言葉を聞いて、心に迷いが生じなかったはずがない。それでも決意が揺らがなかったのは立派だ。しかし、これで十分だ。もう無理することはない。あとのことは、わしらに任せろ。何もかも自分で背負うことはない」

「そうはいかぬ」

宗瑞が首を振る。

「なぜ、そこまで自分を苦しめる必要がある？」

「なぜなら、わしの命令で多くの者たちが殺されるからだ。彼らの最期をきちんと見届けるのが、わしの務めだ。一人一人の顔を見て、名前を聞いて、これから先、わしの命が尽きるまで彼らに謝り続け、菩提を弔ってやるつもりだ」

「そうか。そこまで考えてのことなら、もはや何も言うまい。支度が調ったら知らせる」

門都普が去る。

半刻（一時間）ほどして家臣が呼びに来る。

処刑を始める準備ができたというのだ。

「うむ」

宗瑞が溜息をつきながら立ち上がる。

さっきから、この宿舎にまで女子供が泣き叫ぶ声が聞こえてくる。自分たちの運命を悟って、慟哭《どうこく》しているのであろう。宗瑞は胸が潰れそうな思いだ。

茶々丸と狩野道一の処刑場には幔幕が巡らされ、畳が敷かれていたが、それ以外の者たちは別の場所で処刑される。長方形の細長い穴の前に五人ずつ引き出され、次々に首を斬られるのだ。頸動脈が切断されるので大量の血がどっと噴き出す。その血を流し入れるための穴である。

宗瑞は床几に坐って処刑を見守ったが、今までの人生で、これほど辛い時間を過ごしたことはなかった。子供は父や母を呼んで泣き、父や母は子供を呼んで泣く。年寄りは息子や娘、孫を気にかけて泣く。自分はどうなってもいいから、どうか子供だけは助けてほしい、孫だけは助けてほしい……そんな悲痛な叫びが曇り空の下に響き渡る。

宗瑞の左右に家臣たちが居流れて処刑を見守ったが、凄惨な光景に気分が悪くなり、席を離れて嘔吐する者もいる。弓太郎ですら血の気が引いて顔が真っ青になり、顔中に脂汗を浮かべている。紀之介は目を瞑り、口の中で静かに念仏を唱え続けている。

宗瑞、弥次郎、門都普の三人だけがまったく表情を変えずに処刑を見守っている。

二刻（四時間）ほどで、すべての処刑が終わった。

首は深根城の周囲に晒される。

茶々丸と狩野道一の首も同様だ。

首を失った胴体部分を懇《ねんご》ろに葬るように命ずると宗瑞は床几を立つ。

と、そのとき宗瑞の体が傾く。

傍らにいる弥次郎が手を伸ばして支える。

「大丈夫か？」

「めまいがしただけだ。大したことはない。少し横になろう」

「ああ、そうした方がいい。一緒に行こう。肩につかまってくれ」

「すまぬ」

弥次郎の肩につかまって、宗瑞が宿舎に戻る。

板敷きに畳を二枚敷き、宗瑞が体を横たえる。

「水を飲むか？」

「もらおう」

弥次郎が水差しを宗瑞の口に当ててやる。

水を飲むと、ふーっと大きく息を吐き、

「すまなかった。もういいぞ。おまえも休め。疲れただろう」

「少し安心した」

「何のことだ？」

「おれは兄者が鬼になってしまったのかと心配した。いよいよ伊豆のすべてを手に入れ、人変わりしてしまったのではないか、となあ」

「そんなことはない」

「平気そうな顔を取り繕って処刑を見ていたが、心の中では苦しんでいたんだな。おれは昔のことを思い出していたよ。荏原郷《えばらごう》で暮らしていた子供時代のことを」

「そんな昔のことをか？」

「いろいろなことがあったな。朝から日暮れまで城の外を走り回っていた。母上が亡くなって、新しい母上が来て、嫌なこともあったが、それでも今になって思い返すと幸せな暮らしだったことがわかる。茌原郷の農民も貧しい暮らしをしていて、決して豊かではなかったはずだが、道端で行き倒れている者も見なかったし、赤ん坊を間引きしたり、娘を売り飛ばすという話も聞いたことがなかった。運がよかったのかもしれないが、戦騒ぎに巻き込まれたこともなかった。子供の頃はよくわからなかったが、父上の偉さがわかる」

「父上か……」

「兄者も同じだ。偉い人だよ」

「わしの何が偉い？　父上には遠く及ばぬ。合戦に明け暮れる日々ではないか」

「いや、それは違う。もし兄者が興国寺城の主のままでいれば、きっと、あの領地は茌原郷と同じか、もっと暮らしやすい土地になっていたと思う。だが、兄者は伊豆の大名になった。一国を治めていくのは、小さな領地を治めていくのとはわけが違う。おれでさえ苦しい。恐らく、兄者はその何倍も苦しんでいるはずだ。生半可な覚悟では、家臣として兄者を支えていくこともできぬのだと思い知らされた」

「おまえも辛いのだな」

「ああ、辛い。できれば、この場から逃げ出してしまいたいほどだ。茌原郷に戻って、昔のような暮らしをしたいのが本音だ。だが、おれは残る。歯を食い縛ってでも兄者のそばにいる。兄者の支配する領地が大きくなるにつれて、人並みに暮らすことのできる農民が増えている。それはいくつもの茌原郷ができるのと同じだ。確かに今日はひどいことをしたのかもしれないが、これで伊豆が平穏になり、伊豆のすべてを兄者が治めるようになれば、更に多くの者が幸せになれるはずだ」

「ありがとう、弥次郎。おまえがそばにいてくれて、わしは心強い」

宗瑞が手を伸ばすと、弥次郎がその手をつかむ。


深根城における苛酷とも言える処置は、それを命じた宗瑞自身をも悩み苦しませた。

その影響も大きかった。

宗瑞を憎んだり、恨んだりする者も多かったが、それ以上に、恐れる者が多かった。

「早雲庵は慈悲深いという噂だが、慈悲深いだけの甘い男ではなさそうだ。時には無慈悲で残酷なことも平気でする」

と日和見していた豪族たちを震え上がらせたのである。

『北条五代記』には、

「城に籠る者どもをば女・わらはべ・法師までも一人残さず、首を切り、城めぐりに千余かけをきぬれば、これを見聞しより、国中の諸侍、この威におそれ、急ぎはせ来て降人となる」

と記されている。

茶々丸を切腹させ、その妻や子など、茶々丸と血の繋がりのある者たちをことごとく斬ったことで堀越公方は滅亡した。

ここに宗瑞は伊豆統一に成功した。

明応七年（一四九八）八月のことである。

だが、伊豆統一を喜ぶ間もなく、恐るべき事態が出来《しゅったい》した。

二十三

明応七年（一四九八）八月二十五日の朝、地震が発生した。駿河の南方海中を震源とする巨大地震で、房総半島から紀伊半島まで、太平洋沿岸を津波が襲った。これを明応地震と呼ぶ。

地震によって、木造の貧弱な家々はほとんどが倒壊し、中にいた者たちが押し潰された。かろうじて逃げ出した者たちも津波に押し流された。数え切れないほどの寺社も崩れた。

宗瑞が支配下に組み入れたばかりの伊豆南部の被害は深刻だった。沿岸部分が受けた被害は壊滅的と言っていいほどで、家屋が倒壊しただけでなく、津波に田畑も流された。収穫前の稲や作物が流されたばかりか、倉に蓄えていたものまですべて失われた。

追い打ちをかけたのは疫病だ。井戸が汚染されたため、人々は泥水を飲んだが、それが原因で疫病が発生したのである。

「公方さまの首を刎ねるような大それた真似をするから罰《ばち》が当たったのだ」

「公方さまの呪いかもしれぬ」

「何百人もの女子供、年寄りを殺して、その首を晒すようなことをしたので神が怒ったのに違いない」

深根城を制圧し、厳しい仕置きをした直後に大地震が起こったので、迷信深い人々は、宗瑞が無慈悲なことをした罰が当たったのではないか、と噂した。

その宗瑞は韮山に戻っていた。

深根城には弥次郎と松田信之介を残した。人別《にんべつ》調査と検地をさせ、それをもとに年貢を決めるためだ。民政手腕に長《た》けた信之介が最も得意とするところである。その準備をしているときに大地震が起こった。人別調査と検地を後回しにして、二人は地震と津波による被害状況を調査することにした。ほんの少し調べただけで、弥次郎と信之介は自分たちの手に負えないと悟り、すぐさま宗瑞に助けを求めることにした。直ちに使者が発せられた。

その日のうちに使者が韮山に着いた。

南伊豆の被害の大きさを聞いて、宗瑞は驚愕した。はっきりしているだけでも数千人が死に、行方のわからない者たちを含めると、その数は万に達するかもしれないというのだ。

韮山でも地震の被害は大きかったが、内陸にあるので津波の被害を受けなかったことが幸いし、田畑への影響はほとんどなかったし、死者もそれほど多くはない。地震が発生したのが午前八時頃で、多くの農民がすでに野良仕事に出かけていたせいだ。沿岸部では、津波によって人も田畑も丸ごと流されてしまった。地震による被害よりも、その直後に起こった津波による被害の方が深刻だったのだ。

弥次郎の報告は大袈裟すぎるのではないか、被害の実情をよく調べていないのではないか、という疑いすら抱いたが、弥次郎だけでなく信之介までもが同じような報告を寄越しているのだから、宗瑞としても信じないわけにはいかなかった。

「こうしてはおられぬ」

とにかく、自分の目で確かめなければと考え、五百人の兵を引き連れ、大量の食糧と薬を持って出発した。韮山には弓太郎と紀之介を残し、被害に遭った者たちを助けてやるように命じた。

深根城に着くと、早速、信之介に案内されて被害の大きかった沿岸部を視察した。

「何ということだ……」

あまりの凄まじさに宗瑞は言葉を失った。

風景が一変している。

村や田畑が消え失せ、水と泥に埋め尽くされている。家を失った農民たちは薄汚れた姿で野宿を余儀なくされ、飢えに苦しんでいた。

弥次郎と信之介の報告が少しも大袈裟でないことを思い知らされた。

「まず、何をすべきか？」

弥次郎と信之介に問う。

さすがに信之介は抜かりがなく、すぐにしなければならないことを優先順位をつけてまとめていた。その提案を宗瑞は採用した。兵をいくつかの集団に分け、炊き出しをする部隊、病気や怪我で動けなくなっている人たちに薬を与えたり手当てしたりする部隊、行方不明になっている人たちを探す部隊、というように役割を与えたのである。

早速、活動を始めさせたが、すぐにそれでは焼け石に水だとわかった。あまりにも被害が大きすぎて人手が足りず、食糧や薬もすぐに底をついてしまったからだ。

「とても人が足りぬ。食い物も足りぬ」

韮山に使者を送り、できる限り多くの兵と食糧を寄越すように命じた。そのうちに付近の豪族たちが郎党を引き連れて手伝いに駆けつけたり、農民たちも手を貸してくれるようになったので、人手の目処《めど》はついた。

問題は食糧である。いくらあっても足りない。

深根城に行けば飯が食えるという噂が広まり、かなり遠いところからも被災した者たちがやって来たので、その数は五千にもなった。朝と夕方の二度、炊き出しをして雑炊を振る舞ったが米俵が面白いように消えていく。

これまで宗瑞は質素な生活を心懸け、倹約に努めてきたから韮山には大量の米が備蓄されており、金銀の蓄えも豊富である。韮山から深根城に続く街道は、連日、牛や馬に引かれて米を積み込んだ車が通った。韮山城に出入りする商人たちには、京や大坂で米を買い付けることを命じた。

宗瑞が備蓄米や金銀を惜しみなく使ったので、炊き出しが止まることはなかった。それでも炊き出しに集まる人々の数が一万人を超えるほどになると、

「炊き出しを一日一度にしてはどうか。せめて、雑炊に入れる米を減らして、その分、稗《ひえ》や粟《あわ》、麦を増やし、汁で嵩《かさ》を増してはどうか」

と、弥次郎が提案し、信之介も、

「そうすることで、炊き出しを長く続けることができます」

と賛成した。

しかし、宗瑞は、

「今までのやり方を続ける」

と許さなかった。

深根城にやって来てから、宗瑞は夜明けと共に城を出て、被災した者たちに会って、何が必要か、何に困っているか、何をしてほしいか、これから先、どうしたいのか……いろいろな話を聞いた。

それを毎日続けている。

被災した者たちから話を聞いて、彼らが最も恐れているのが飢えることだと知った。山

内上杉氏や堀越公方が伊豆を支配している頃は、常に重い年貢を課され、収穫の少ない年でも年貢は軽減されなかったから、飢饉《ききん》になると、人がばたばた死んだ。赤ん坊を間引き、娘を売ってもどうにもならず、体力のない年寄りや子供から死んでいった。宗瑞が支配するまでは、それが当たり前だったのだ。

その頃の記憶が農民たちの脳裏に生々しく焼き付いており、宗瑞が炊き出しを打ち切るのではないか、と恐れていた。炊き出しの雑炊が食えなければ、多くの者が餓死することになるであろう。

しかも、二度の雑炊では、腹を満たすことなどできず、かろうじて生き長らえることができる、というに過ぎない。そういう実情を知りながら、炊き出しの回数を減らしたり、水で薄めるような真似は宗瑞にはできなかった。

（たとえ金銀をすべて吐き出すことになろうとも、わしは炊き出しを続ける）

そう腹を括った。

とは言え、急場を凌《しの》ぐことができたとしても、収穫前の稲や作物、それに倉に蓄えていたものまで流されたのでは、来年の春まで、少なくとも七ヶ月か八ヶ月は何も食うものがないはずだ。放置すれば、年を越すことができず飢え死にする者が続出するに違いない。

何とかやり繰りできるように算段せよ、と信之介に命じているが、信之介も見通しが立たないらしく、

「どうだ？」

と訊いても、難しい顔をして溜息をつくばかりである。

そんなとき駿河の今川家から大量の米が届けられた。米を積んだ船が下田港に続々と入港し、米俵が荷下ろしされた。その数は一千俵にもなった。

地震による被害を知って、氏親が見舞いを贈ってきたのだ。宗瑞の姉で、氏親の母である保子《やすこ》との連名だ。

（駿河の被害も大きいというのに……）

太平洋に面し、長い海岸線を持つ駿河も津波に襲われ、沿岸部で大きな被害が出たことを宗瑞も耳にしていた。気にならないわけではなかったが、伊豆南部の被災民をいかに救済するかということで頭がいっぱいで、駿河に見舞いを出すことにまで考えが及ばなかった。本来であれば、当然、宗瑞も答礼として見舞いを贈るべきだったが、氏親の書状に、

「答礼に及ばず」

と、わざわざ認《したた》めてあり、それは宗瑞の苦境を思いやっての言葉と窺《うかが》い知れたから、その言葉に宗瑞も甘えることにした。宗瑞が所蔵する太刀の中から一振りを選び、礼状と共に氏親に送った。一千俵の米とは比べようもないが、せめてもの宗瑞の感謝の気持ちであった。できるだけ早い時期に駿府《すんぷ》に赴いて、直にお礼を述べたい、とも書いた。

それからの数ヶ月、宗瑞は被災者の救済活動に忙殺された。

第二部　小田原再征

一

年が明けて間もなく、明応《めいおう》八年（一四九九）一月の初め、宗瑞《そうずい》は駿府《すんぷ》に向かった。

伊豆《いず》南部の沿岸地方は、まだ地震の被害から立ち直っていないが、とりあえず、新年を迎えることはできた。地震発生直後から始めた炊き出しも途絶えることなく続けている。それには今川《いまがわ》家から見舞いとして贈られた米一千俵が大いに役立った。その礼も申し述べなければならなかったし、それ以外にも重要な要件がある。弥次郎《やじろう》を同行させたのも、そのためだ。

伊勢《いせ》氏の軍配者《ぐんばいしゃ》となった円覚《えんかく》も連れて行った。円覚にとって足利《あしかが》学校の大先輩である星雅《せいが》に引き合わせたいと思ったからだ。

一行は十人ほどに過ぎない。仰々《ぎょうぎょう》しい行列を組んで駿府を訪ねることができるような余裕は今の宗瑞にはないし、そんな見栄を張りたいとも思わなかった。

「叔父上、ようこそおいで下さいました」

氏親《うじちか》がにこやかに挨拶する。もう二十九歳になり、かなり貫禄も出てきた。宗瑞の助力で小鹿範満《おしかのりみつ》を成敗し、今川の家督を取り戻してから十二年経つ。

初めの頃は、重臣たちや宗瑞が舵《かじ》取りをして、氏親はお飾りのような存在だったが、次第に指導力を発揮するようになった。名家の子弟は、ちやほやされ甘やかされ、過保護に育てられるあまり、酒食に溺れて自堕落な生活をし、政治を顧《かえり》みなくなる者が少なくないが、氏親は道を誤らなかった。

ひとつには母の保子《やすこ》によって幼い頃から厳しく教育されてきたせいだし、ひとつには宗瑞の薫陶《くんとう》のおかげである。

重臣たちの意見に真摯に耳を傾け、道理をわきまえた公正な政《まつりごと》を行い、謙虚で控え目な性格でもあったので、家中の結束も強まり、父である義忠《よしただ》の時代より今川家の勢力は大きくなっている。

「御屋形《おやかた》さまも姉上もお変わりなく」

氏親と保子は上座に並んでいる。宗瑞は二人に丁寧に頭を下げ、見舞いとして贈られた一千俵の米について感謝の言葉を述べた。宗瑞の背後に控えている弥次郎も頭を下げる。

「伊豆は、どうですか？　少しは落ち着きましたか」

保子が訊《き》く。

「なかなか思うようにはいきません」

宗瑞が首を振る。

多くの人が亡くなって働き手が減った上、津波で田畑が流されてしまったので、新たに土地を開墾《かいこん》しなければならない。その土地から米や作物を収穫できるようになるには時間がかかる。

「地震が起こる前と同じ暮らしができるようになるには何年かかることか……」

宗瑞が溜息《ためいき》をつくと、

「駿河《するが》も似たようなものです」

駿河が受けた被害を氏親がぽつりぽつりと語り始める。海岸線が長いだけに、伊豆南部よりも津波による被害は深刻だった。

だが、伊豆と駿河では国力の大きさが何倍も違うので、駿河の復興は伊豆よりも進みが速い。

「せっかく伊豆をひとつにしたばかりだというのに、こんなことになるとは、あなたも大変ですね……」

伊豆に贈った米は、地震の被害を受けた見舞いというだけでなく、伊豆をひとつにすることに成功したお祝いの意味も込めたのだ、と保子は言う。

「そうでしたか。まことにかたじけない。あの米のおかげで多くの者が命を長らえることができました。御屋形さまと姉上のおかげでございます」

　宗瑞がまた頭を下げる。

「実は、あの米を贈るに当たって、御屋形さまと言い争いをしたのです」

「言い争いを？　それは珍しい」

「深根《ふかね》城を落とした後、あなたが何をしたか、噂で耳にしました。とても信じられない噂だったので、人を使って詳しく調べさせたのです。公方《くぼう》さまや狩野《かのう》を切腹させたのはわからぬでもありません。しかし、それ以外にも多くの者たちの首を刎《は》ねたそうですね。女子供も多くいたとか……」

「母上」

　氏親が保子を止めようとする。

「いいのです」

　宗瑞が首を振る。

「なぜ、そんな非道なやり方をしたのですか、あなたらしくもない……。深根城であなたがしたことを知ったから、わたしは素直な気持ちで祝いの品を届けることができませんでした。御屋形さまは、どんな事情があったかわからないのに、噂を信じて礼を失してはならぬ、とおっしゃったのですが……」

「姉上、それには難しい事情があるのです。兄上も好きでやったのではありません。何とか避けようと心を砕いたのです」

それまで黙っていた弥次郎が口を開く。

「どんな事情ですか？」

「それは……」

「よさぬか」

宗瑞が弥次郎の発言を遮《さえぎ》る。

「どんな事情があるにせよ、それは言い訳にしかなりません。わたしが多くの者たちの命を奪ったのは本当のことです。自分の犯した罪をこれから先もずっと背負っていくつもりです」

「あなたが非道なやり方をするのは、これが初めてではない。遠江《とおとうみ》でも同じことをしていますね……」

保子が眉間《みけん》に皺《しわ》を寄せる。

明応三年（一四九四）八月、宗瑞は氏親の要請に応え、二百人の兵を率いて韮山《にらやま》城を出た。駿府で氏親と合流し、宗瑞は軍配を預かった。伊勢氏と今川氏の連合軍二千は遠江に攻め込み、今川に敵対する原《はら》氏の高藤《たかふじ》城を包囲した。三百人ほどが籠城《ろうじょう》していた。そのうち百人は女子供と年寄りである。

宗瑞は降伏を勧告する使者を送ったが、城方はこれを拒否して使者を斬った。徹底抗戦の意思を示したのである。奇策を用いて城を落とすと、宗瑞は城兵二百人を斬らせた。

「あのときは、わたしも驚きました。城兵をすべて斬らなくてもよいのではないか、と」

氏親が言う。

「あのとき叔父上はおっしゃった。使者を斬るような者たちを容赦してはならぬ。今川に敵対すれば皆殺しにされる……そう恐れさせなければならぬ、と。女子供、年寄りは助けたが、いつかそういう者たちも殺さなければならないときが来るかもしれない、ともおっしゃいました。確かに、あれ以来、遠江では当家に従う者が増えております。斯波《しば》よりも今川の方が恐ろしいと思っているからです。深根城で叔父上がなさったことにも、きっと深い理由があるのでしょう。わたしにはわかります」

「男同士、わかりあえるのかもしれませんが、わたしは納得できないのです。御屋形さまもあなたも決して戦《いくさ》など好きなわけではない。人々が平穏に暮らすことのできる国を造ろうとしている。それなのに戦で多くの者たちが死に、時には罪のない者たちの命まで奪う。戦で苦しむ者がいないような世にしたいと言うのであれば、一人でも多くの命を救おうとするのが当たり前ではないのですか？　それとも、わたしが間違っているのでしょうか」

「いいえ、姉上は何も間違っておりませぬ。姉上のおっしゃることが正しいのです。しかし、わたしは他のやり方を見付けることができませんでした。そのことを深く悔やみ、今でも、あのときどうすればよかったのか、と考えぬ日はありません」

「そうですか」

保子が小さな溜息をつく。

「それなら、もう何も言いますまい。これから難しい話をするのでしょうから、わたしは下がらせてもらいます。せっかく弥次郎も来たのですから、夜には久し振りに兄弟で物語などしましょうぞ」

保子が席を立ち、座敷から出て行く。それと入れ替わるように、今川の軍配者・星雅と伊勢の軍配者・円覚が座敷に入ってくる。

「宗瑞殿、お久し振りでござる」

席に着くと、星雅が宗瑞に挨拶する。

「お元気そうで何よりです」

宗瑞が会釈する。

「御屋形さま、当家の軍配者、円覚でございます」

「円覚にございます」

「ほう、ついに叔父上も軍配者を召し抱えられましたか」

氏親が感慨深げに言う。

無理もない。

伊豆討《う》ち入りを決行し、韮山に腰を据えるまで、宗瑞が氏親の軍配者を務めていたのである。その宗瑞が自分の軍配者を召し抱えたということは、名実共に宗瑞が大名になった証《あかし》と思われた。

軍配者は戦に関わるすべてを主に代わって采配する役目を負う。もちろん、宗瑞にはその能力が十分すぎるほど備わっているが、今の宗瑞は戦のことだけを考えればいいという立場ではない。より多くの時間を政に費やさなければならない。それすなわち、宗瑞が大名になったからである。

「挨拶は済んだのか?」

宗瑞が円覚に訊く。

「はい」

円覚がうなずく。呼ばれるまで、円覚と星雅は別室で待っていたが、当然、円覚の方から足利学校の大先輩である星雅に対してへりくだった挨拶が為《な》されたはずである。

それだけでない。事前に宗瑞から指示された内容について、星雅と話し合いをしたはずであった。米一千俵を贈られたことに対する礼を述べるだけであれば、弥次郎と円覚を伴う必要はなかった。もうひとつ重要な要件があったのだ。興国寺城《こうこくじじょう》に関することである。

それを宗瑞が口にすると、

「興国寺城を当家に返す？」

氏親が怪訝《けげん》な顔になる。

宗瑞が小鹿範満を討ち取った後、氏親と保子は感謝の気持ちとして駿東《すんとう》にある興国寺城を宗瑞に与えた。駿東は相模《さがみ》と駿河の国境地帯にあり、今川の領地を守るために力のある武将を置く必要があったのである。

茶々丸《ちゃちゃまる》を追い払い、韮山城を築いてから、宗瑞が興国寺城にいることはなくなり、代官を置いて領地の管理をさせている。

「それは、どういう意味ですか？」

普通に考えれば、何か含むところがあって今川家と手を切ろうとしているのではないか、と疑いたくなるであろう。

「新たなる盟約を結び、今川と伊勢の絆を更に深めるためでございまする」

宗瑞が言う。

「盟約を？　それならば、これまで通り、興国寺城を預かって下さればよいではありませんか。城を返すことが、なぜ、両家の絆を深めることになるのでしょうか」

氏親が首を捻《ひね》る。

「御屋形さま」

星雅が口を開く。

「宗瑞殿のおっしゃるように長い目で見れば、両家にとってよいことに思われます」

「なぜだ？」

「公方さまを成敗し、伊豆をひとつにまとめたことで宗瑞殿は名実共に伊豆の国主となられました。これからは、今川と伊勢の繋がりは、すなわち、駿河と伊豆というふたつの国の結びつきを意味します。そうであれば、興国寺城は返してもらった方がよいのです。なぜなら、興国寺城は今川の城であり、その城主は御屋形さまの家臣ということになります。家臣と盟約を結ぶことはできませぬ」

「何を言うか。わしは叔父上を家臣と思ったことはない。叔父として敬《うやま》っている。だからこそ、信頼して今川の軍配を預けてきたのではないか」

「御屋形さまのお考えは、よくわかります。御屋形さまと宗瑞殿の二人だけの話であれば、今のままでもよいでしょう。しかし、いつかは代替わりいたします。そのとき伊勢家は今川家の家臣ではなく、隣国の大名だとはっきりしている方がよいのです。わたしは軍配者として、太田《おおた》家や扇谷上杉《おうぎがやつうえすぎ》家に長く仕えましたが、ふたつの家の繋がりに曖昧《あいまい》なところがあると、時間が経つにつれて、必ずや悪い方に流れていくものです」

「つまり、いくらわしが叔父上を敬ったとしても、わしか叔父上が代替わりすれば、今川家は伊勢家を家臣として侮《あなど》るようになり、伊勢家の方では、そんな今川家を憎むようになる……そう言いたいのか？」

「そうなっても不思議はありませぬな。そのようにして起こった争いがいくつもあります る故」

「そうか。叔父上と星雅がそうする方がいいと言うのなら、そうしよう」

意地を張ることもなく、あっさり氏親がうなずく。

「よいご決断でございまする」

星雅が満足そうにうなずく。

それから一刻（二時間）ほどかけて、興国寺城を返還する時期や、その受け渡し方法について詳細を詰め、更に、新たに両家が結ぶことになる盟約に関する話し合いを行った。

大まかな段取りが決まると、

「今宵、叔父上たちを歓迎する宴《うたげ》を催します。それまで休んで下さいませ」

氏親の勧めに従い、宗瑞たちは宿所に引き揚げた。

「話がこじれると厄介だと心配していたが、どちらの話もうまくいってよかったな」

弥次郎がホッとしたように言う。

「御屋形さまは度量が広い。きっとわかって下さると信じていた。わが甥ながら、あの御方は類《たぐ》い稀《まれ》なる名君だな」

宗瑞がうなずく。

「案ずるより産むが易し、ということかな。姉上が深根城の話を始めたときは、いったい、どうなることかと心配した。久し振りで顔を合わせたのだし、何も、いきなり、あんな話をすることはないのに……」

弥次郎の表情が曇る。

「姉上の言いたいこともわかる。仕方あるまい」

「われらがどれほど悩んだか、特に兄者《あんじゃ》は面変《おもが》わりするほど悩み苦しんだではないか。そんなことも知らないで勝手なことを……。おれは腹が立った」

「もう、よせ。御屋形さまはわかってくれている。それでよい」

そのとき廊下から、

「宗瑞殿、星雅でござる」

という声がした。

「お入り下され」

宗瑞が答えると、星雅が襖《ふすま》を開ける。

「円覚に用ですか?」

てっきり軍配者同士で更に話し合いを続けるのか、と宗瑞は思った。

「いいえ、今川の軍配者としてではなく、昔馴染みとして、少しばかり宗瑞殿と物語でもできたら、と考えて伺いました」

「おお、そうでしたか。ならば、こちらに」

宗瑞が自分のそばに坐るように勧める。

しかし、星雅は、

「今日は冬にしては日差しが強く、それほど寒くはありませぬ。よろしければ、庭歩きなどしませぬか？　年を取ると、どうしても足腰が弱くなりがちなので、無理をしてでも歩くようにしているのです。お付き合い願えれば嬉しいのですが、お疲れでしょうかな？」

「それならば」

宗瑞が気軽に腰を上げる。

（二人だけで話したいことがあるのだな）

と察したのである。

弥次郎と円覚を残し、宗瑞と星雅が廊下から庭に下りる。

ひと月ほど前から、たまに雪が降るようになったが、庭全体を白く染めてしまうほどの大雪は降っていない。雪が降ってもすぐに溶けてしまうので日陰にいくらか溶け残っているだけだ。

「ついに伊豆を手に入れましたな。祝着《しゅうちゃく》でござる」

「苦労しました」

「その苦労は無駄にはなりませぬよ。宗瑞殿が次の手を打つときに、きっと役に立つ」

「次の手とは？」

「とぼけることはありますまい。今川の軍配者になったとはいえ、宗瑞殿とは古くからの友垣《ともがき》のつもりでいるのです。別に腹を探りに来たわけではありませぬ」

「ああ、確かに」

宗瑞が笑顔になる。

「星雅さまが扇谷上杉家を暇乞《いとまご》いし、西に向かう途中、韮山に寄って下さったのは、もう四年以上前になりますか。あのとき、星雅さまはふたつのことを教示して下さった。今にして振り返れば、わたしは星雅さまの指図通りに動いてきたような気がする」

「そして、宗瑞殿は見事にやり遂げられた」

星雅がうなずく。

ふたつの教示というのは、狩野氏を滅ぼす前に、すなわち、伊豆を統一する前に小田原《おだわら》を攻めること、もうひとつは、興国寺城を返還して今川から自立することである。

「さあ、果たして、やり遂げたと言えるでしょうか。小田原城を奪ったとはいえわずか、一年足らずで奪い返されてしまったのですから」

「それでよいのです。正直に言えば、宗瑞殿が本当に小田原城を手に入れるとは思っていなかった。まさか、たった一人で城に乗り込んで定頼《さだより》殿を手玉に取るとは……。誰も考えつかぬような謀《はかりごと》だったからこそ、定頼殿も引っ掛かったのでしょうな。実に見事。それに一年足らずで奪い返されたと言われたが、わたしは、もっと早く失うのではないか、と予想していた。その予想もまた裏切られてしまった」

星雅が笑顔になる。

「わしの想像など及ばぬことばかりなさる。何とも愉快で面白き御方よ」

「せっかく奪った城を守り抜くことができず、てっきりお叱りを受けるものと覚悟していました」

「何を言われる。大森《おおもり》氏は西相模に古くから根を張っている一族ですぞ。そう簡単に大森氏から西相模を奪えるはずがない」

「では、失敗するとわかっていながら、わたしに小田原攻めを勧めたのですか？」

「西相模を手に入れるために必要なことだったからです。宗瑞殿が支配した一年は決して無駄ではない。西相模の者たちに伊勢宗瑞の支配がどのようなものか身を以て知らしめることができた。それが大切なのです。大森氏の支配は、定頼殿に代替わりしてから苛酷《かこく》だと聞いております。時が経てば経つほど、西相模の者たちは宗瑞殿の支配を懐かしむでしょう。次に小田原を攻めるときに、民の心をつかんでいることが大いに役に立つはずです。但《ただ》し……」

星雅が肩をすくめる。

「今度は謀で城を落とすことはできませんぞ。定頼殿の軍勢を野戦で打ち破るか、小田原城を真正面から攻め落とすことが必要になる。そのときこそ宗瑞殿は西相模の支配者となれるのです」

「なかなか難しそうですな」

「ええ、難しいことです。わたしが宗瑞殿の軍配を預かったとしても、そう簡単に勝てる気がしません。だが、道はあるものです。今日、宗瑞殿は、ふたつ目のことをやり遂げられた」

「興国寺城を今川家に返し、新たなる盟約を結んだことですか?」

「さよう」

星雅がうなずく。

「今川との強い絆を保ちつつ、今川から自立し、伊豆の大名として独り立ちする。それができなければ、西相模を攻めることなどできませぬわ」

「星雅さまの話を聞いていると、自分がよほど大きな力を持っているような気になってしまいますが、大森氏は伊勢氏よりもはるかに強大な国です。兵の数も多い」

「伊豆をひとつにまとめたことで宗瑞殿は三千近くの兵を動かすことができるようになった。定頼殿は、どうであろう……以前は五千くらいの兵を動かせただろうが、苛酷な仕置きばかりするので離反する者も多いというから、まあ、四千くらいのものでしょう。一千くらいの違いなら軍略次第で勝てぬことはありますまい。厄介なのは、大森氏の背後に控えている山内上杉《やまのうちうえすぎ》氏。違いますかな?」

「山内上杉が出て来ると、向こうは一万を超える大兵力になります。それに三浦《みうら》まで加わったら……とても歯が立ちませぬ」

　宗瑞が首を振る。

「ふふふっ、伊豆にばかり気を取られて、外に目を向けるのを怠っていたのではありませんかな？　大森と三浦は以前のように一枚岩ではなさそうですぞ。定頼殿が頼めば、恐らく、山内上杉は兵を出すでしょう。もちろん、それ相応の見返りがあれば、ということですが。しかし、三浦は兵を出しますまい」

「何かあったのですか？」

「確かなことはわかりません。これは想像ですが、宗瑞殿から小田原城を奪い返すにあたり、鎌倉《かまくら》で大森、三浦、山内上杉という三家の当主が一堂に会したことはご存じでしょう。あのとき三浦は兵を出さなかった。話がこじれ、道寸《どうすん》が臍《へそ》を曲げたのではないか、という気がします」

「山内上杉が大軍を派したので、三浦は兵を出すまでもない……それだけのことかと思っていました」

「扇谷上杉で軍配者を務めていた頃、三浦家についていろいろ調べました。道寸は曲者《くせもの》ですぞ。義理とはいえ父親を攻め殺したような人でなしでもある」

「三浦の家督を奪うために定頼殿の力を借りたという恩義があるはずです」

「今の世の中、宗瑞殿のように義理堅い御方ばかりではありませぬよ」

「なるほど……」

今川の軍配者となった今でも、星雅は関東の諸大名の動きに目を光らせているのだな、と感心しながら宗瑞がうなずく。

「しかし、たとえ三浦が大森に加勢しないとしても、大森と山内上杉が手を組めば、恐るべき敵となりましょう」

「名実共に伊豆の主となられた今こそ、遠交近攻《えんこうきんこう》を実践なさるべきでしょう。敵の敵は味方、とも言いますからな」

「つまり、扇谷上杉と手を結べ、ということですか?」

「荒川《あらかわ》で御屋形さまが不覚を取って以来、扇谷上杉の勢いはすっかり衰えてしまった。そうは言っても、関東で山内上杉と互角に渡り合えるのは扇谷上杉以外にはない。伊勢家が今川家、扇谷上杉家と盟約を結ぶことができれば、山内上杉もそう簡単に小田原にやって来ることはできますまい」

「山内上杉を武蔵《むさし》に足止めできれば、われらは大森だけを相手にすればよい、ということですな?」

「もちろん、扇谷上杉が盟約を結ぶことに応じるかどうかはわかりませぬよ。向こうにもうま味がなければ首を縦に振りますまい」

「求めに応じて武蔵に兵を出すことも考えねばならぬということか。それは容易ではありませんな。以前、武蔵に兵を出したときは、大森や三浦が味方だったので無事に相模を通ることができましたが、今では敵になってしまいましたから」

「向こうも馬鹿ではないから、それくらいのことは承知しているだろうし、あまり無茶な要求もしないでしょう。大森を滅ぼした暁《あかつき》には、いくらでも武蔵に兵を出すとでも約束するしかないでしょう」

「それで通りましょうか?」

「かつて宗瑞殿は先代の御屋形さまの求めに応じて武蔵に兵を出している。久米川でも戦った。扇谷上杉のために血と汗を流したということが宗瑞殿の言葉に重みを持たせ、その言葉を信じてもらう役に立つはず。今の御屋形さまは、家督を継いだときは若すぎた。何の経験もないままに味方が次々に離反し、どうしていいかわからなかったのでしょう。あれから四年以上経っているから、少しはものの道理もわきまえ、自分にとって何が得で、何が得でないかを見極めることもできるようになっている……そう信じたいですな。時間をかけて、丁寧に説得すれば、宗瑞殿と盟約を結ぶことが扇谷上杉にとって悪い話ではないとわかるはず」

「星雅さまのお言葉、しかと胸に刻ませていただきます」

宗瑞が恭《うやうや》しく頭を下げる。

二

氏親が主宰した宴には、今川の重臣たちも顔を揃えた。目を瞠《みは》るような豪華な料理が並べられ、それを見るだけでも、氏親がどれほど宗瑞を厚くもてなそうとしているかがわかる。反面、大人数が集まったことで儀礼的な宴になったのも事実だ。

この宴に保子は出席しなかった。

そのことが、この宴の意味合いを語っている。

すなわち、今川家と伊勢家、両家の強い結びつきを再確認するための政治的な色合いの濃い儀式だということだ。男だけの宴なのである。

今まで宗瑞が駿府を訪ねたときに開かれた宴は、ここまで格式張っていなかった。

やはり、宗瑞が伊豆を統一したことが大きく影響している。幕府から伊豆の守護に任じられていたとはいえ、実際に支配しているのは北伊豆だけで、南伊豆は依然として茶々丸の支配下にあった。それが宗瑞の伊豆守護という肩書きを軽くしていた。今川の重臣たちは、いくらか妬《ねた》みや僻《ひが》みもあって、声高に口にすることこそなかったが、宗瑞を自分たちと同列に見ているようなところがあった。

茶々丸を滅ぼして伊豆を統一したのを機に、宗瑞は興国寺城を今川に返還し、両家が新たな盟約を結ぶ……それらの事実から、宗瑞はもはや今川の重臣たちと同列などではなく、今川の主である氏親と肩を並べる大名なのだと今川の家人たちに広く認識させる上で、この夜の宴が大いに役に立った。氏親がそのように企《たくら》んだとも言える。

格式張った宴は肩が凝る。

氏親が宗瑞に気を遣って、宴は一刻（二時間）ほどでお開きになった。

「叔父上たちを奥座敷にお招きし、水入らずで語り合いたいと思っていましたが、今夜は母に叔父上たちを取られてしまいました」

氏親は笑いながら、母が首を長くして待っているでしょうから、と腰を上げて、自ら宗瑞たちを保子の待つ部屋に案内した。

廊下を奥に歩いて行くと、ぷーんといい香りがしてくる。

「これは……？」

弥次郎が鼻をひくひく動かす。

「白檀《びゃくだん》ですね。母の好きな香りです」

氏親が答える。

「心が落ち着く香りだ」

酔って、いくらか赤くなった顔で宗瑞がうなずく。

「母上、叔父上たちをご案内しました」

氏親が廊下から声をかけると、

「お入りなさい」

保子の声がする。

部屋の中には、すでに酒肴《しゅこう》の用意がされている。

火鉢がいくつも並べられているのは庭に面した板戸が開け放たれているからだ。火鉢の放つ熱と、庭から入ってくる冷たい風が入り交じって、部屋の空気は生温かい。

「どうぞ、そちらに」

保子の正面に膳部が三つ並べられている。

宗瑞、弥次郎、氏親の分であろう。

宗瑞と弥次郎は腰を下ろしたが、氏親は坐ろうとせず、

「今宵は兄弟だけで昔語りでもなされればよいでしょう。邪魔するつもりはありません」

「御屋形さま、遠慮なさることはない。どうか、お坐り下さいませ」

宗瑞が勧める。保子も、

「そうですよ。身内なのですから」

「いえいえ、母上がおっしゃっていたではありませんか。最後に三人だけで過ごしたのは荏原郷《えばらごう》にいたときだ、と。何十年も前のことではありませんか。三人が顔を揃えることなど滅多にありませぬ。どうか、わたしにお気遣いなく、三人でごゆるりと昔語りでもしてお過ごし下さいませ」

宗瑞と弥次郎に会釈すると、氏親が廊下に出る。

「おれなどが言うことではないだろうが、御屋形さまは実に気持ちのいい方だな。自分と血が繋がっているとは信じられぬ」

弥次郎が感心したように言う。

「幼い頃からの苦労が、今になってみると役に立っていることがわかります。何度も命を狙われたり、危ない目に遭ったりしましたが、人様の情けにすがることで何とか生き延びることができました。そのおかげで、誰かに親切にされたり優しくされたりするのは決して当たり前のことではない、とわかったのでしょう。誰かが自分のために何かしてくれたらお礼を言う、感謝する気持ちを持つ……そういうことが自然に身に付いて、御屋形さまと呼ばれる身分になってからも家臣たちに威張ることもなく、人の話によく耳を傾けるようです」

いくらか自慢気に保子が言う。

「なかなか、できることではない。人の上に立つと、どうしてもわがままに振る舞いたくなってしまうものだ。それを諌《いさ》める者がいるうちはいいが、そういう者を疎《うと》ましがって遠ざけるようになると、もういけない」

「茶々丸のようになってしまうわけだな」

弥次郎がうなずく。

「あなたもよくやっているようですね。噂を耳にします。深根城でのことは別ですが」

「姉上、あれは……」

弥次郎が口を開くと、

「もういいのです。御屋形さまにも叱られました」

「ほう、御屋形さまにですか?」

宗瑞が興味深げな顔になる。

「こうおっしゃいました。自分も叔父上も戦など好きではない。しかし、好むと好まざるとにかかわらず、領主として戦に出なければならないこともある。戦に出れば命のやり取りをしなければならない。相手も必死で、こちらの首を狙ってくる。手緩《てぬる》いことをすれば自分が屍《しかばね》になるだけのことだ。戦場とは、そういう恐ろしい場所なのだ。そこに行くのが嫌なら仏門にでも入るしかない。母上は、深根城で叔父上が酷いことをしたと責めるが、そもそも、激しい戦いが行われるとわかっている場所に女子供や年寄りを置くのが間違っている。そういう者たちを守りたければ、どこか山の中にでも隠しておけばよかった。そうしなかったのは、いざというときに、彼らを楯《たて》にしてわが身を守ろうという敵の狡《ずる》さの表れなのだ。叔父上が彼らの命を奪ったとすれば、そうしなければならない理由があるに違いない。それを知りもせず、戦に出たこともない者が、訳知り顔にあれこれ余計なことを言うものではない……そう叱られましたよ」

「やはり、立派な御屋形さまだなあ」

弥次郎が更に感心する。

「言われてみれば、その通りですよね。十二年前、あなたたちが小鹿範満を討ち取ってくれなければ、わたしと御屋形さまが殺されていたはずです。どちらかが死に、どちらかが生き残る。戦場とは、そういうところなのでしょう。もう深根城の話はいたしますまい」

「おれが言うのも何だが、兄者は御屋形さまに負けぬほど立派な領主だ。いつもそばにいるからわかる。興国寺城の主になったときも、韮山城の主になったときも、何も変わらなかった。偉ぶることもないし、自分のことを後回しにして領民のことばかり気にかけている。贅沢もせず、質素倹約に努めているから、自然、家臣もそれを真似る。吝嗇《りんしょく》というのではなく、必要なときには惜しげもなく金銀を使う。多くの蓄えがあったおかげで、去年、大地震が起こったとき、上方で米や薬をいくらでも買い入れることができた。あのとき、おれはしみじみと兄者は偉いと思い知らされた。考えてみると、都にいるときから何も変わっていないな。あの頃から、やたらと人助けばかりしている。なあ、兄者？」

弥次郎が宗瑞を見る。

「別に誉《ほ》められるようなことをしているわけではない。おれは二十歳のときに一度死んだ、と思っている。妻と子を流行病《はやりやまい》で亡くしてしまい、おれ一人が生き残っても仕方がなかったからだ。どうせ自分もすぐに死ぬだろうから、妻と子の供養に少しでも人助けをし、善行を積んでから死にたいと考えた。ところが、不思議なもので、すぐに死ぬつもりでいたのに、思いがけず長生きしてしまい、それから二十四年も経っている。同じことをいつまでも繰り返しているだけだ」

何を大袈裟なことを言い出すのか、という顔で宗瑞が苦笑いをする。

「二十四年というのは長い。途方もなく長い歳月です。その間、ずっとひとつのことを続けるのは並大抵の覚悟ではできないと思います」

保子が言う。

「初めは妻と子の供養に、というつもりでしたが、二十四年の間にわたしと関わりのあった人たちが何人も亡くなったので、今では、そういう人たちの供養にもなれば、という気持ちです」

「そうだよなあ。当たり前のことだが、人間はいつか必ず死ぬ。父上が亡くなって、もう三年か……」

弥次郎がしみじみと言う。

宗瑞たちの父・伊勢新左衛門盛定《しんざえもんもりさだ》が亡くなったのは三年前、享年七十五である。

盛定が亡くなったことを知らせる使者が韮山城にやって来たのは、弥次郎が城代として守っていた小田原城に大森氏と山内上杉氏の連合軍が押し寄せてきた頃で、宗瑞は伊豆から動くことができなかった。

その後も伊豆では茶々丸たちとの激しい戦いが続いたし、伊豆を統一してからも大地震が起こったりしたのでいまだに上洛できず、墓参りすらできていない。

亡くなるかなり前に盛定は家督を嫡男《ちゃくなん》である孫一郎貞興《まごいちろうさだおき》に譲っている。貞興は荏原郷にいる。宗瑞の五つ年上だから四十九歳である。

隠居してから盛定は荏原郷ではなく、後妻の常盤《ときわ》、常盤との間に生まれた平四郎盛次《へいしろうもりつぎ》と共に都で暮らしていた。盛次は御所に出仕している。三十六歳だ。

「お義母さまは、お元気なようです。やはり、都の水が合うのでしょうね」

義母の常盤は六十歳だが、少しも衰えたところがなく、悠々自適の隠居生活を送っているという。

今川家は足利将軍家と関わりが深いこともあり、都に屋敷を構えて家臣を常駐させている。都で何か動きがあると、すぐに駿府に知らせが届く仕組みになっている。保子が都に行くことはないが、盛次の家とは細々と交流があるので、宗瑞よりもよほど都のことに詳しい。

「兄上もあまり具合がよくないようですよ」

「もう、いい年齢《とし》だからなあ。五十近くにもなれば具合の悪いところも出てくる。そう考えると父上は長生きした」

弥次郎が言う。

「兄上とも、ずっと会っていないな」

宗瑞がつぶやくと、

「意地悪ばかりする嫌な奴だったけど、やっぱり、懐かしいか？」

「子供の頃の意地悪など他愛もないことに過ぎぬ。今になって考えると、嫡男として、いかに父上の留守を守るか、兄上もいろいろ悩んでいたのだろう。本当なら、次男であるおれが兄上の相談相手にならなければいけなかったのに、そんなこともわからず、朝から日暮れまで遊んでばかりいた」

「そうね。あなたたち、いつも二人で悪さばかりしていましたよね」

保子がくすっと笑う。

「ひどいな、ちゃんと法泉寺《ほうせんじ》で学問もしていたさ。なあ、兄者？」

「おまえは居眠りばかりしていたような気がするが」

「何だよ、二人して、おれを馬鹿にして」

「そうではない。馬鹿になどしていない。本当のことを言っただけだ」

「やっぱり、馬鹿にしてるじゃないか」

弥次郎が口を尖《とが》らせると、宗瑞と保子が大笑いする。

三人は夜遅くまで昔語りをした。

いつまでも話題が尽きることはなかった。

三

（いかにして小田原を奪うか……）

駿府から韮山に戻った宗瑞は、暇さえあれば、それぱかり考えている。

「今度は謀《はかりごと》で城を落とすことはできませんぞ。定頼殿の軍勢を野戦で打ち破るか、小田原城を真正面から攻め落とすことが必要になる。そのときこそ宗瑞殿は西相模の支配者となれるのです」

という星雅の言葉が強く心に残っている。

それは宗瑞もわかっている。

前回は謀を巡らせ、小細工を弄《ろう》し、いくつもの運に助けられて小田原城を奪うことができた。ひとつ間違えば、宗瑞は命がなかったはずである。

いや、死ななかったのが不思議なほど危ない橋を渡った、というのが正確であろう。

言うなれば、博奕《ばくち》だったのだ。

今度は同じやり方をするつもりはない。

定頼とて馬鹿ではない。

謀に二度も続けて引っ掛かるはずがない。

前回の反省もある。

何とか一年ほどは小田原城を保つことができたが、結局は奪い返されてしまい、それどころか、敵軍が北伊豆に攻め込むかもしれないという脅威に晒《さら》された。

そんなことになったのは、定頼を討ち取ることができず、定頼に味方する豪族どもを野放しにしたせいである。定頼を討ち取るか、もしくは、定頼の率いる軍勢と一戦交えて粉《ふん》砕《さい》していれば、より強固な支配基盤を西相模に築くことができたはずだ。定頼と、それに与《くみ》する一派が健在だったからこそ山内上杉軍も悠々と西相模に進軍することができたのだ。管領《かんれい》・細川政元《ほそかわまさもと》を動かし、扇谷上杉氏の力添えを受けることに成功したから、何とか北伊豆を失わずに済んだ。同じ失敗を繰り返すことはできない。次こそは力と力の勝負を制し、定頼から西相模の支配権を奪い取る……そう宗瑞は決意している。

今現在、宗瑞の動員兵力は、ざっと三千。

対する定頼の方は、四千から五千。

山内上杉氏が定頼に肩入れして大軍を送ってくれれば、その数は優に一万を超える。

それでは、まったく勝ち目がない。

小田原攻めをするには下拵《したごしら》えが必要だ。

いきなり攻め込んでも勝てる道理はないのだ。

まず、星雅が忠告してくれた通り、山内上杉氏を牽制《けんせい》するために扇谷上杉氏と盟約を結ぶ必要がある。

それをしない限り、常に山内上杉氏が定頼に加勢することを警戒しなければならない。

早速、宗瑞は扇谷上杉氏の当主・朝良《ともよし》に使者を送り、盟約を結ぶことを提案した。前の当主・定正《さだまさ》の死後、山内上杉氏の攻勢に晒され、関東における勢力圏を大きく減じた朝良は宗瑞の提案を喜び、前向きに検討することを約束した。

頻繁に使者が行き来して盟約の条件を詰め、その年の十一月、宗瑞の名代《みょうだい》として弥次郎が扇谷上杉氏の本拠・河越《かわごえ》城に赴き、盟約を結んだ。今川と結んだのと同じような内容の攻守同盟である。

盟約を結ぶ交渉を続けながら、宗瑞は定頼とその身近にいる豪族たちに関する情報を集めた。その役割を担ったのは門都普《もんとふ》である。五平《ごへい》や六蔵《ろくぞう》も門都普の手足となって働いた。

扇谷上杉氏と盟約を結べば、山内上杉氏が定頼に肩入れして西相模に大軍を送るのを妨げる効果がある。それは宗瑞が小田原を攻めるために絶対に必要な条件だが、それだけで定頼に勝てるわけではない。双方の兵力を比べれば、依然として定頼の方が強大なのである。大地震と津波の被害で多くの人命が失われたこともあり、宗瑞が兵力を増やすのは容易ではない。ならば、兵力差を他の何かで補わなければならない。

(調略《ちょうりゃく》するべし)

そう宗瑞は決めた。

西相模の豪族たちを味方にし、定頼を裏切らせようというのである。

宗瑞の兵力は三千、定頼の兵力を五千と見積もった場合、一千の敵を寝返らせることができれば、双方の兵力は四千ずつ、ほぼ互角である。

しかも、戦場で裏切りが発生すれば、その効果は絶大だ。誰が味方なのかわからず疑心暗鬼に陥《おちい》った兵は浮き足立ち、もはや戦どころではなくなる。

調略を巧みに駆使すれば、味方の兵を損なうことなく、容易に敵を打ち破ることができる……それが兵法の教えであり、孫子の言う「謀攻《ぼうこう》」である。

大森氏が伊勢氏のように一枚岩の団結を誇っていれば、調略の成功は覚束《おぼつか》ない。

かつて大森氏は、そういう家だった。

今は、そうではない。

家督を巡って、定頼と藤頼《ふじより》が骨肉の争いを繰り広げたことで、家臣団の結束に亀裂が走った。その亀裂を癒《い》やすには時間が必要だったが、宗瑞による小田原城奪取という大事件が起こった。

これが更に亀裂を深めた。

山内上杉氏の援助で、何とか一年後に定頼は小田原城を取り返すことに成功した。城主の座に戻った定頼が最初にやったのは、宗瑞に協力した者たちを処刑することだった。小田原城で下働きをする女や年寄りの首を刎ね、農村でも宗瑞に年貢を納めた罰として農民が磔《はりつけ》にされたり、縛り首にされた。その数は少なくとも五百から六百、一千を超えるのではないかとも言われる。

「小田原を支配しているのが誰なのか、おまえたちに思い知らせてやる」

それが定頼の狙いだったが、恐怖政治は亀裂を大きくすることにしかならなかった。

門都普からの報告で、大森氏内部で様々な不協和音が生じていることを宗瑞は知った。付け込む隙《すき》があると判断し、どこに調略の手を伸ばすか思案を重ねた。調略とは裏切りの誘いである。誘う相手を誤ると、定頼に手の内を知られることになってしまうので慎重に事を進める必要がある。

門都普が西相模から韮山に帰ってくると、すぐに呼び、

「向こうは、どうだ？」

と訊くのが習慣になっている。

「やはり、松田《まつだ》がよいのではないか、と思う」

「ふうむ、松田か……」

宗瑞が思案顔になる。

松田氏は鎌倉時代から相模一帯に根を張る有力豪族である。その系統はいくつかあるが、門都普が言う松田は、松田氏の中では傍流の松田頼秀《よりひで》である。相模を本拠とする本家とは別に、鎌倉時代に備前《びぜん》に移住した分家があり、頼秀は分家の出である。父・頼重《よりしげ》が備前から関東に戻って大森氏に仕えるようになり、その器量を買われて出世した。頼秀は父以上

の切れ者で、今では西相模に強固な基盤を築いている。

宗瑞の片腕として、伊勢氏における民政を任されている松田信之介《しんのすけ》は頼秀とは遠縁に当たる。そういう縁があったから、宗瑞が小田原城を落とした後、表立って協力することこそなかったものの、頼秀は中立的な立場を維持し、宗瑞の小田原支配に敵対する動きも見せなかった。

定頼が小田原城を奪い返した後、頼秀は定頼に厳しく責められた。

「なぜ、宗瑞と戦おうとしなかったのか?」

というのである。

頼秀自身が罰せられることこそなかったものの、農民が宗瑞に年貢を差し出すのを止めなかった責任を問われ、頼秀の叔父や従兄弟《いとこ》が処刑された。

「わしを恨んでいるのではないのか?」

宗瑞が怪訝な顔になる。

「伊勢を恨む以上に定頼の非道な振る舞いに腹を立てているようだ。同じように定頼を憎んでいる豪族は少なくない。松田を味方にできれば、それに従う豪族は一人や二人ではない。大森の屋台骨を揺るがせることができる」

「うむ」

宗瑞がうなずく。松田頼秀の義理堅さと人望の厚さは宗瑞も耳にしている。頼秀が裏切

りを約束してくれれば、それに同調する豪族は少なくないに違いない。明るい展望が開けそうなのに、宗瑞が浮かない表情なのは、

（信之介がどう思うか……）

と気になるからだ。

宗瑞が小田原を支配したとき、頼秀が中立的な立場を堅持してくれたのは信之介の説得が功を奏したからだ。赤の他人の言葉には耳を貸さなかったかもしれないが、同じ松田姓を名乗り、祖先を同じくする信之介の言葉だからこそ真摯に受け止めてくれた。

しかし、

「恩義のある大森家をそう簡単に見限ることはできぬ」

と、頼秀は宗瑞に臣従《しんじゅう》することを拒否した。

但《ただ》し、西相模の民を苦しめるようなことをしないのであれば、宗瑞が年貢を取り立てることを邪魔しない、と約束してくれた。

つまり、頼秀は定頼を裏切ったわけではなく、あくまでも大森の家臣として、現実に目の前にいる支配者に従ったに過ぎない。

にもかかわらず、定頼は頼秀の身内を何人も殺した。

頼秀を始めとする松田一族が定頼を恨んでいることは定頼も承知しているはずで、

（わしを裏切るかもしれぬ）

と警戒の目を向けているはずである。

その頼秀に手を伸ばすのは調略として適切なのだろうか、と宗瑞は迷う。

もし頼秀に話を持ちかけるとして、当然ながら、その窓口は信之介になる。

宗瑞は民政家としての信之介の手腕を大いに買っているが、同時に信之介が戦に向いていないこともわかっている。戦場で命のやり取りをすることも、敵を陥《おとしい》れるために権謀《けんぼう》術数《じゅっすう》を駆使することも、まったく信之介の柄ではない。その信之介が頼秀に裏切りを勧めることができるのか、と半信半疑なのだ。なぜなら、裏切りが露見すれば、今度は身内が何人か殺されるという程度では済まない。頼秀を始め、松田一族が皆殺しにされるであろう。それがわかっていながら、

「宗瑞さまにお味方せよ」

と、信之介が頼秀を説得できるであろうか。

「何を迷っている？」

門都普が訊く。

「できれば信之介を巻き込みたくないのだ」

「それは無理というものだ。なぜなら……」

門都普がふーっと大きく息を吐きながら、これは戦なのだぞ、こちらが攻めなければ、いずれ向こうから攻めて来る、そうなれば信之介にしろ、他の誰にしろ、敵との戦に巻き

込まれてしまうのだ、それがわかっているのか、と訊く。

「わかっている」

「いや、わかっていない。深根城でしたことを今でもくよくよ悔やんでいるような男だからな。だが、よく考えろ。あのときは、たまたま、こちらが戦に勝ったから、ああいうことになった。大森との戦に敗れ、敵が韮山城を落としたら、今度は、こっちが皆殺しにされてしまうかもしれないのだぞ。定頼を滅ぼし、本気で西相模を手に入れようとするのなら手緩いことをしては駄目だ。命懸けで、必死に、自分にできることをやるのだ。松田を説得するのに信之介がふさわしいのなら、説得を信之介に命ずるべきだ。わしの言うことは間違っているか？」

門都普が険しい目で宗瑞を睨《にら》む。

「いや……おまえが正しいようだ。信之介を呼べ」

宗瑞が命ずる。

四

明応八年（一四九九）から翌年にかけて、宗瑞は小田原攻めの準備を着々と進めた。

外交面においては、扇谷上杉氏、今川氏と攻守同盟を結ぶことに成功した。攻守同盟とはいえ、小田原を攻めるときに両家に援軍を要請するつもりはない。大森氏の後ろ盾となっている山内上杉氏の動きを牽制するのが狙いなのだ。

もちろん、援軍が来てくれればありがたいが、それを頼めば、小田原攻めが成功したときに、それ相応の見返りを与えなければならず、下手をすると大森氏の領地を三分割することになりかねない。そうなっては元も子もないから、宗瑞としては伊勢氏の力だけで定頼を討ち滅ぼすつもりでいる。

しかしながら、単純に兵力を比較すれば、大森氏の方が伊勢氏よりも大きい。まともに戦っては勝ち目がないので、宗瑞は調略を用いて大森氏の内部分裂を図ることにした。裏切りを誘うのだ。

宗瑞は西相模の有力豪族・松田頼秀に目を付けた。

頼秀は、宗瑞の家臣・松田信之介の遠縁に当たる。

その縁を頼りに、信之介に頼秀の説得工作を命じた。信之介は有能な民政家だが、権謀術数の徒ではない。果たしてうまくいくかどうか、宗瑞自身、懐疑的だったが、信之介以外に頼秀と腹を割って話し合える者がいなかった。

信之介は門都普に連れられて何度も西相模に足を運び、頼秀と話し合った。万が一、大森氏に捕らえられれば、信之介の首が飛ぶ。

信之介が西相模に向かうたびに、宗瑞は、

(生きて戻ってくれ)

と祈らずにいられなかった。

説得には時間がかかった。

「恩義のある大森家を裏切ることはできぬ」

と、頼秀は言うのである。

信之介は大森氏を貶《おとし》めるようなことは決して口にせず、ただ宗瑞の支配によって、領民や家臣の暮らしがどう変わったか、興国寺城や韮山城の支配地における実例を挙げて丁寧に説明した。

「愚かで無能な者が国を支配すると、領民も家臣も苦しむことになるのです。興国寺城でも韮山城でも、宗瑞さまが領主になられるまで楽な暮らしなどしていなかった。楽どころか、明日は食えるだろうか、年を越すことができるだろうか、と溜息ばかりつくような暮らしだったのです。特に韮山はひどかった。公方さまが己の贅沢のために重い年貢を取り立てていたからです。宗瑞さまが支配するようになって変わったのです。西相模は、どうですか？　楽な暮らしをしていますか？」

恩義を大切にするのは立派なことだが、農民や郎党たちの暮らしを楽にしてやることも大切なのではないか、宗瑞さまの支配地では、どこであろうと同じ年貢しか取らないし、その年貢は、他のどの土地よりも安いのだ、と信之介は説得した。

頼秀は愚かな男ではないし、強欲な男でもない。

裏切りの代償に望むがままの褒美を与えよう……そんな誘いであれば、たとえ同族の信之介の説得であろうと一蹴したに違いない。

そうではなく、宗瑞が支配することで、その支配地で暮らす者たちが幸せになるのだ、という信之介の言葉に心を動かされた。

しかし、頼秀は慎重な男だから、信之介の話が大袈裟すぎるかもしれぬ、どこかに嘘が混じっているのではないかと疑い、興国寺城の支配地や韮山周辺、新たに宗瑞の支配地となった南伊豆における宗瑞のやり方を調べた。

すべて信之介の言った通りだった。

いや、信之介の言葉は、むしろ、控え目だったと言っていい。

頼秀を驚かせたのは、明応の大地震が起こった後、地震や津波で大きな被害を受け、田畑を流され、わずかばかりの蓄えすら失った数万の農民たちに対して宗瑞が手厚い保護を行ったという事実であった。彼らを飢えさせないために一日も休むことなく炊き出しを行い、韮山に蓄えていた穀物だけでは足りなくなると、惜しげもなく金銀を使って上方で食糧や薬を買い求め、それを被災した者たちに無償で与えた。

もし宗瑞が支配していなければ、すなわち、茶々丸の支配が続いていれば、南伊豆だけで数千の農民が飢え死にしたに違いない。

調べれば調べるほど、頼秀は宗瑞の人柄に惹かれ、

（何と器の大きい御方であろうか）

と感動した。

（それに引き替え……）

主である大森定頼の行状を思い起こすと、腹の底からむらむらと怒りが湧いてくる。

藤頼と家督を争ったのは、定頼にも言い分のあることだから仕方がないと思うし、家督争いに勝利した後、藤頼一派を粛清したのも、わからないではない。

が……。

その後、定頼がやったことは何なのか？

年貢を重くし、小田原城の倉に金銀や穀物を積み上げ、それを己の贅沢と遊興に費やしただけではないか。

それだけではない。

一度は宗瑞に奪われた小田原城を、山内上杉氏の助けによって奪い返すと、宗瑞に協力した者たちを処刑することに没頭した。頼秀も身内を殺された。

（無体《むたい》なことをなさるものよ）

と憤ったが、それで大森氏を裏切ろうとか、見限ってしまおうなどとは考えなかった。

頼秀の心が冷えたのは、明応地震の後に宗瑞がやったことを知ったせいである。

地震と津波によって西相模も大きな被害を受けた。

そのとき、定頼は何もしなかったのである。

いや、口では、あれをやれ、これをやれ、と様々なことを命じたが、自らは動こうとせず、貯め込んだ金銀や穀物を領民のために使おうなどとは考えなかった。

要は、

「自分たちで何とかしろ」

と言っただけなのである。

そのときは頼秀も、いくらか不満は感じたものの、まあ、やむを得まい、と諦めた。なぜなら、それまで仕えた主は、誰もが定頼と似たような支配をしていたし、四方を見渡しても、やはり、同じだったからだ。

宗瑞は違った。誰とも違っていた。

それを知って、

(信じられぬ。なぜ、それほど領民のために尽くすのか?)

と不思議だった。

今まで当たり前だと思っていたことが決して当たり前ではないのだ、と思い知らされた。

宗瑞が西相模の支配を続けていれば、地震の後、被災した者たちの救済に全力を傾けたはずである。そうすれば、多くの者たちが、恐らく、数百、数千という数の者たちが死なずに済んだであろう。

「愚かで無能な者が国を支配すると、領民も家臣も苦しむことになるのです」

という信之介の言葉が嘘ではないと頼秀は実感できるし、

「宗瑞さまに支配されれば、家臣も領民も幸せになれるのだ」

と説得されれば、返す言葉がない。

明応九年（一五〇〇）の初夏、信之介は門都普と共に頼秀を訪ねた。深夜、闇に紛れて屋敷へやって来たのである。

（ん？）

部屋に案内された二人が怪訝な顔になったのは、頼秀の他にも人がいたからである。これまで頼秀は話し合いの場に家族も家臣も同席させなかった。常に三人だけで話をした。

この夜は、頼秀の他に二人の男がいた。

二人とも四十代半ばの頼秀とほぼ同年輩に見える。

「何度も足を運ばせてしまい、まことに申し訳なかった。しかし、おかげで、わしは腹が決まった。宗瑞さまにお味方し、お仕えしたいと思う。その旨、どうかお伝え願いたい」

頼秀は威儀《いぎ》を正して言うと、信之介と門都普に頭を下げる。

「……」

いきなりの挨拶に二人が面食らっていると、

「わしが宗瑞さまに仕えたいと考えたのは、そうすれば、西相模に住む者が今よりも、もっと楽な暮らしができるようになると思うからだ。決して私利私欲で大森家を裏切るわけではない。大森の御屋形さま一人が贅沢に暮らすために、それ以外の者たちが苦しむのは間違っている。それ故、わしは宗瑞さまにお味方すると心を決めたのだ」

頼秀が淡々と話し続ける。

「あの大地震の後、わしもそうだが、この西相模に暮らす者たちは塗炭《とたん》の苦しみを味わった。身内を亡くした者も多い。家を失くした者も多い。怪我をしたり病気になって動くことができなくなった者も多い。それなのに年貢はいつも通りに納めよ、と御屋形さまは命じた。自分たちが食うものもないのに、すべてを差し出せというのだ。大地震のせいで死んだ者も多いが、御屋形さまの無慈悲な取り立てのせいで飢え死にした者も多い。こんなやり方は非道である、間違っている……そう思う者も少なくなかったが、では、どうすればいいのかと考えると、どうしていいかわからなかった。ようやく、わかった。宗瑞さまに支配していただけばよいのだ、とな」

頼秀は同席している二人の男たちに顔を向け、

「この二人は、わしの義兄弟だ。血の繋がりはないが、血よりも強い絆で結ばれている」

「安藤源左衛門《あんどうげんざえもん》にございます」

「大谷彦四郎《おおたにひこしろう》にございます」

「わしと共に、この二人も宗瑞さまに仕えさせてもらえまいか？」

「そ、それは……」

信之介がごくりと生唾を飲み込む。願ってもないことであった。安藤も大谷も古くから西相模に土着している有力な一族である。頼秀だけでなく、この二人も味方になってくれれば、恐らく、三百から四百の兵が宗瑞方になることを意味する。それは定頼の動員兵力の一割近くにあたる。

「いかがでござろう?」

信之介が黙り込んでいるので、何か気に入らないことがあるのか、と心配して頼秀が訊く。

「ありがたき申し出でございます。さぞや、わが主・宗瑞も喜ぶことでございましょう」

いくらか声を震わせながら信之介が言う。

五

(機は熟したかな……)

宗瑞は、いよいよ小田原攻めの時期を具体的に思案し始めた。

今川氏・扇谷上杉氏との盟約を結ぶことに成功したことで、大森氏の後ろ盾である山内上杉氏を牽制することができる。山内上杉氏が定頼に援軍を送ってくれば、宗瑞も歯が立たない。それどころか逆に伊豆を攻められる心配をしなければならない。

両家との盟約のおかげで、いかにして定頼を倒すかという、その一点だけに気持ちを集中して作戦を練ることができる。

信之介の尽力で調略もうまくいっている。

松田頼秀、安藤源左衛門、大谷彦四郎だけでなく、彼らの誘いによって、更に数人の豪族が裏切りを約束してくれた。

せっかちな弥次郎などは、

「何をのんびり構えている。さっさと小田原に攻め込もうではないか」

と鼻息が荒い。

宗瑞がすぐに動こうとしなかったのは、伊豆は地震と津波の災害から立ち直ったのか、大規模な兵力を動かすだけの体力が今の伊豆にあるのか……それをしっかり見極めたかったからである。無理な戦を始めて、領民が年を越すことができないような事態に陥ることは避けたかったのだ。支配地が広がれば、より多くの者が幸せに暮らすことができるようになるという信念が宗瑞の征服事業の根源にあるが、支配地を広げるためには、どうしても戦いが必要になるし、戦いというのは多大の犠牲を伴うものなのだ。その犠牲があまりにも大きすぎると判断すれば、戦いを避けることも宗瑞は厭《いと》わない。

それ故、本当であれば、あと数年、災害の傷が癒えるのを待ち、十分に国力を蓄えてから大森氏と対決するのが望ましいとわかっている。

とは言え、あまり悠長に構えていると、定頼の方から伊豆に攻め込んでくる恐れもある。その兼ね合いを考慮すると、いくらか無理しても先手を打つべきだ、という結論になる。

宗瑞は連日、朝から持仏堂《じぶつどう》に籠《こ》もった。

それ自体は珍しいことではない。韮山城にいるときは、ほとんど日課になっており、一日に一度は持仏堂に籠もって座禅を組む。心を真っ白にするためだ。

だが、今は、そうではない。

誰にも邪魔されず一人になるために、持仏堂に籠もっている。最初に座禅を組むのはいつもと同じだが、その後、小田原周辺の地形を描いた大きな絵図面を広げて、じっと思案に耽《ふけ》る。どれくらいの兵を率いて小田原に向かい、どこに布陣し、どのようにして大森軍と戦うか……起こり得る様々な事態を想定し、頭の中で最善の道を探る。門都普が指図をして、五平や六蔵など小田原近辺の地理に詳しい者たちが大森氏の動きを探っており、日々、新たな情報が宗瑞のもとに届けられる。それらの情報を加味して、また作戦を練り直す。

門都普が伝える情報のうち、最も重要なのは、松田頼秀、安藤源左衛門、大谷彦四郎からもたらされる情報である。何しろ、それらは大森氏の内部情報なのだ。特に松田頼秀は、末席とは言え重臣会議に出席できる立場にいるから、定頼の考えや大森氏の方針が手に取るようにわかる。

間諜《かんちょう》を放って近隣諸国の動静を探っているのは宗瑞だけではない。どの大名も普通にやっていることだ。当然ながら、大森氏の方も伊豆の動きを探っている。宗瑞が戦支度を着々と進め、小田原を攻める機会を窺《うかが》っていることは定頼の耳にも入り、しばしば重臣会議で取り上げられているという。宗瑞が今川氏、扇谷上杉氏と相次いで攻守同盟を結んだことは、とりわけ定頼を怒らせ、

「宗瑞め、許せぬ」

と口汚く宗瑞を罵《ののし》っているという。

定頼も馬鹿ではないから、その攻守同盟が山内上杉氏の動きを制約することを目的としているとわかるのだ。

もっとも、定頼が危機感を抱いているというわけではない。大森氏と伊勢氏の力関係を考えれば、まだまだ大森氏の方が上であり、兵力も大きく上回っているから宗瑞が攻め込んできたら返り討ちにしてやろう、と自信満々なのだ。

まさか大森氏を支える豪族たちのもとに宗瑞の調略の手が伸びているとは思っていないらしい。

その点が宗瑞は不思議だった。小田原攻めのために宗瑞は様々な手を打っているが、それらは別に宗瑞の独創というわけではない。どれも兵書に記されている古典的なやり方に過ぎない。

「どうしてだと思う？」

と、円覚に問うたことがある。かつて宗瑞に敵対した円覚は今や伊勢氏の軍配者であり、宗瑞の知恵袋のような存在になっている。

「よい軍配者がいないのでしょう」

と、円覚は答えた。

大森氏の全盛期は定頼の祖父・氏頼《うじより》の時代である。

氏頼は高齢となっても政を誤らず、戦にも強かったが、それは氏頼のそばに、政に通《つう》暁《ぎょう》した重臣たちがおり、優《すぐ》れた軍配者がいたからだという。彼らの意見に氏頼が謙虚に耳を傾けたから、氏頼が死ぬまで大森氏の勢いは衰えなかった。後を継いだ藤頼は凡庸で怠惰で、政にも戦にも何の興味も示さず、面倒なことは優秀な家臣たちに丸投げしたが、それはそれで悪いことではなかった。基本的には氏頼の頃のやり方が踏襲されたからだ。

大森氏の屋台骨が揺らいだのは、藤頼から家督を奪おうとして定頼が兵を挙げたことに端を発している。この内乱の過程で多くの有能な家臣が死に、定頼が勝利した後は、藤頼に味方した家臣が処刑された。かつて氏頼に仕えた重臣たちも処刑されるか、政の場から遠ざけられた。軍配者たちは、さっさと逃げ出した。その結果、政においても戦においても定頼の独裁という状況が生まれた。そこに隙が生じ、その隙を衝《つ》いて宗瑞が小田原城を奪取したのである。

山内上杉氏の後押しで小田原城を奪い返した後、定頼が心を入れ替えて古参の重臣を呼び戻すとか、よい軍配者を雇い入れるとか、そういう手を打てば、大森氏はかつての勢いを取り戻すことができただろうが、小田原城を奪い返して四年経った今でも、定頼は何もやり方を変えていない。依然として定頼の独裁が続いている。

「自分が誰よりも優れていると思っているので、誰の言葉にも耳を貸さず、何もかも自分で決めようとするのでしょう」

と、円覚は言い、諸国を見回すと、そういう領主は少なくないのです、と付け加える。

「実際……」

更に何かを言おうとして円覚が口をつぐむ。

「どうした？　遠慮なく言うがいい」

「上に立つまでは謙虚に周りの者の意見に耳を傾けていたのに、力を持った途端、人が変わるというのは少しも珍しくありませぬ。力を持った者たちがやることも同じです」

「何をする？」

「民に重い年貢を課して己の身代《しんだい》を大きくし、蓄えた金銀で贅沢三昧、酒と女に溺れて政など忘れてしまいます」

「みんな同じことをするのか？」

「はい。恐ろしいほどに誰もが同じことをします。足利学校を出た軍配者は諸国の領主に雇われますが、ご存じのように軍配者はひとつの家にこだわりませぬ。自分に合わぬ家だと思えば暇乞いしますし、自分をより高く買ってくれる領主がいれば主を替えることも厭いませぬ。ある家から次の家に移るとき、かつて世話になった先生たちに挨拶するために足利学校に立ち寄ることが多いのですが、そういう者たちの話を聞くと、戦を勝ち抜いて領主に成り上がったような者たちは、誰もが同じことをするのだなあ、と驚いてしまいます。わたしも長く軍配者を務めてきましたが、今まで、金銀や酒色に溺れなかった領主にはひとりしか会ったことがありませぬ」

「ほう、それは誰かな？」

「宗瑞さまでございまする」

円覚が頭を下げる。

六

その年の暮れ、宗瑞は主立った家臣たちを韮山城の大広間に集めた。その場で、

「三月に小田原を攻める」

と発表した。

相談ではなく、いきなりの発表である。

家臣たちは驚いた。

もちろん、二年前から着々と準備を進めていたから、いつか小田原を攻めることはわかっていたし、そう遠くないであろうとも察していた。

だが、これまでの宗瑞は、何か重大なことを決めるときは事前に家臣たちに諮《はか》り、彼らの意見に耳を傾けた上で結論を出すようにしてきた。

小田原攻めについても、そうだろうと思っていた。

にもかかわらず、いきなりの発表だから誰もが驚いたのである。

驚きの理由は、それだけではない。

ごく少数の重臣だけを集めて自分の考えを伝えるのではなく、多くの者たちを大広間に集めたのでは、その内容がすぐに外部に洩れてしまう。韮山にも大森氏の間諜は入り込んでいるはずで、彼らはすぐに、

「宗瑞は三月に兵を発して小田原を攻める由にございまする」

と、定頼に知らせるであろう。

当然ながら、定頼は宗瑞を迎え撃つ準備を始めるはずだ。

「もうひとつ、皆に知らせることがある。年が明けたら千代丸《ちよまる》の元服の儀を行う」

それを聞いて、家臣たちがどよめく。

一月に嫡男・千代丸を元服させ、三月には小田原を攻めるという。

（なぜ、この時期に……？）

と首を傾《かし》げる者が多い。

もちろん、大きな戦の前に嫡男を元服させるのが悪いということはない。元服すれば、戦にも出ることになるから、その初陣《ういじん》を華々しいものにすることができる。

だが、厳しい戦であれば、当然ながら危険も伴う。

華々しさと危険の度合い……それを天秤にかけて初陣の場を決めることになる。

客観的に判断すれば、大森軍に比べて伊勢軍は劣勢であり、この戦いが伊勢氏の存亡を懸けた激しいものになることは間違いない。普通に考えれば、そんな戦場にわが子を出したいと考える親はいない。にもかかわらず、敢《あ》えて、その戦いの前に千代丸を元服させるというのは、宗瑞の並々ならぬ覚悟を皆に知らしめる効果があった。

千代丸を一月に元服させることについては、さすがに宗瑞も独断で決めることをためらい、まず弥次郎と紀之介《きのすけ》に相談した。

「元服に反対するつもりはない。むしろ、遅すぎるくらいだからな。だが……」

弥次郎が口籠もる。

千代丸は十四歳である。年が明ければ十五になる。

本来であれば、とうに元服していてもおかしくない。それを先延ばしにしてきたのは、地震と津波による傷が癒えぬうちは、晴れやかな儀式など行うべきではないという宗瑞の考えによる。その考えが正しいと思うから、誰も異を唱えなかったのだ。

その傷もようやく癒えてきたから、そろそろ元服を考えてもよい頃には違いない。しかし、選《よ》りに選《よ》って、大森氏との決戦の前に元服させる必要があるのか、危なすぎるではないか……それが弥次郎には疑問なのだ。

「反対か?」

「そうは言わぬが、賛成かと訊かれれば、賛成だとも言いかねる」

「紀之介、おまえはどう思う?」

宗瑞が訊く。

「ううむ……」

紀之介が難しい顔になる。

「小田原攻めの前に、敢えて若君を元服させようというのは、殿の深いお考えがあってのことと存じます。わたしには何も言えませぬ。どうするか、これは殿と奥方さまがお決めになるしかないのではないでしょうか」

「その通りだ。おれや紀之介がとやかく口を挟んでいいことではない。平穏なときであれば、いくらでも相談に乗るが、このようなときだからなあ。大森との大きな戦の前に元服させて、その戦で初陣させるとなると、これは命に関わる話だ。夫婦で話し合ってくれ」

弥次郎も紀之介も積極的に関わりたくないという態度だった。

「そうか」

弥次郎の言うことがもっともだと思い、宗瑞は田鶴《たづる》に相談することにした。二人きりで話をした。

「千代丸の元服……」

田鶴が顔を曇らせたのは、弥次郎と同じように、

（なぜ、わざわざ大きな戦の前に……）

と危惧したからであろう。

「わたしと千代丸に血の繋がりはありませぬが、わたしは千代丸をわが子と思って慈《いつく》しんできたつもりです。母として言えば、こんなときに元服させたいとは思いません。しかし、伊勢宗瑞の妻として言えば、殿の気持ちがわかるだけに、どうしても嫌だと言い張ることもできませぬ」

「わしの気持ちがわかるのか？」

「殿は……」

田鶴がごくりと生唾を飲み込む。

「殿は死を覚悟しておられます」

「戦に出るときは、いつも死を覚悟している。誰かの命を奪うには、まず自分の命を捨ててかからなければならぬからだ」

「それは存じておりますが、今度はいつもと違うような気がします」

「何が違うというのだ？」

「死を覚悟することと、生きて帰れぬと思うことは違うのではないでしょうか。今までは、たとえ死を覚悟しているとしても、心の奥底では、必ず生きて韮山に戻ってくる、という強い気持ちがあったように思うのです」

「今度は、そうではない、と言うのか？」

「生意気なことを言って申し訳ございませぬ」

「いや、いいのだ……」

おまえの目をごまかすことはできぬな、と宗瑞が微笑む。

「大森との戦については、どう考えても、こちらの方が苦戦を強いられそうなので、それを挽回するために様々な手を打ってきた。同じ失敗を繰り返さぬように、戦に勝った後、いかにして西相模を平穏に治めていくか、そのことも考え抜いた。最近になって、ようやく大森に勝てるのではないか、という自信めいた気持ちを持てるようになってきたが、不思議なもので、そうなればなったで、心の底からむくむくと不安な思いも生じてくる。なぜ、そんな気持ちになるのか自分でもわからないが、何とも言えぬ嫌な気持ちになり、妙な胸騒ぎがするのだ。人の一生など儚《はかな》い。どこに落とし穴があるかわからぬ。たとえ戦に勝ったとしても、どこかから飛んできた矢に運悪く当たって死ぬかもしれぬ。今まで何度となく戦に出たが、こんな気持ちになるのは初めてのことだ。おまえの言うように、死を覚悟して出陣するのと、死ぬかもしれぬという胸騒ぎを覚えて出陣するのは違う。もしかすると、わしは、この戦で……」

「おやめ下さいませ！」

田鶴が溜息をつく。悪いことを口にすれば、それが本当のことになってしまうかもしれない……そういう迷信を信じている。だから、不吉なことはできるだけ口にしてほしくないのだ。

それに最後まで聞く必要はなかった。

宗瑞が何を言いたいのか、田鶴には理解できた。

もし宗瑞がこの戦で死ぬようなことになれば、千代丸が伊勢氏の家督を継ぐことになる。そうなった場合に備えて、戦の前に元服させておこうという考えに違いない。

「母としてではなく、妻として、千代丸の元服に賛成いたします」

田鶴は、うなずいた。

三月に小田原を攻める、と大広間で皆に発表したのも、宗瑞なりの思惑があってのことだ。わざと定頼の耳に入るようにしたのである。

この点に関しては、弥次郎と紀之介も賛同した。

小田原を攻めるに当たって、宗瑞が最も恐れているのは定頼が籠城することである。

籠城というのは、自軍よりも強大な敵に攻められたとき、貝のように城に閉じ籠もって援軍が到着するのを待つというやり方である。

普通に考えれば、定頼の方が大きな兵力を持っているのだから籠城するはずがない。しかし、定頼に戦術眼があり、宗瑞の弱点を冷静に見抜くことができれば、籠城策を取るはずであった。それが最善なのだ。

宗瑞の弱点とは何か。

時間をかけることができない、ということである。

自国で戦うのではなく、他国に攻め込む場合、当然ながら食糧を自弁しなければならない。数千人の兵が遠征するとなると、彼らの食糧を運ぶだけでも大変な労力を要する。それ故、この時代、遠征軍は攻め込んだ先で略奪するのが当たり前だった。そうすれば、運搬する食糧を減らすことができる。

しかし、宗瑞は、それをするつもりは毛頭ない。

なぜなら、小田原攻めの目的は略奪ではないからである。自国の新たな領地にするために攻め込むのだ。定頼を倒し、西相模を支配下に組み込むのである。

それなのに西相模で略奪したり、農民を殺したりすれば、それが恨みとなって残り、後々、宗瑞の支配に支障を来《きた》すことになるであろう。

略奪できないとなれば、伊豆から食糧を運ぶしかないが、せいぜい、半月分が限度である。それ以上の食糧を運ぶのは困難だし、そもそも、今現在、それほど多くの蓄えがない。

地震と津波の被害を受けた後、それまでに蓄えていた金銀や穀物を惜しげもなく吐き出したので財政に余裕がないのである。戦が長引けば伊勢軍は負ける。短期決戦を挑む以外に勝利への道はないのだ。

定頼がそれを見抜けば、攻め込んできた伊勢軍を相手にせず、小田原城に籠もっていればいい。時間を味方にすればいいのだ。そうすれば、半月後に伊勢軍は立ち枯れるであろう。食糧が尽きれば兵を退《ひ》くしかない。疲弊した伊勢軍を追撃して打ち破るのはたやすい。そのまま韮山に雪崩《なだ》れ込めば、定頼は易々と伊豆を手に入れることができる。それを許さないために、宗瑞は敢えて三月に攻めることを公にした。

それを耳にすれば、定頼だけでなく、大森の家臣たちも、

「生意気な奴め」

「返り討ちにしてくれるわ」

と腹を立てるに違いない。

戦支度をする時間は十分にある。舌舐《な》めずりして宗瑞を待ち受けるであろう。

大森氏の戦意が高揚すれば、そう簡単に籠城策を取ることができなくなる。籠城は、まともに戦っては、とてもかなわぬ、と判断したときに選択する消極的な策である。自分たちの方が強いと思っていれば、普通は籠城などしないのだ。

定頼に籠城などされては困るから、事前に、

「小田原を攻めるぞ」

と公言することで籠城策を取りにくくさせようと宗瑞は企図したのだ。

もっとも、これは諸刃《もろは》の剣《つるぎ》でもある。

宗瑞は奇襲を得意とする。

今川館にいる小鹿範満を討ち取ったときも、堀越御所《ほりごえごしょ》にいる足利茶々丸を襲ったときも、相手の不意を衝いて攻めた。つまり、奇襲である。

三月の小田原攻めを公言すれば、得意とする奇襲を自ら封じることになってしまう。

(籠城されるよりは、ましだ)

と考えたのだが、これは苦渋の選択だったと言っていい。

七

年が明けて間もなく、千代丸の元服の儀が行われた。名乗りを改め、新九郎氏綱《しんくろううじつな》となった。氏綱の「氏」は今川氏親の偏諱《へんき》をもらったのである。

興国寺城を返還し、国と国として攻守同盟を結んだとはいえ、長きにわたって氏親に仕えてきた宗瑞とすれば、気持ちの上では依然として氏親を主君として敬っている。だからこそ、氏親の話をするときは今でも「御屋形さま」と呼ぶし、偏諱を賜《たまわ》ったことを心から喜んだ。

ちなみに、この「氏」の偏諱は、氏綱以降、代々の当主に受け継がれることになる。

小田原攻めの準備は着々と進められた。

門都普からは小田原の様子が頻繁に知らされてくる。定頼の方でも宗瑞を迎え撃つ支度に余念がないという。

（どうやら籠城するつもりはなさそうだ）

と安心はしたものの、定頼に万全の準備期間を与えてしまったことで、激しい戦いを覚悟しなければならなくなった。

二月になって、門都普が韮山城に戻ってきた。

「ふたつ、知らせることがある」

「いいことか？」

「ひとつは、いい話だと思うが、もうひとつは、何とも言えぬ」

「聞こう」

「藤頼の子が見付かった」

「何？」

宗瑞が驚く。

「本当に藤頼殿の子なのか？」

「松田殿が教えてくれた。実のところ、本当かどうか確かめようがない。藤頼殿が死んでから生まれた子だしな」

「ふうむ……」

門都普の説明によれば、六年前、定頼と藤頼が大森の家督を巡って争ったとき、側室が藤頼の子を身籠《みご》もっていたという。争いに敗れて藤頼が殺された後、その側室は子を産んだ。男の子だという。定頼に敵対した豪族たちが密かに匿《かくま》って育ててきたというのだ。

「それがいい話か？」

「その子が味方になれば、小田原攻めが藤頼殿の弔《とむら》い合戦《がっせん》になる。大義名分ができるではないか。しかも、その子を匿っていた豪族たちを味方にすることもできる」

「定頼殿を討ち、その子に小田原城をくれてやるわけか？」

「いや、それはない」

門都普が首を振る。

「そばに仕えている者たちも、正妻の子ではないから家督を継ぐことまでは望んでいないようだ。別家を立てて、伊勢に仕えさせてほしいのだろう。定頼殿が支配しているうちは先に何の希望もないし、そんな子がいるとわかれば命を狙われる」

「名は？」

「松寿丸《しょうじゅまる》というらしい」

「よかろう。味方に加えよう」

小田原攻めに藤頼の弔い合戦という味付けができれば、ますます定頼は籠城などできぬだろう、と宗瑞は考える。味方が増えるのも悪くはない。

「では、嫌な話も聞こうか」

「定頼が軍配者を雇った」

「軍配者を?」

宗瑞が怪訝な顔になる。

「獅子王院《ししおういん》というらしい。知っているか?」

「いや、聞いたことがないな」

宗瑞は首を振り、円覚に訊いてみよう、と言う。

すぐに円覚が呼ばれた。事情を説明し、その軍配者について何か知っているか、と宗瑞が訊く。

「獅子王院さま……」

その名前を聞いた途端、円覚の顔色が変わる。

「知っているようだな」

「会ったことはありませぬ。名前を聞いたことがあるだけです」

「足利学校で学んだ軍配者なのか?」

「はい」
円覚がうなずく。

「わたしなどより、ずっと年上です。星雅さまと同じくらいではないでしょうか」

「星雅さまと？」
宗瑞が険しい顔になる。

「年齢が同じくらいなだけか。それとも、星雅さまと同じくらい優れた軍配者なのか」

「評判のいい御方ではありませぬ。足利学校の先生たちは、事あるごとに星雅さまを見習えと申しますが、獅子王院さまを見習えと言われたことはありません。むしろ、見習ってはならぬ、と言われました。しかし、戦には強い。わたしの知る限り、獅子王院さまが軍配を預かって戦に負けたという話を聞いたことがありませぬ」

「それなのに、なぜ、見習ってはならぬのだ？」

「兵法書にないやり方ばかりするからだと聞いた覚えがあります。軍配者としては邪道なのだ、と」

「ほう、兵法書に従わぬ軍配者がいるのか。面白いではないか」

「たとえ戦に勝つためであろうと、やってはならぬことがあります。獅子王院さまは、そういうやり方を平気で用いるのです」

「どういうやり方だ？」

「毒と子供を使うのが得意だと聞いた覚えがあります」

「毒と子供？　妙な取り合わせだな」

「敵を攻めるとき、特に相手が自分より強いときは、すぐに戦をするのではなく、敵地にある川や井戸に毒を入れるのです。人が死ぬような強い毒ではなく、病気になって倒れるような毒です。ひと月もすると、その土地は病人ばかりになります。敵方の兵力が減れば、それだけ自軍が有利になります。そうなるのを待って、敵地に攻め込みます」

「なるほど、実際に戦をする前に敵を弱らせるための味付けをするわけだな。味付けをすることは悪いことではないが、その中身が汚いということか」

「川や井戸に毒を入れると、敵兵だけでなく、その土地に住むすべての人々を苦しめることになります。年寄りも女子供も苦しみます。民を苦しめるやり方は兵法としては邪道です。足利学校で学んだ軍配者は、そういうやり方をしませぬ」

円覚が顔を顰《しか》める。

「子供を使うというのは？」

宗瑞が訊く。

「敵地で川や井戸に毒を入れるときに子供を使うことがあります。敵兵に怪しまれぬようにするためです。それだけでなく子供に密書を運ばせたり、武芸を仕込んだ子供を刺客として敵陣に送り込むこともあるといいます。本当にそんなことができるかどうかわかりませんが……」

「話を聞くと、確かに星雅さまとは、まるで違ったやり方をする軍配者のようだな」

「星雅さまは戦場で大軍を思うがままに動かして敵軍を打ち破ることのできる御方です。それこそ軍配者の真の姿です。しかし、獅子王院さまは違います。敵と戦場で相見《あいまみ》える前に、敵の力を削《そ》ぐことが得意なのです。しかも、そのやり方が人の道から外れている。戦で勝つためならば手段を選ばないのです」

「そんな軍配者を雇い入れて定頼は何をするつもりなんだ？　こっちが攻める前に、先手を取って伊豆に攻め込むつもりなのかな」

門都普が首を捻る。

「そんな動きがあるか？」

「今のところは、なさそうだ」

「韮山にある川や井戸に毒を入れるかもしれぬな。病が発生すれば、小田原攻めどころではなくなってしまう……」

宗瑞はしばし思案すると、

「村々に触れを出そう。見慣れぬ者が現れたら、それが旅の僧や修験者《しゅげんじゃ》であっても、山の民であっても、商人であっても、女でも子供でも年寄りでも、とにかく、見慣れぬ者が現れたら捕らえるようにせよ、と。捕らえた者は役人が吟味する」

「食事の毒味もした方がいい。伊勢宗瑞の命を奪えば、戦わずして勝てるとわかっているだろうから」

門都普が言うと、

「面倒なことよな」

宗瑞が苦笑いをする。

「わたしも賛成です。獅子王院さまが大森の軍配者になったとすれば、何をしてくるかわかりませぬ。用心するに越したことはないと存じます」

円覚が心配そうな顔になる。

「わかった。用心しよう。毒など食らわされて寝込むのは嫌だからな」

宗瑞がうなずく。

八

三月初め、三千の伊勢軍が韮山を出発した。

軍勢は、前軍、中軍、後軍の三つに分けられている。前軍を弥次郎が、中軍を紀之介が、後軍を宗瑞が率いている。それぞれ一千ずつである。

これが初陣となる氏綱は宗瑞と共に後軍にいる。大森藤頼の遺児・松寿丸は、わずか七歳ながら前軍におり、その周囲には大森の旗が揺らめいている。

韮山から小田原に向かう旅人は、韮山から三島《みしま》まで下田《しもだ》街道を北上し、三島から小田原まで東海道を歩くのが普通だ。古くから整備された街道で、往来する者も多い。難点は箱《はこ》根《ね》を越えなければならないことである。天下の険と呼ばれるほどに険しい山道を踏破しなければならないのだ。

もうひとつ、韮山から東に進んで海岸に出て、そこから海沿いに小田原を目指す道もある。これならば険しい山道を避けることができるが、反面、冷たい海風に吹き晒されて進むことになる。

しかも、下田街道や東海道のような整備された街道があるわけではない。地元民が歩く程度の道とも言えない道しかなく、少しでも雨が降れば田圃《たんぼ》のような泥道になってしまう。もっとも、道があればましで、原野や茂みを突っ切っていかなければならない場所も多い。

どちらを選ぶか、実際に、どちらの道も使って頻繁に韮山と小田原を行き来している門都普や五平、六蔵の話を聞き、弥次郎や紀之介らの意見も聞いた上で、最終的に宗瑞が、

「箱根を越えて行く」

と決断した。

少人数であれば、何かしら突発的な出来事が起こっても臨機応変に対応できるし、進退もたやすいが、三千という大軍では、そうもいかない。道らしい道もなく、足場も悪いような場所で立ち往生すれば身動きが取れなくなるし、万が一、そこを敵に攻撃されたら、

ひとたまりもない。

そんな危険を冒《おか》すよりは難所を越えていく方が安全だと考えた。

行軍は、ゆるゆるしている。遅すぎるくらいだ。

韮山から小田原まで、およそ十二里（四八キロ弱）で、それくらいの距離であれば、この時代の旅人は一日半で歩く。

だが、平坦な道を行くわけではなく、険しい箱根越えがあるので二日くらいは必要だ。

宗瑞の兵たちは武器や食糧を背負っている。五里も歩けばへとへとになり、とても戦などできる状態ではなくなってしまう。

兵の疲労を考慮し、宗瑞は行軍に三日かけるつもりでいる。奇襲するつもりなら話は別だが、正攻法で敵を破ろうとしているのだから無理をして急ぐ必要はない。

行軍が遅いのは、それだけが理由ではない。

数多くの斥候《せっこう》を先行させ、大森軍が罠など仕掛けていないか、どこかで待ち伏せなどしていないか、慎重に探りを入れながら進んでいるせいもある。

小田原周辺には門都普の支配する忍びが潜《ひそ》んでおり、大森軍の動きを逐一、知らせてくれる手筈になっている。

初日は三島で宿泊することにした。

いくら兵を疲れさせないように配慮しているとはいえ、その気になれば、もう少し距離を稼ぐこともできた。敢えて三島で足を止めたのは、大森氏がどう動くか見極めたかったからである。相手の動きに対応して柔軟に作戦を修正するつもりなのだ。

日が暮れてから、忍びが小田原からやって来て、大森軍の動きを知らせた。その後も深夜まで何人かの忍びが戻った。

この時点で宗瑞が知りたかったのは、ひとつだけである。

箱根を越えて敵軍が押し寄せてくる場合、迎え撃つ側が取るべき策はふたつ考えられる。大森軍がどちらの策を選ぶか知りたかったのだ。

ひとつは、箱根自体を強力な防壁と考え、敵軍が箱根を越えないようにすることだ。峠を登ってくる敵を、峠の上から攻撃するのはたやすい……それは兵法の常識である。もっとも、これは兵力が敵軍より劣っているときに、よく使われる手だ。

もうひとつは、敵軍が箱根を越え、平地に出るのを待って野外決戦を挑むことである。兵力で敵軍を上回り、野戦に自信があるときに有効な手だ。敵軍を撃破すれば、敵軍は箱根に向かって逃げるしかないが、峠を越えるのは、そう簡単ではないから追撃はたやすい。敵軍を徹底的に叩き潰したい、できれば全滅させたいというのであれば、この作戦がいい。

（定頼殿は、どちらを選ぶのか？）

それが宗瑞の関心事であった。

が……。

定頼は、どちらの策も選ばなかった。

小田原城に集まった兵力は、ざっと四千五百。

宗瑞の三千をはるかに上回っている。

その四千五百を、定頼は三つに分けた。

小田原城の南西一里（約四キロ）弱のところに石垣山《いしがきやま》という小高い山がある。そこに五百の兵を入れたという。前々から密かに工事を進め、砦《とりで》として使えるようにしていたのである。箱根を越えて平地に出ると、すぐ右手に見える山だ。

小田原城から半里ほど西には城山《しろやま》と呼ばれる丘があり、そこにも一千の兵を入れた。

従って、小田原城には三千の兵が入ったことになる。

「どういうつもりだ？　なぜ、こんな回りくどいことをする？　こっちは三千、向こうは四千五百じゃないか。おれが定頼だったら、城を出て迎え撃とうとするぞ」

弥次郎が首を捻る。

「六年前の悪夢が忘れられないのでしょうな。あのときは城を奪われ、夜戦でもさんざんに負かされた。まともに殿と戦っても勝てるとは思えないのでしょう」

紀之介が言う。

「恐らく……」

板敷きに広げられた大きな絵図面を眺めながら、宗瑞が小田原城の南方に広がる平地を指差す。その平地の南側には早川《はやかわ》という川が流れている。石垣山は、早川の対岸に位置している。

「このあたりの平地に、わしらを誘い込み、三方向から攻めるつもりなのではないかな。万が一、勝てそうにないと見切りを付ければ、すぐに小田原城に逃げ込むことができる」

「で、籠城か……」

弥次郎がふむふむとうなずく。

「わしの見立てを、どう思う？」

宗瑞が円覚に訊く。

「戦に勝てればよし、もし戦に負けても城は渡さぬ……そういう二段構えの策のように思われます。そうだとすれば、すぐには戦をせず、城に籠もって時間を稼ぎ、われらが疲れ、食糧が尽きるのを待つのではないでしょうか」

円覚が答える。

「獅子王院の策だと思うか？」

「そうかもしれませぬ。獅子王院さまの策であれば、時間稼ぎをしている間に何かしら嫌な手を打ってくるでしょう」

「まさか自分の領地で、川や井戸に毒を入れたりはするまい」

「定頼なら、やりかねぬぞ。わが身を守るためならなりふり構わず何でもやるだろう」

弥次郎が言うと、そうかもしれぬ、と宗瑞がつぶやき、

「箱根を越えたら、今まで以上に飲み水や食い物に気を付けるのだ。触れを出せ」

「承知しました」

紀之介がうなずく。

「これから、どうする？」

弥次郎が訊く。

「定頼殿が何を考えているか、とりあえず、見当がついた。予定通りに進もう」

宗瑞が答える。


翌朝、伊勢軍は三島を出た。午後には芦ノ湖《あしのこ》の畔《ほとり》に着いた。ここで宗瑞は宿営を命じた。昨日と同じように、多くの斥候を放って、大森軍が待ち伏せしていないか、罠を仕掛けていないか探った。

夕暮れになると、門都普からの使いが箱根を越えて小田原からやって来る。大森軍の動きを知らせるためである。

大森軍の動きに大きな変化はない。石垣山砦と城山砦の防備を補強したり、食糧を運び入れたりしているという。やはり、自分たちの方から積極的に出撃するつもりはなく、小田原城近くまで伊勢軍を誘い込むのが定頼の作戦なのではないか、と宗瑞は考える。

宗瑞が注目したのは、門都普を介して松田頼秀からもたらされた情報である。伊勢軍の進発を知り、当然ながら、小田原城でも軍議が開かれている。

その軍議が荒れ模様だというのだ。

定頼は独裁的なやり方を好む主である。家臣たちの意見に耳を傾け、話し合いで政治や軍事の方針を決めたりはしない。自分の考えを一方的に伝え、その実行を命じるだけだ。

今回も、そうだった。

小田原城、城山砦、石垣山砦への割り振りを伝え、指示があるまで待機せよ、勝手なことをしてはならぬ、と戒めた。

定頼は反論を嫌う。血の気が多く、カッとなると頭に血が上って、われを失うこともある。人の好き嫌いも激しく、一旦、嫌うと、その家臣の顔を見るのも避けるようになる。

定頼が大森家の当主となってから、些細なことが原因で遠ざけられた家臣は一人や二人ではない。そういう定頼の性格を知り、これまで唯々諾々《いいだくだく》として定頼に従ってきた者だけが軍議に参加している。

にもかかわらず、このときばかりは、すぐさま何人もの家臣たちから疑問の声が上がった。敵軍が自国に迫っているという非常事態が、軍議を殺気立ったものにし、普段は従順な者たちですら、人が変わったように目を血走らせている。

彼らが一様に口にしたのは、

「なぜ、進んで敵を迎え撃とうとしないのか？」

ということであった。

宗瑞が想定したように、常識的に考えれば、箱根の険を楯として伊勢軍を峠の上で撃退するか、峠を下ってきた伊勢軍を平地で迎え撃つか、そのふたつのうち、どちらかの策を選ぶべきであった。

最初から城や砦に籠もるというのは、あまりにも消極的すぎるのではないか、それでは士気が上がらない、まるでわれらが伊勢軍を恐れているかのようだ……家臣たちは、そう口にした。

大森軍の兵力が伊勢軍に比べて大きく劣っているとか、あるいは、もう少し待てば山内上杉軍が援軍として駆けつけることになっているとか、そういう明確な理由があれば、定頼の命令に疑問を呈したりはしなかったであろう。

しかし、現実には、大森軍の兵力は伊勢軍の兵力を大きく上回っているし、援軍が来る当てもない。

苦い顔で押し黙り、家臣たちの意見を聞いていた定頼だが、ようやく、

「宗瑞を城のそばに引き寄せるのだ」

と吐き捨てるように言った。

「なぜ、わざわざ城のそばに引き寄せる必要があるのですか？　敵が峠を下ってきたとこ

ろを攻めればよいではありませんか」

身を乗り出して、定頼に詰め寄る者がいる。

「それは、ならぬ」

定頼の顔が更に不機嫌そうになる。

「なぜ、ならぬのですか？」

「ならぬと言ったら、ならぬのじゃ」

「それでは納得できませぬ」

「控えられよ」

末席から声を発した者がある。

豊かな髪を総髪にしているが、見事なまでの銀髪で黒髪は一本も混じっていない。顔には皺が多く、よほど血圧が高いのか、茹《ゆ》で蛸《だこ》のように顔が真っ赤だ。意思の強さを表すかのように口を真一文字に引き結び、大きな鷲鼻をひくひくさせ、切れ長の鋭い目で居並ぶ家臣たちを睨み回す。

これが軍配者・獅子王院であった。

雇われたばかりの新参者なので末席に控えているが、獅子王院は大森の家臣たちなど屁とも思っていない。己の上に位置しているのは定頼だけだと考えている。

「御屋形さまには御屋形さまのお考えがあられる。それをいちいち家臣に説明する必要などない」

人を見下したような物言いで、傲岸不遜《ごうがんふそん》な態度が露骨に滲《にじ》み出ている。

「軍配者として、ひと言いわせてもらえれば、峠の上で敵を迎え撃つにしろ、峠を下ってきた敵を迎え撃つにしろ、この小田原城から御屋形さまが出陣なさるには方角が悪い。無論、方違《かたたが》えするというやり方もあるが、大森家の主がこの小田原城以外の場所から出陣するのは、あまり見栄えのよいものではない。しかも、敵軍がやって来るであろう日は、御屋形さまの守護星の位置がよろしくない。あまり口にしたくはないが、伊勢宗瑞の守護星の方がよい位置にある」

「……」

獅子王院の言葉に家臣たちが黙り込む。

軍配者というのは「戦の全般に関して君主に助言する専門家」である。

戦をする日時、出陣する方角、戦をする場所を占いによって決め、戦をする日の天候を予知し、どのような作戦で敵と戦うかを決める。戦いが行われている間は主の傍《かたわ》らにあって兵の進退を助言し、戦が終わると論功行賞や首実検の作法を助言する。

つまり、戦に関するすべての場面に軍配者は関わるのだ。

軍配者の仕事で最も重要なのは、戦をする日時と方角を占うこと、作戦を立案すること、このふたつである。すなわち、占術と兵法である。占術に関する側面を見れば陰陽師《おんみようじ》や修験者の如き者であると言えるし、兵法に関する側面を見れば軍師・参謀の如き者であると言っていい。このふたつの能力を併《あわ》せ持つ者が軍配者である。

それ故、軍配者である獅子王院が占術を楯にして反論すれば、家臣たちも口をつぐまざるを得ない。

迷信深い時代なのである。

その方角、その場所で、その日に戦をするのは不吉である、と軍配者が断言すれば、誰もそれに逆らうことなどできない。

「では、敢えて敵を城の近くに誘《おび》き寄せるのは、御屋形さまの守護星の位置が変わるのを待つためなのですな？」

先程の家臣が念を押すように訊くと、

「ふふふっ、まあ、それも間違いではありませんな」

獅子王院が思わせぶりな笑みを浮かべる。

そういう軍議の様子を松田頼秀が門都普に知らせ、門都普が宗瑞に知らせてきた。

早速、宗瑞は、弥次郎、紀之介、円覚、そして、氏綱の四人を呼んだ。まだ十五歳とはいえ、いずれ伊勢の家督を継ぐことになる氏綱を、宗瑞は一人前の武将として扱っているのである。

「どう思う？」

宗瑞が水を向けると、

「たとえ軍配者の言うことであろうと、定頼が素直に従うとは信じられぬ。本当なのだろうか？」

弥次郎が首を捻る。

「何か隠しているような気がします」

紀之介がうなずく。

「ふうむ……」

宗瑞が円覚に顔を向ける。

「軍配者として当たり前のことですが、わたしも方角やら日時やら、殿の守護星の位置なども占ってみました。獅子王院さまが言うのは、どうも違うような気がいたします。占術では、どちらが有利とも不利とも言えませぬ。となれば、兵法に従って、どう戦うのがよいのか、ということになりますが、そうなれば、やはり、峠の上でわれらを迎え撃つか、われらが峠を下ったところを攻めるのが上策かと思われます。なぜ、小田原城の近くまでわれらを誘い込もうとするのか……解《げ》せませぬ」

円覚も困惑した表情だ。

「われらより多くの兵を抱えているにもかかわらず、城の近くにふたつの砦を築き、われらを領内に誘い込もうとするのは、恐らく、われらを包囲して全滅させようとしているのであろう」

宗瑞が言う。

「籠城するつもりではないのか?」

弥次郎が訊く。

「そのつもりなら、ふたつの砦を拵える必要はない。小田原城の守りを固める方がいい。わざわざ兵力を分散するのは愚かだ。獅子王院という軍配者のことがなければ、また定頼殿が愚かなことを考えたと思ってしまうところだ……」

ふと宗瑞は氏綱に顔を向ける。氏綱は皆の話に熱心に耳を傾けている。

「おまえは、どう思う?」

「はい」

興奮気味に紅潮した顔を宗瑞に向ける。

「父上がおっしゃったように敵はわれらを包囲するつもりだと思います。ただ……」

「何だ? 遠慮なく言うがよい」

「はい。本気でわれらを包囲して全滅させるつもりであれば、ふたつの砦とひとつの城だけでは足りぬように思います。われらの退路を断つには、もうひとつ、城か砦が必要なのではないでしょうか」

「……」

他の四人が黙り込む。

何か間抜けなことを口走ってしまったのではないかと氏綱が不安そうな顔になる。

が……。

すぐに宗瑞は破顔一笑し、

「よいところに気が付いた。その通りだ。定頼殿は、われらを城のそばに誘い込み、自分は城から打って出るつもりなのだ。時を同じくして左右の砦からも敵兵が攻めて来る。大変な戦になる。間違いなく苦戦するだろう。そこに背後から敵が現れたら……」

「恐ろしいことですな」

紀之介がうなずく。

「定頼殿は、どこかにもうひとつ秘密の砦を築いているのかもしれぬ。砦がないとすれば、どこかから援軍がやって来るのか、あるいは……」

宗瑞が言葉を切る。

何事か思案を始め、それきり口を利かなかった。

他の者たちも黙りこくっている。

九

翌日、まだ夜が明けきらず、東の空が微《かす》かに群青《ぐんじょう》色に変わってきた頃、伊勢軍は芦ノ湖畔の陣を払って出発した。いよいよ箱根の坂を越えるのだ。

隊形は韮山を出たときと同じで、前軍が弥次郎の一千、中軍が紀之介の一千、後軍が宗瑞の一千である。

大森軍は小田原城付近から動いていないという情報を得ていたが、宗瑞は油断せず、多くの斥候を先発させて伏兵が潜んでいないか探らせた。峠道を縦に細長く伸びきった状態で行軍するのは危険なのである。敵からすれば、これほど攻撃しやすい相手はいない。

周囲を警戒しながらの行軍なので、ゆるゆるとしたものになったが、それでも昼過ぎには箱根を越えた。須雲川《すくもがわ》に沿って峠道を下る。

依然として敵兵には遭遇しない。

敵兵だけでなく、農民にも出会わない。田畑にも人影がない。伊勢軍が接近していることを知り、乱暴を恐れてどこかに避難したのに違いなかった。

(獅子王院という軍配者、やはり、ただ者ではないな……)

いかに作戦とはいえ、敵軍をみすみす領内に入れるというのは、そう簡単にできることではない、と宗瑞にはわかるのだ。

この時代、あちこちで絶え間なく戦いが起こっているが、それらの戦いの目的は、ほとんどが略奪である。領土拡張という目的で行われる戦いは稀で、他国から食糧を奪ってやろう、農民をさらってこようという、言うなれば、盗賊行為が目的で他国に攻め込む。何の抵抗もせず、敵軍を領内に入れるということは、好きなように略奪してくれと言っているようなものなのだ。

（わしが略奪などせぬと見切っているのか、それとも、農民など見捨てているのか……）

いずれにしろ、とても自分には真似のできないやり方だ、と宗瑞は思う。

須雲川は、やがて、早川と合流する。早川沿いに行軍を続けると、右手に小高い山が見えてくる。

それが石垣山である。

定頼は、石垣山に砦を拵え、五百人の兵を入れているという。

その石垣山砦も静まり返っており、怪しい動きは何も見られない。炊事でもしているのか、細い煙が幾筋か立ち上っているだけである。

尚も行軍を続け、早川の向こう側に石垣山を眺めながら、入生田《いりうだ》村を過ぎ、風祭《かざまつり》村に入ったところでようやく行軍を停止する。ここから小田原城まで半里（約二キロ）強というところだが、風祭村と小田原城の間には遮るような山や丘がなく、平地が広がっているだけなので、宗瑞の目にも小田原城がはっきりと見える。城の左手には城山砦がある。

小田原城には三千人、城山砦には一千人の兵が入っているはずだが、石垣山砦と同じように目立った動きは何もない。

村には人気《ひとけ》がない。村人は逃げてしまったらしい。

無人の農家を宿舎として利用することにした。

獅子王院は井戸や川に毒を投じることがある、と円覚に聞かされていたので、念のために村の井戸を調べさせた。井戸の水を猫に飲ませてみると、口から白い泡を吹いて悶絶死した。やはり、井戸に毒を入れたのだ。

幸い、すぐ近くを早川が流れている。

大きな川である。この川を毒で汚染するには、大量の毒を投じる必要があるし、そんなことをすれば川魚が死に絶えてしまうであろう。まさかと思いつつ、すぐには兵に飲ませず、最初に猫に飲ませることにした。今度は猫も無事だった。

「この分では川の水しか飲めませんね」

紀之介が言う。

「馬鹿な奴らだ。自分の領地なのに井戸に毒なんか入れやがって。先のことを考えないのか？」

弥次郎が嫌な顔をする。

「とにかく用心するに越したことはない。どんな罠を仕掛けているかわからないからな」

宗瑞は宿営の準備と周囲に見張りを立てることを命じた。多くの斥候も放った。

暗くなってから門都普が現れた。

門都普の役割は、大森軍の動きを探ることから、松田頼秀や安藤源左衛門、大谷彦四郎ら、宗瑞に味方することを約束している者たちと連絡を取り合うことに重点が移っている。彼らから内部情報を得ると共に、裏切りの時機を打ち合わせるためだ。

松田頼秀と安藤源左衛門は小田原城に、大谷彦四郎は城山砦に配置されている。

伊勢軍を小田原城近くまで誘い込んで包囲殲滅《せんめつ》しようというのが定頼と獅子王院の作戦であろうと宗瑞は想像しているが、あくまでも想像に過ぎず、実際に何をしてくるか、まだ見当が付かない。定頼が家臣たちに具体的な指示を出していないせいだ。

「城内は、どんな様子だ？」

「戦準備に怠りはないが、すぐに出撃するという感じでもないようだな」

宗瑞の質問に門都普が答える。

「松田殿からは？」

「特に何も」

門都普が首を振る。

「ふうむ……」

敵地に攻め込み、敵の城を間近に見ながら、敵が何をするつもりなのかわからないという不気味さを感じる。

(まさか籠城はするまいが……)

それが最も気懸かりである。その点を門都普に問うと、

「あり得ない、とは言い切れぬな」

「そうなのか?」

「城には兵糧《ひょうろう》がたっぷり蓄えられている。その気になれば、三月《みつき》くらいは城に閉じ籠もっていられるはずだ」

「三月か……」

宗瑞の背筋が寒くなる。

伊勢軍が持参した食糧は、せいぜい、ひと月分である。大森軍が籠城したら、伊勢軍は戦わずして敵地で立ち枯れるであろう。

十

それから三日経った。

大森軍に大きな動きはない。

しかし、何もしないというわけでもない。

夜になると、伊勢軍の宿営地に少数の大森兵が近付き、見張りに立っている伊勢兵を襲

った。被害はそれほど大きくないが、伊勢軍の苛立《いらだ》ちは募った。

「ずるい奴らだ！　こそこそいやらしい真似ばかりして」

軍議の席で弥次郎が怒りを露《あら》わにする。

「いったい、どういうつもりなのだろう？　決戦するつもりがないのかな」

弓太郎《ゆみたろう》が首を捻る。

「われらを挑発し、城攻めをさせるつもりではないでしょうか」

紀之介が言うと、

「われらが小田原城を攻めている隙に城山砦と石垣山砦の敵が退路を断つ……そんな策かもしれませぬな」

円覚がうなずく。

「馬鹿な！　誰がそんな見え透いた策に乗るものか」

弥次郎が舌打ちする。

「策に乗らなければどうなるんだろう？」

弓太郎が疑問を呈する。

「いつまでも同じことを繰り返すのでしょう」

紀之介が答える。

「それは籠城と同じだな。こちらにとっては、ありがたい話ではない。かといって、城攻めを始めれば敵の思う壺か……」

宗瑞がつぶやく。氏綱に顔を向け、

「おまえは、どう思う?」

と訊く。

「はい」

氏綱は、板敷きに広げられた絵図面に視線を落とすと、しばらく口を利かなかったが、やがて、

「城を攻めるのがよかろうと存じます」

「城を攻めるのか? しかし、それは敵の罠にかかるということだぞ」

「城といっても、小田原城ではなく、こちらでございます」

氏綱が指差したのは石垣山砦である。

「ほう、その砦をな。どう攻める? 砦に籠もっているのは、わずか五百人とはいえ、山全体が砦のようなものだ。迂闊《うかつ》に攻めると、手痛いしっぺ返しを食らうかもしれぬぞ」

「このあたりから眺めると、それほど高い山ではありませんが、木々が多く、枯れ木を拾うのによさそうな山のような気がします」

「うむ、それで?」

「このあたりには、かれこれ十日ほど雨が降っていないそうなので、枯れ木ならば、さぞ

や、よく燃えるに違いありません」

「火攻めをしようというのか？」

「はい。あの山を丸ごと焼いてしまえば、砦を攻める手間が省《はぶ》けます……」

尚も氏綱は説明を続ける。

別働隊が石垣山を包囲して四方から火を放つ。乾燥した木々は簡単に燃えるから、火災はすぐに山全体に広がるに違いない。砦に立て籠もっている大森兵は小田原城を目指して逃げ出すだろう。それを途中で待ち伏せして挟み撃ちにする。その様子は小田原城からも見えるはずだから、味方を救うために城から大森軍が出て来る。それを宗瑞の本隊が迎え撃ち、決戦に持ち込む。

ただの思いつきではなく、事前に時間をかけて思案を重ねていたことが、氏綱の説明振りから察することができる。

「ふうむ……」

絵図面を見つめながら、宗瑞が氏綱の策を吟味する。

（悪くないかもしれぬな……）

大森軍は三ヶ所に分散している。そのうち最も兵が少なく、攻めやすそうなところに手を付けるというのは理に適《かな》っている。

何よりも伊勢軍が恐れているのが大森軍の籠城だと定頼や獅子王院が見抜いていれば、

石垣山砦を見捨てるということも考えられぬではない。

石垣山砦に籠もっているのは五百人に過ぎず、小田原城と城山砦には四千の兵がいる。たとえ五百人を見捨てたとしても、依然として大森軍が優位に立っているのだ。

しかし、そうはなるまい、と宗瑞は思う。

伊勢軍を小田原城近くに誘い込むという策に対してすら、軍議では反対意見が噴出し、定頼に食ってかかる者すらいたという。

自分たちの方が兵力が多い上に、地元の利というものもある。それなのに、なぜ、戦わないのか、なぜ、臆病者のように城に閉じ籠もっているのか、と家臣たちは殺気立っているというのだ。

夜になると少数の大森兵が伊勢軍の陣地に攻撃を仕掛けるというのも、

「わしらとて何もしていないわけではない」

という姿勢を示し、強硬論を主張する家臣たちを宥《なだ》めるためかもしれないのだ。

そんなときに石垣山砦をむざむざ見捨てるようなことをすれば、家臣たちの怒りが爆発するであろうし、その怒りは、何よりもまず定頼や獅子王院に向けられるであろう。二人の命を狙う者すらいるかもしれない。

（石垣山砦を攻めれば、定頼殿は小田原城から打って出るしかない）

そう宗瑞は判断し、

「なかなか、よい策のように思えるが、皆はどう思う？」

と訊く。

「悪くない。それでいこう」

弥次郎が即座に賛成する。

「ひとつ申し上げます」

円覚が口を開く。

「何だ？」

「それをやるのであれば、すぐにやらねばなりませぬ。早ければ明日の夜、遅くても明後日の朝には雨が降るはずだからです」

「うむ、そうだな」

宗瑞がうなずく。宗瑞にも観天望気《かんてんぼうき》の心得がある。円覚の言うように、間もなく天気が崩れるのは間違いないとわかる。

「では、急ごう。雨が降ったあとでは火攻めもできぬ。明日の朝、石垣山の砦を攻める。その段取りを決めようではないか」

十一

暗闇の中で定頼は目を覚ました。

体を起こし、

「明かりを持て」

声を発すると、隣の部屋で宿直《とのい》していた家臣が手燭《てしょく》を持って板戸を開ける。

「あれは何の騒ぎじゃ？」

遠くから人の叫ぶ声が聞こえるのだ。

かなりの数であろう。

その家臣が答える前に、

「殿、獅子王院にございます」

廊下から声がする。

「入れ」

「は」

獅子王院が寝所に入ってくる。

「何があったのだ？」

「伊勢軍が石垣山に火を放っているのです」

「何だと？」

「そう慌てることはございませぬ。そのうちやるだろうと思っていました。むしろ、遅すぎたくらいです。こちらが戦に応じぬので焦っているのですよ」

「放っておくというのか？」

「今夜には雨が降るでしょうから、それまで持ちこたえることができれば、どうということはございませぬ」

「持ちこたえることができねば、どうなる？」

「以前、お話しした通り、あの砦は捨て石に過ぎませぬ。放っておけばよいのです」

「しかし……」

「伊勢軍に勝つには時間を味方にすることです。ひと月もすれば、食糧も乏《とぼ》しくなり、兵どもは何もしないことに倦《う》み始めるでしょう。それを待つのです。敵軍は、わずか三千。小競《こぜ》り合《あ》いを繰り返して少しずつ敵兵を倒していけば、ふた月で二千五百ほどになりましょう。そのときこそ城から打って出るのです。この地で伊勢軍を負かし、その勢いを駆って箱根を越え、一気に伊豆に攻め込みます。韮山城を守る留守兵は、せいぜい、五百というところ。簡単に勝てまする。つまり、ふた月後に、御屋形さまは、西相模だけでなく伊豆の主になられるのです」

「ふた月か……」

　定頼は溜息をつくと、長いのう、とつぶやく。

「我慢なさいませ。戦って勝つよりも、戦わずして勝つのが上策であるというのは兵法書の教えるところでございますぞ」

「わかっておる。早く雨が降ってくれればよいのだが……」

また溜息をつくと、もう下がってよいぞ、と獅子王院に言う。

もう少し眠ろうと思った。

しかし、眠れないのはわかっている。遠くから聞こえる喊声《かんせい》が次第に大きくなっているからである。

十二

まだ暗いうちに伊勢軍は動いた。

紀之介、円覚、氏綱の一千が石垣山砦の攻撃部隊である。彼らは早川を渡ったところで、二手に分かれた。円覚と氏綱の五百が石垣山を火攻めにする。

紀之介率いる五百人は、石垣山と小田原城を結ぶ中間地点に向かう。そのあたりに隠れていて、石垣山から逃げてくる大森兵を討ち取ろうというのだ。

宗瑞は二千の兵を手許に置いて風祭村から徐々に前進を開始する。石垣山の味方を救うために小田原城や城山砦から大森軍が出てきたら即座に攻撃するためだ。大森軍が二手から同時に攻めてきた場合、宗瑞が一千五百の兵力で定頼と対決し、弥次郎は五百の兵力で城山砦の大森軍を食い止める手筈になっている。

もちろん、大森軍の方が兵は多い。小田原城には三千、城山砦には一千の兵がいるのだ。

それを承知で宗瑞が決戦を挑むのは、

（いざとなれば、松田殿が何とかしてくれる）

という目論見《もくろみ》があるからだ。

敵中には、宗瑞に味方して裏切ると約束した松田頼秀、安藤源左衛門、大谷彦四郎の三人がいる。それ以外にも、内々に味方したいと言ってきている者たちがおり、その者たちは、伊勢軍が勝つという見込みが立てば裏切るであろう。

小田原城まで、あと十町（一キロ強）という距離まで近付き、伊勢軍は行軍を停止した。あとは大森軍が出て来るのを待つだけである。

今のところ小田原城にも城山砦にも目立った動きはない。

すでに石垣山には火の手が上がっている。

喊声も聞こえている。

当然ながら、小田原城や城山砦にも聞こえているはずだ。

（出て来るのか、出て来ないのか……）

宗瑞の心に焦りはない。出てこなければ石垣山砦を焼き払い、砦に籠もっている五百人の大森兵を討ち取るだけのことだ。

石垣山砦を粉砕したら、次は城山砦を攻める。

まさか城山砦まで見捨てるとは思えない。

万が一、見捨てるようなら、それでも構わない。

徐々に大森軍の戦力をすり潰していけばいいのだ。

もっとも、何の抵抗もせずにふたつの砦を失えば、定頼の面目《めんぼく》は丸潰れとなり、家臣たちの信頼を失うことになるであろう。


同じ頃……。

小田原城の大広間で家臣たちが激昂している。

軍議の場で、獅子王院が、

「城から出てはならぬ」

と口にしたからだ。

それは石垣山砦を見捨てるという意味である。

「なぜ、敵に攻められている味方を助けようとしないのか」

「むざむざ見殺しにするつもりか」

家臣たちが怒るのも無理はない。

石垣山砦には、彼らの親や兄弟、親類、友人が籠もっている。伊勢軍に火攻めにされているのを指をくわえて眺めていられるはずがない。

ついには刀に手をかけて獅子王院に詰め寄る者まで現れた。

大広間には殺気が満ちている。

その空気を敏感に察し、

「戦わぬ、とは言っていない。勝手に城を出てはならぬ、というだけのことじゃ」

と、定頼が言う。

「では、戦をなさるのですか？」

「言うまでもない。策も考えてある。皆の者、出陣の支度をせよ」

定頼が言うと、家臣たちがうおーっという雄叫《おたけ》びを発し、大広間から走り出ていく。

「殿……」

獅子王院が定頼ににじり寄る。

「まだ早すぎまするぞ」

「仕方あるまい。あの者たちの顔を見たであろうが。わしらを殺してでも戦に行こうという目をしていた。家臣の手にかかって殺されたのでは笑い話にもならぬわ」

定頼が顔を顰める。

「それはそうですが」

「いくらか決戦の時期が早まったとはいえ、こちらが有利であることに変わりはない」

「確かに」

獅子王院がうなずく。

「考えようによっては、向こうは、それでなくても少ない兵をふたつに分けて石垣山を攻めているわけですから、宗瑞を討ち取る絶好の好機かもしれませぬな。正確にはわかりませぬが、石垣山を攻めているのは一千ほどでしょう。そうだとすれば、宗瑞が率いているのは、わずか二千」

「では、例の策で行くか？」

「無論です」

獅子王院が微笑みながらうなずく。


「ん？　出てきたぞ」

弥次郎が床几《しょうぎ》から腰を上げる。

宗瑞も小田原城に顔を向ける。

正面の門が大きく開かれ、そこから隊列を組んだ大森軍が出て来る。

それと同時に、城山砦からも大森軍が現れる。

「とうとう、やる気になったか。しかし、城と砦から同時に現れるとは芸がない。しかも、合流しようとしている。二手に分かれたまま攻めて来れば、こっちも困ったのに」

弥次郎が嘲笑《あざわら》う。

「今にも石垣山砦が落ちそうなのだ。さっさとケリをつけたいので、あれこれ策を考える余裕もないのだろう」

弓太郎が言う。

「行くぞ」

宗瑞も腰を上げる。

いよいよ定頼と雌雄《しゆう》を決するときが来たのだ。

世に言う小田原の戦いが始まった。

十三

この時代、大がかりな戦は、まず石礫《いしつぶて》の投げ合いから始まる。単純に手で投げるのでは、さして遠くまで届かない。それ故、道具を使う。布や革で石を包み込み、それをぶんぶん振り回して遠くに飛ばすのだ。石の大きさにもよるが、優に一町（約一〇九メートル）くらいは飛ばすことができる。弓矢の原理を利用した投石機もあり、それを使うと赤ん坊の頭くらいの大きさの石を一町飛ばすことができた。この投石機は城や砦を攻めるときにも、よく使われる。

これが一段落すると、次は弓矢を使った戦いに移る。

石礫の投げ合いや弓矢の戦いをしながら次第に双方は距離を縮める。

敵兵の顔が判別できるくらいの距離になったら、いよいよ、白兵《はくへい》戦である。

騎馬武者が先頭になって敵陣に斬り込み、徒歩の兵が騎馬武者に続く。

敵味方が入り乱れての乱戦になるから、どうしても兵の数が多い方が有利になる。

それ故、兵力で劣っている方は単純な衝突を避け、兵を左右に展開させたり、相手の背後に回り込もうとしたり、用兵に様々な工夫を凝らす。そういう場面では何よりも軍配者の腕がモノを言う。大森氏の軍配者・獅子王院と伊勢氏の軍配者・円覚の頭脳戦になるところだが、円覚は氏綱のお目付役として石垣山に行ったから、この場で戦闘の指揮を執《と》っているのは宗瑞である。宗瑞と獅子王院の知恵比べだ。

半刻（一時間）ほどして、

（どうもおかしい……）

宗瑞が首を捻り始める。

伊勢軍は、一千の別働隊が石垣山に向かい、まだ戻って来ないから今は二千である。

対する大森軍は小田原城に三千、城山砦に一千の兵が籠もっていたから、合わせて四千である。

しかし、どう見ても戦場に四千はいない。

伊勢軍よりは多いが、せいぜい、二千五百から三千くらいのものである。

もちろん、城や砦を空っぽにすることはできないから、ある程度の守備兵を残しているであろうが、それにしても少ない。

（なぜだ？）

兵を温存し、伊勢軍が戦いで疲労した頃を見計らって投入するつもりなのであろうか。

それは作戦としては十分に考えられる。

ひとつだけ引っ掛かるのは、大森軍の後方に大森氏の旗が翻《ひるがえ》っていることだ。それは総大将の定頼がそこにいることを示している。伊勢軍に止《とど》めを刺すために兵力を温存するのであれば、定頼のそばに置くのが普通である。万が一、定頼が討ち取られてしまえば、そこで戦いが終わってしまうからだ。総大将を守らせながら、戦いに投入する時機を窺う……それが兵法としては正しい。総大将から離れて、城に多くの兵を残しても仕方がないのだ。

（なぜだ？）

改めて宗瑞は己に問う。

だが、目の前で演じられている激戦に心を奪われ、落ち着いて考えることができない。

「ええいっ！」

いきなり宗瑞は地面に坐り込む。

何と戦場で座禅を組もうというのだ。

周りにいた者たちが驚き顔になるが、宗瑞は気にしない。半眼になり、視線を前方に落とし、呼吸を整える。すぐに戦いの音が聞こえなくなる。目は開いているが何も見ておらず、耳を塞《ふさ》いでいるわけではないが何も聞こえない。頭の中を真っ白にし、自分の心と静かに向き合う。

宗瑞の心に聞こえてきたのは氏綱の言葉である。

「われらの退路を断つには、もうひとつ、城か砦が必要なのではないでしょうか」

そう軍議で発言した。

それに対して宗瑞は、

「定頼殿は、どこかにもうひとつ秘密の砦を築いているのかもしれぬ。砦がないとすれば、どこかから援軍がやって来るのか、あるいは……」

と答えた。

軍議の後、斥候を放って周辺を念入りに探らせたが、石垣山砦と城山砦以外の砦は見付からなかった。今のところ、援軍がやって来るという情報もない。

（そういうことか……）

突然、霧が晴れるように、宗瑞の頭の中に定頼の、いや、恐らくは獅子王院の企みが明確に見えた。

顔を上げて立ち上がると、前線で指揮をしている弥次郎と弓太郎に使いを走らせた。

二人はすぐにやって来た。

「何があった？　すぐに戻らないと……」

「敵は後ろからも来る」

宗瑞が言うと、弥次郎と弓太郎が、えっ、という顔になる。

「まさか……山内上杉か？」

弥次郎が訊く。

「そうではない。大森兵だ」

「しかし、大森はあそこに……」

弓太郎が肩越しに小田原城の方を振り返る。

「小田原城と城山砦には四千の大森兵がいたはずだが、今戦っているのは、せいぜい三千くらいだ。あとの一千は、恐らく、城の裏から出て、城山砦の後方を大きく迂回《うかい》して、われらの背後に出るつもりなのだろう」

「挟み撃ちか」

「われらは二千、しかも、兵は戦い続けているから疲れている。背後から一千の新手《あらて》に攻められたら、ひとたまりもない」

宗瑞がうなずく。

「どうするんだ？」

「円覚と紀之介を呼び戻す。あの一千が加われば、わしらの勝ちだ」

「すぐに駆けつけられるかどうか……。その前に背後から攻められたらどうするのですか？」

弓太郎の表情が曇る。

「弥次郎、一千の兵を預けるから、わしらの背中を守ってくれ」

「兄者は？」

「正面の敵を防ぐ」

「馬鹿な！　定頼の兵は三千もいるじゃないか。わずか一千では防ぎようもあるまい」

「何とかする」

「いくら戦上手の兄者でも、それは難しかろうよ。よし、わかった。わしは五百でいい。五百で兄者の背中を守る。兄者は一千五百でがんばってくれ」

「弥次郎……」

「何も言うな。わしも兄者も二倍の敵と戦うことにかわりはない。紀之介は機転の利く男だ。あと半刻（一時間）もすればやって来るさ。そうなれば、こちらの勝ちだ。そうだろう？」

弥次郎がにこりと笑う。

十四

伊勢軍は苦戦を強いられている。

大森軍は背後からもやって来る……そう判断し、弥次郎に五百の兵を預けて風祭村まで戻した。そこで敵軍を防ぐためだ。

宗瑞の手許には一千五百の兵が残った。

定頼の率いる大森軍は三千である。

宗瑞は無闇に攻めることを控え、できるだけ兵を密集させて防御に徹することを心懸けた。肝心なのは時間を稼ぐことである。石垣山砦を攻撃している紀之介、円覚、氏綱の一千が駆けつければ大森軍に勝てる。それまで大森軍の猛攻をしのぐことができるかどうか、それが勝敗の分かれ目だ。

宗瑞が守勢に回ったことは大森軍にもわかる。

ここぞとばかりに波状攻撃を仕掛けてくる。

こういう場面では数の力がモノを言う。

宗瑞の工夫にも限界がある。

大森軍の攻撃をはね返すたびに伊勢軍は兵の数が減っていく。

ついに宗瑞の目にも大森兵の顔が識別できるほどになった。

この時代の戦いは、敵の大将を討ち取れば、それで終わってしまう。それ故、敵は何とか総大将を討ち取ろうとするし、味方は何としてでも総大将を守ろうとする。宗瑞を目がけて大森兵が殺到するのはそのためだし、大森兵の顔かたちがわかるというのは、かなり肉薄されて危険な状況だということだ。

宗瑞は普段と変わらぬ様子で、表情も変えず、まったく動じていないように見える。

無論、宗瑞の心に焦りがないわけではない。

しかし、それを露わにすれば兵が動揺するとわかっているので、どっしりと構えているのだ。

時折、ちらりと小田原城に目を向けるのは、

(松田殿は何をしているのだ?)

という苛立ちのせいである。

松田頼秀、安藤源左衛門、大谷彦四郎の三人は寝返りを約束している。松田頼秀と安藤源左衛門は小田原城に、大谷彦四郎は城山砦にいたはずなのだ。

にもかかわらず、いまだに裏切りの気配はない。

(変心したのか?)

考えたくもないことだが、まったくないとは言い切れない。事前に裏切りを約束していたとしても、実際に戦いが始まって、もし大森軍が勝ちそうだと判断すれば、宗瑞との約束を破るかもしれない。それが処世術であり、保身の道である。宗瑞に殉《じゅん》じて死のうという気持ちなどないであろう。

背後で喊声が聞こえた。

（始まったか……）

風祭村にいる弥次郎と、大森軍の別働隊が衝突したのに違いなかった。

獅子王院の策を宗瑞が見抜くことができなかったら、今頃、大森軍一千が伊勢軍の背後から攻めかかり、伊勢軍は崩壊していたであろう。

（危ないところだった）

宗瑞の背中を冷や汗が伝い落ちる。

とは言え、敵は一千、弥次郎は五百である。

いつまで持ちこたえられるか見当もつかない。

宗瑞自身、敵の猛攻に晒されており、どれくらい耐えられるかわからない。紀之介はまだか、円覚はまだか、早くここに来い……そう叫びたいのを必死に堪《こら》えている。紀之介たちが駆けつけるのが先か、宗瑞が討ち取られるのが先か、そういう際どい戦いなのだ。

それから四半刻（三十分）ほどして……。

弓太郎が馬を引いて宗瑞のそばにやって来る。

「どうした？」

「逃げて下さいませ。何とか敵をここで足止めします。その間に、どうか……」

「馬鹿なことを言うな。わしは逃げぬ」

「しかし、殿が……殿が敵の手にかかったら……」

弓太郎の目に涙が浮かぶ。

「気持ちはわかる。だが、まだ戦いは終わっていない。最後まで諦めずに戦うのだ。それだけが生き延びる道だ。余計なことを考えてはならぬ」

「は、はい……」

袖で涙を拭《ぬぐ》いながら弓太郎がうなずく。

「来たようだぞ」

風祭村の方から騎馬武者の一団が向かってくるのが見えたのである。

「どうやら弥次郎は敵を食い止めきれなかったようだな。無理もない。朝から戦い詰めなのだ。新手の敵が、しかも、二倍の敵が押し寄せてきたら、いつまでも防ぎきれるものではない」

宗瑞が床几から腰を上げ、刀に手をかける。

「弓太郎、わしも戦うぞ」

と、そのとき、今度は右手から大きな喊声が聞こえてきた。

「殿、紀之介たちでございます」

弓太郎が大きな声を出す。

石垣山砦を攻めていた別働隊が、早川を渡って、ようやく戦場に現れたのだ。

別働隊一千は、大森定頼の旗を目指して、まっしぐらに突撃する。

この攻撃を受け、大森軍が乱れる。

その隙を見逃さず、宗瑞が全軍に攻撃命令を発する。密集隊形で、ひたすら大森軍の猛攻に耐えていた伊勢軍が、首輪を外された猟犬のように大森軍に襲いかかる。正面と脇から伊勢軍に攻め立てられ、今度は大森軍が受け身に回る。

と、定頼の旗が小田原城に向かって動き始める。

戦いに見切りを付け、城に逃げ帰ろうというのだ。

それを見て、

「逃がすな、追え、追え！」

宗瑞が怒鳴る。

ここで定頼を城に逃がしたのでは、また一からやり直しである。今度こそ定頼は籠城するであろう。

伊勢軍の兵が定頼を追いかけようとする。

しかし、数だけを比べれば、依然として大森軍の方が多い。伊勢軍の別働隊に攻撃されて浮き足立っているとはいえ、まだ完全に崩れたわけではない。

（ああ、もう間に合わぬ……）

宗瑞が諦めかけたとき、突然、小田原城の門が内側から閉められた。定頼の鼻先で閉じられたのである。門前で定頼の近臣たちが騒ぎ立てる。

そこに城門の上から矢が射られる。近臣たちは何が起こったのかわからずに右往左往する。背後から伊勢軍が迫り、城門は閉ざされた。

行き場がなくなり、定頼の旗は城山砦に向かおうとする。

そこに伊勢軍が襲いかかる。

乱戦の最中、定頼の旗が消える。旗手が倒されてしまったのであろう。

やがて、

「小田原殿を討ち取ったぞ」

という声が上がった。

その瞬間、勝敗が決した。

大森軍は崩壊し、大森兵は四散した。

十五

定頼が小田原城に逃げ込むことに成功していたら、恐らく、宗瑞は敗北を喫《きっ》していたであろう。籠城されてしまったら、城攻めの手立てがないからだ。

しかし、定頼の鼻先で城門が閉ざされた。

宗瑞に味方することを約束していた松田頼秀、安藤源左衛門の二人は小田原城に、大谷彦四郎は城山砦に配されていた。安藤源左衛門は迂回部隊に組み込まれたので、宗瑞と定頼の軍勢が戦っているとき、その場にいなかった。松田頼秀は留守部隊として城に残された。それだけ定頼から信頼されていたということであろう。とは言え、頼秀の手勢は百人ほどに過ぎず、城には他にも大森軍がいたから、すぐに動くことはできなかった。

頼秀は城内から戦いの行方を見守っていたが、定頼の旗色が悪くなり、城に逃げ戻ろうとするのを見て、

（今だ）

と判断した。手勢を率いて城門を制圧し、定頼が城に入るのを防いだ。

当然ながら、他の大森軍は、

「なにをするか！」

「裏切りじゃ！」

「討て、討て！」

と騒いだが、それから四半刻（三十分）もしないうちに、定頼が討ち取られた。定頼の首が戦場に高々と晒されると、たちまち大森軍は腰砕けになった。

城内にいた者たちも、定頼の死を知るや、戦う意欲を失ってしまい、何とか自分たちだけは助かろうと見苦しく振る舞った。城の正面には伊勢軍がいるので、裏門に殺到し、そこから我先にと逃げ出した。

城外にいる大森軍は指揮系統が寸断され、もはや組織として動くことが不可能になっている。兵たちは各自がばらばらに勝手に逃げようとする。城山砦に逃げ込もうとする者もいるが、城山砦の門も固く閉ざされている。大谷彦四郎の仕業である。行き場を失った者たちは武器を置いて伊勢軍に降伏するしかなかった。

風祭村周辺では、まだ戦いが続いていたが、紀之介が一千の兵を率いて応援に駆けつけると、大森軍の別働隊は呆気《あっけ》なく退却を始めた。

宗瑞が小田原城に近付くと、城門が大きく開かれ、中から松田頼秀が小走りに現れた。

宗瑞の馬前に膝をつき、

「松田頼秀にございまする」

と頭《こうべ》を垂れる。

この二人が顔を合わせるのは初めてなのである。

「うむ、わしが宗瑞じゃ。よく働いてくれた。礼を申すぞ。案内してくれるか」

「喜んで」

頼秀は立ち上がると、馬の口を取る。これは大きな名誉であり、宗瑞が頼秀の武功を公に認めたことを意味する。頼秀に引かれ、宗瑞の馬がゆっくりと城門に向かう。

「待ってくれ」

城門の手前で宗瑞は馬を止め、小田原城を仰ぎ見た。

（ようやく……ようやく取り戻したぞ）

謀を用いて一度は手に入れた城である。

しかし、定頼の反撃に遭って奪い返された。

その城を、今度は正攻法で手に入れた。真正面から大森軍を打ち破ったのだ。

とは言え、軍事力だけで勝利を得ることは不可能だったはずである。外交や調略など、考え得る限りの手段を用いて事前に周到に定頼の外堀を埋めたからこそ勝つことができたのだ。

運に頼って、偶然手に入れたわけではない。

知力を尽くして、命懸けで手に入れたのだ。

だからこそ、宗瑞の胸には何とも言えない感動が溢《あふ》れている。

「行こう」

頼秀を促す。

宗瑞が城に入る。

そこには頼秀の郎党たちがずらりと平伏している。

「城に残っていた者の多くが裏門から逃げ出してしまったので、今は空き城のような有様です。もっとも、逃げ遅れて隠れ潜んでいる者がいるでしょうから、改めて念入りに調べます」

「うむ……」

宗瑞は弓太郎を呼び、頼秀と協力して城内を調べるように命ずる。

「弥次郎や紀之介は、まだ戻らぬか？」

弓太郎に訊く。

「敵を追っているのではないか、と思います」

「使者を送って、深追いするな、と伝えよ」

「承知しました」

宗瑞は建物に入らず、庭に床几を据えさせた。戦いに区切りがつくまで気を緩《ゆる》めてはならない、と己を戒めたのだ。

円覚と氏綱がやって来る。

「おお、無事か」

氏綱の顔を見て、思わず宗瑞の表情が緩む。

「見事な戦振りでございました」

円覚が誉める。

「そうか、そうか」

氏綱にとっては、厳しすぎるほどの初陣だったはずである。ひとつ間違えば、父と息子が枕を並べて討ち死にしてもおかしくないほどの激戦だったのだ。

「疲れたであろう」

「いいえ、大丈夫です」

氏綱は強がるが、その表情には疲労が色濃く滲んでいる。

「幸い、石垣山砦そのものは、それほどひどく焼けなかったので、百人ほどの兵を残して守らせております。武器や食糧など、多くのものを残して大森兵は逃げてしまいました」

円覚が説明する。

「何とか定頼殿を討ち取ることができた。獅子王院は、どこにいると思う？　また何か企むかな」

「いいえ、それはないでしょう」

円覚が首を振る。

「大森家に長く仕えていたというのなら話は別ですが、獅子王院さまは、この戦に勝つために雇われたに過ぎませぬ。定頼殿が生きていれば、何か企むかもしれませぬが、定頼殿が討ち取られたとなれば、獅子王院さまも諦めるでしょう。恐らく、もうこのあたりにはいないのではないでしょうか」

「とっくに逃げ出したというのか？」

「領地があるわけでもなく、家臣がいるわけでもないのですから、この地に留《とど》まる理由がありませぬ」

「一千の兵を率いてこっそり城の裏から出て、わしらの背後に回り込もうとしたのは獅子王院かな?」

「そう思います」

円覚がうなずく。

「定頼殿が正面から攻め、獅子王院さまが背後から攻める。単純ですが、うまい策です。もう少し時間があれば、たぶん、成功していたでしょう」

「勝つか負けるか、ほんの紙一重の違いだったということだな。そう考えると、恐ろしい……」

宗瑞が溜息をつく。

円覚や氏綱と話しているところに城山砦から大谷彦四郎がやって来た。彦四郎が恭《うやうや》しく挨拶し、宗瑞は彦四郎の働きを賞賛する。城山砦を伊勢軍に引き渡したい、と彦四郎は申し出るが、

「今しばらく大谷殿に預かっておいてもらいたい」

と、宗瑞が頼む。

「実は……」

城山砦には一千人が配されていたが、戦いに敗れた後、そのうちの半分ほどが、

「われらも宗瑞殿に臣従したい」

と申し出ているという。

彦四郎が言うには、定頼に命じられて兵を出したものの、元々、定頼のやり方を快く思っていなかった者たちばかりで、だからこそ、城山砦に配されたのだという。

定頼は豪族たちの忠誠を心から信じていたわけではなく、

(もしかすると裏切るかもしれぬ……)

という疑念を拭えない者たちは、石垣山砦と城山砦に送り出し、信用できる者だけを小田原城に残したというのである。

(危ないところだった)

もし松田頼秀が小田原城ではなく城山砦か石垣山砦に配されていたら……そう考えると、宗瑞は背筋が寒くなる思いがして、ゾッとする。

大谷彦四郎が城山砦に戻っていく。

ふと、宗瑞は、

「紀之介と弥次郎が遅いな」

と、つぶやく。

深追いしてはならぬと伝えたから、もう戻ってもいい頃だが、まだ二人は姿を見せない。

「父上、わたしが見てきましょうか」

氏綱が申し出るが、

「いや、それには及ぶまい」

宗瑞が首を振る。

紀之介も弥次郎も幾多の修羅場を踏んだ戦巧者である。少しくらい戻るのが遅いからといって、さして心配することもない。むしろ、見るからに疲労した様子の氏綱を送り出す方が心配である。

そこに弓太郎と松田頼秀が戻ってきて、城内に怪しい者はおりませぬ、残っている者たちは宗瑞さまにお仕えしたいと申しております、と伝える。

台所仕事をする女や雑用をする年寄り、力仕事をする下男、奥勤めをしていた女……そういう者たちは罪を問わずに許すことにした。城から逃げ出すのが遅れて隠れていた大森兵については、頼秀が信用できるという者は許し、信用できそうにないという者は牢に入れるように命じた。

一度は城から逃げたものの、大森軍が崩壊し、伊勢軍が城や砦を接収するのを見て、

(このまま領地に逃げ帰っても、いずれ伊勢軍に攻められるかもしれぬ)

と不安になり、頼秀を介して、宗瑞に仕えることを願い出る者も少なくない。

無節操といえば無節操である。

昨日まで、いや、半日前まで定頼を主と仰ぎ、宗瑞の首を取ってやろう、伊勢軍を滅ぼしてやろう、と鼻息の荒かった者たちなのである。

定頼が死んだとわかった途端、掌《てのひら》を返して宗瑞にすり寄ってくるのだから節操がない。

しかし、宗瑞は彼らの節操のなさを責めようとは思わなかった。

（仕方がないのだ）

かつて大森氏頼が支配していた頃、大森氏は一枚岩の強力な結束を誇っていた。扇谷上杉氏を支える柱石と言われ、相模だけでなく関東全域に大きな影響力を持っていた。

しかし、氏頼が亡くなり、凡庸な藤頼が後を継いでから結束に軋《きし》みが生じ始めた。その軋みは、藤頼と定頼の争いに発展した。家督を巡って、骨肉相食《あいは》む凄惨な戦いが演じられた。

定頼が勝利し、大森の家督を継いだものの、この戦いは家中に大きな傷跡を残した。藤頼に味方した者たちを、定頼が容赦なく処罰したことで傷跡は更に深くなった。

それを利用する形で、六年前、宗瑞は小田原城を奪った。

しかし、宗瑞の力不足もあり、わずか一年で小田原城を奪い返された。わずか一年とはいえ、宗瑞は善政を行ったから宗瑞に従う者も増えていた。

そういう者たちを、定頼は処刑した。農民であろうと武士であろうと、少しでも宗瑞に味方したという疑いをかけられると殺された。犠牲者は数百人にもなった。

松田頼秀のように身内を殺された豪族も多く、彼らは定頼を深く恨んだ。頼秀が宗瑞の調略に乗り、定頼を裏切ることを約束したのも、そのせいである。

宗瑞の小田原侵攻を知り、定頼は直ちに檄《げき》を飛ばして兵を集めたが、喜んで兵を出した豪族は多くない。渋々、出兵したのだ。

定頼が死んで、定頼の圧政から解放された豪族たちが考えるのはわが身の保身である。己の一族と領地をいかにして守っていくかということで、大森氏への忠誠など二の次、三の次になっている。

だからこそ、節操もなく宗瑞に帰順を願い出るのである。もちろん、定頼が豪族たちから信頼され慕われた領主だったならば、豪族たちもこれほど素早く変心しようとは思わなかったであろう。すべては定頼の身から出た錆《さび》、自業自得なのであり、責められるべきは変心した豪族たちではなく定頼なのだ、と宗瑞は思う。

帰順を願う豪族たちへの対応は、とりあえず、松田頼秀に任せることにした。頼秀の目を信じ、味方にするべきか、信用ならないので味方にするべきではないか、その判断を委ねることにした。

「大広間を片付けさせました。ここから移ってはいかがですか？」

弓太郎が勧める。

「まだ紀之介と弥次郎が戻らぬのだ」

「間もなく戻りましょう。殿もお疲れのご様子。体を休めた方がよろしいと思いますが」

「気遣いはありがたいが、もう少し待ってみよう。新九郎、おまえはもう休んでよいぞ」

宗瑞が氏綱に声をかける。

氏綱は、むっとした顔になり、

「わたしも父上と共に叔父上たちの帰りを待ちとうございます」

と言う。

（無理をしおって）

氏綱が疲れ切っているのは顔を見ればわかる。

痩《や》せ我慢しているのだ。

しかし、宗瑞には、その痩せ我慢が嬉しくもある。

わが子がたくましく育ち、見事に初陣を飾ったことが嬉しくてならないのだ。本当ならば、もっと声高に誉めてやりたいが、まだ戦が終わったわけではないので誉めるのを控えている。夜には大広間で戦勝の宴を開くことになるから、その場で誉めてやろうと考えている。

四半刻（三十分）ほど後……。

門の外が急に騒がしくなった。

ようやく弥次郎と紀之介が戻ったのかと思い、宗瑞が床几から腰を上げる。

門の向こうから紀之介が歩いてくる姿が目に入る。

しかし、弥次郎の姿はない。

（ん？）

紀之介の背後から数人の兵が固まってついてくる。

彼らは板戸を運んでいるのだ。

宗瑞の胸に鋭い痛みが走る。嫌な予感がした。

「殿……」

紀之介の顔は泥と汗で真っ黒だが、それでも沈んだ表情をしているのがわかる。

「……」

宗瑞は板戸に目を向ける。

弥次郎が横たわっている。顔の左半面を白い布で覆われているが、布にはかなりの量の血が滲んでいる。腕や足にも血がこびりついている。

「何があった？」

「深追いしてはならぬという命令が届いたので、兵をまとめて引き揚げようとしたのです。近くに二十人ばかりの敵兵が隠れ潜んでいるのに気付かず、いきなり矢で射られ、弥次郎殿は落馬しました。そこに敵兵が斬り込んできて……」

紀之介が言葉を詰まらせる。

「敵兵は倒しましたが、弥次郎殿がこのようなことになってしまい……」

「死んだのか？」

「馬鹿を言うなよ」

弥次郎が右目を開けて、宗瑞を見上げている。

「誰が死ぬものか。こんな傷、大したことはない」

強がってみせるが、その声は弱々しく、顔色も悪い。

「中に運んで手当てするのだ」

宗瑞が命ずる。


その夜……。

弥次郎が重傷を負ったことで祝賀気分が消え、戦勝を祝う宴は行われなかった。

その代わり、兵たちには気前よく酒が振る舞われた。

宗瑞は松田頼秀に頼んで、医者を連れてきてもらった。宗瑞や円覚にも人並み以上の医学の知識はあるが、その程度の知識ではどうにもならないようなひどい怪我なのである。

定頼の寝所に弥次郎を寝かせ、医者とその弟子たちが治療を行った。宗瑞、紀之介、弓太郎、円覚、氏綱、松田頼秀らは隣室に詰めている。誰も口を利かず、重苦しい空気が澱《よど》んでいる。

「なぜ、これほど時間がかかる?」

膝の上に置いた拳をぎゅっと強く握りながら、弓太郎がつぶやく。

「医者も手を尽くしている」

宗瑞が目を瞑《つむ》ったまま、たしなめるように言う。

やがて、医者の弟子が寝所から出てきて、

「宗瑞さま、お入り下さいませ。お一人にて」

「うむ」

目を開けると、宗瑞が寝所に入る。

寝所には白い布が散乱し、しかも、どの布も血で真っ赤に染まっている。

「宗瑞さま……」

弥次郎の傍らに坐り込んでいる医者が肩越しに振り返る。その顔を見るだけで、宗瑞は事態を理解する。医者の顔に希望はなく、絶望が色濃く滲んでいる。

「よくないか?」

「どうにも血が止まりませぬ。恐らく、腹の中に大きな傷があって、そこから血が溢れているのでしょうが、それを止める手立てがないのです……」

申し訳ございませぬ、と医者が頭を垂れる。

「そうか」

宗瑞は大きな溜息をつくと、もう一度、そうか、と言って溜息をつく。体中の力が抜けそうだ。

「話はできるのか？」

「少しなら……恐らく……」

医者が傍らに退き、その席を宗瑞に譲る。

宗瑞がにじり寄る。

「……」

弥次郎の顔は真っ白に見える。まるで血の気がないのである。息をしているようにも見えない。

「弥次郎、聞こえるか、わしだ」

宗瑞は弥次郎の手を取る。氷のように冷たい手だ。

何の反応もしないので、もう死んだのではないか、と宗瑞は不安になる。が、弥次郎が薄く目を開ける。たかが目を開けるだけのことなのに、ひどく辛そうだ。

「兄者……」

「弥次郎」

「すまぬ」

「何を詫《わ》びることがあるのだ？」

「人は誰でも死ぬ。そんな当たり前のことを忘れていた」

「縁起でもないことを言うな。大した傷ではない。すぐによくなる」

宗瑞が弥次郎を励ます。

「てっきり、兄者より長く生きると思い込んでいた。弟だからな」

「そうだ。長く生きろ。わしよりも長生きしろ。あと十年……いや、二十年も三十年も……」

「確か、四十四かな……。ということは、ふたつ違いだから、兄者は四十六か……。お互い、年齢《とし》を取ったものだな。じじいじゃないか」

「あまり話すな。疲れるぞ。ゆっくり休め」

「いや、もう時間がない。自分のことだからわかる。おれは死ぬ。兄者と話すのも、これが最後だ」

「弥次郎……」

「兄者に言っておきたいことがある」

「何だ？」

「礼を言いたい」

「何の礼だ？」

「楽しい人生だった。いい人生だった。何の後悔もない。兄者のおかげだ。兄者の弟に生まれたおかげで、こんなにいい人生を送ることができた。もし、もう一度、生まれ変わることができても、おれは、やっぱり、兄者の弟に生まれたいな。許してくれるか？」

「馬鹿め……」

宗瑞の目に涙が溢れ、ぽたりぽたりと滴《したた》り落ちる。

「許すも許さぬもあるか。わしの弟は、おまえだけだぞ。まだ死んではならぬ。もっと長く生きて、わしを助けてくれ」

「すまぬ。それは無理のようだ……」

弥次郎は宗瑞をじっと見つめ、絞り出すように、ありがとう、と言った。

それが最期の言葉になった。

「弥次郎！」

宗瑞は両手で頭をつかむと、うおーっと獣のような声を発した。

小田原の戦いに勝利し、西相模を支配下に置くことに成功したものの、その代償は大きかった。

宗瑞は大切な弟を失った。

第三部　三浦一族

一

小田原《おだわら》の戦いに勝ち、大森定頼《おおもりさだより》を討ち取ったことで宗瑞《そうずい》は西相模《にしさがみ》を手に入れた。

しかし、その代償は大きく、多くの兵を失った。その一人は弟の弥次郎《やじろう》である。

大道寺弓太郎《だいどうじゆみたろう》を城代として小田原に残し、軍事上の補佐役に紀之介《きのすけ》を、民政上の補佐役に松田信之介《まつだしんのすけ》を任じた。信之介の同族で、合戦《かっせん》の勝利に貢献した松田頼秀《よりひで》、頼秀と共に宗瑞に味方した安藤源左衛門《あんどうげんざえもん》と大谷彦四郎《おおたにひこしろう》の三人にも信之介と協力するように命じた。

戦いの後、松田頼秀を通じて、大森氏に仕えていた豪族たちが宗瑞への帰順を願い出た。そのほとんどが許され、領地を安堵《あんど》された。宗瑞としては、できるだけ早く戦乱を終結させ、西相模を平穏に支配していきたいと考えたからだ。

もちろん、すべての豪族たちが宗瑞に頭《こうべ》を垂れたわけではない。

小田原周辺、それに小田原の西側に領地のある豪族たちは一斉に宗瑞に靡《なび》いたが、小田原の東側に領地のある豪族たちは旗幟《きし》を鮮明にしない者が多かった。東に行くほど、その傾向が強い。

相模という国は、大きく西相模、東相模と色分けされているが、その境界は曖昧《あいまい》で、大森氏の勢いが盛んだった頃、その影響力は鎌倉《かまくら》の近くにまで及んでいた。

しかし、柔弱な藤頼《ふじより》が氏頼《うじより》の後を継ぎ、藤頼と定頼が家督を巡って争っている間に、その影響力は徐々に弱まり、大森氏に代わって、三浦《みうら》氏が進出してきた。今では平塚《ひらつか》、厚木《あつぎ》あたりにまで影響力が及んでいる。つまり、西相模の東端に三浦氏が触手を伸ばしているということで、その近辺に領地を持つ豪族たちは、大森氏に忠誠を尽くしながらも、三浦氏にも誼《よしみ》を結ぶというやり方をしてきた。大森氏と三浦氏という大勢力の狭間に位置する中小の豪族たちは、そういうやり方をしなければ生き残ることができないのだ。

従って、彼らの立場からすれば、伊勢《いせ》氏が大森氏に取って代わったからといって、すぐさま、伊勢氏に靡くわけにはいかない。伊勢氏に対して、三浦氏がどういう対応をするか、まずは、それを見極める必要がある。先走って伊勢氏に靡き、万が一、三浦氏と伊勢氏が干戈《かんか》を交えることになったら、三浦氏の軍勢に真っ先に攻められることになるからだ。

そういう事情は宗瑞にもわかっているから、

「焦らずともよい。時間をかけて、じっくり去就《きょしゅう》を見極めよ」

と、弓太郎に指示した。

強引なやり方をすれば、去就に迷っている豪族たちを三浦氏に走らせ、三浦氏と軋轢《あつれき》を生ずることになりかねない。

宗瑞としては、それは避けたいのが本音だ。小田原の戦いに全力を傾注した後なので、三浦氏と事を構える余裕などないのである。

弓太郎に一千の兵を預けて小田原城に残し、宗瑞は弥次郎の亡骸《なきがら》と共に韮山《にらやま》に帰った。韮山で荼毘《だび》に付し、香山寺《こうざんじ》に葬った。葬儀を終えると、どっと疲れを感じた。奥座敷で横になり、うとうとしていると、そばに人の気配を感じた。目を開けると、田《た》鶴《づる》である。

「おまえか……」

体を起こそうとするが、体が重く、すんなり起き上がることができない。それを見て、

「そのまま横になっていて下さいませ。朝からお顔の色が優《すぐ》れぬようでございますよ」

田鶴が心配げな表情になる。

「ならば、そうさせてもらおう」

遠慮する余裕もないほどに疲れを感じている。

「よろしければ、わたしの膝を枕になさいませ。その方が楽でございましょう」

「ああ、すまぬな」

宗瑞は体の向きを変え、田鶴の膝に頭を乗せる。

「うむ、腕枕より、よほどいいな」

「そうでございましょう」

田鶴が微笑む。

「よいお葬式でしたね」

「そうだな」

多くの家臣たちが参列し、寺に入ることのできない農民たちが寺を囲んだ。その数は優に五百人を超え、皆、地面に膝をついて涙を流しながら故人を悼《いた》んだ。それだけ弥次郎が家臣や領民に慕われていたということであった。

「確かに、よい葬式ではあったが……」

宗瑞が溜息《ためいき》をつき、当たり前だが楽しいものではないな、とつぶやく。

「お気持ちはわかります。わたしも、まさか弥次郎殿がこんなことになるとは……」

田鶴が袖で目許を拭《ぬぐ》う。

「戦《いくさ》とは、こういうものだ……そうわかっていても、やはり、辛いし、悲しい」

「はい」

「新九郎《しんくろう》が無事に初陣を飾ることができたのが、せめてもの慰《なぐさ》めかな」

「口にしてはならぬと承知していますが、母としては胸が潰れる思いでございます」

「わしも同じだ。しかし、父親としての気持ちを押し殺し、国守《こくしゅ》として新九郎を戦に連れて行かなければならぬ。弥次郎が死んで、改めて思い知らされた。それは人間は、いつか必ず死ぬということだ。いつ死が訪れるのかはわからぬが、死を避けることはできぬのだ。今際《いまわ》の際《きわ》に、楽しい人生だった、いい人生だった、生まれ変わってもわしの弟になりたい……弥次郎は、そう言ってくれた。できることなら、わしもそう言って死にたいと思う。悔いのない人生だった、幸せな人生だった、生まれ変わっても同じ道を歩みたい、とな。しかし、今はまだ駄目なのだ。まだまだ、やり残したことが多い。わしが死んで、国が乱れ、領民が苦しむようなことになってはならぬからだ。わしが安心して死ぬことができるのは、新九郎に家督を譲り、新九郎が正しい政《まつりごと》をして国を治めていく姿を見たときだ。それまでは死ねぬ」

「領主というのは辛いものですね。勝手に死ぬことすら許されないのですから」

田鶴が溜息をつく。

「うむ、辛い。心の安まるときがない……」

「ならば、せめて、この韮山にいるときだけは、くつろいで下さいませ」

「……」

「殿？」

返事がないので、宗瑞の顔を見ると、目を瞑《つむ》って微《かす》かな寝息を立てている。話しているうちに眠ってしまったらしい。

「お休みなさいませ。いつも一人で重い荷物を背負って疲れ果てておられるのですから」

日焼けした宗瑞の顔には眉間《みけん》や額、目尻に皺《しわ》が増え、白髪も目立つようになっている。宗瑞の苦労が如実に表れている気がして、田鶴は目頭が熱くなる。

二

韮山に戻って、ひと月ほど後、宗瑞は駿府《すんぷ》に向かった。氏綱《うじつな》と円覚《えんかく》も同行した。

大森氏を倒し、西相模を支配下に置いたことを氏親《うじちか》に報告しなければならなかった。今《いま》川《がわ》から軍事的な支援を受けたりはしなかったものの、今川と盟約を結んだことが山内上《やまのうちうえ》杉《すぎ》氏や三浦氏を牽制《けんせい》したことは確かで、間接的に宗瑞の小田原攻めを後押ししてくれたからである。その盟約に基づいて、三河《みかわ》や甲斐《かい》に兵を出すことも求められており、その打ち合わせをする必要もあった。

もうひとつ、宗瑞には、弥次郎の死を姉の保子《やすこ》に伝えるという辛い役目もある。

わずかの供を連れただけで、宗瑞は今川館に入った。仰々《ぎょうぎょう》しい出迎えもなく、大がかりな宴《うたげ》などの催しも準備されなかったので、宗瑞の到着を、今川の重臣たちの多くも知らなかったほどだ。

宗瑞の訪問を軽んじたのではなく、弥次郎の死を悼んで派手な歓待を控えたのである。その証拠に、氏親が門前で宗瑞を出迎えた。今川家の当主が直々《じきじき》に出迎えたのだから、これは破格の厚意と言っていい。

「叔父上」

馬から下りた宗瑞に氏親が歩み寄る。

「このたびの戦勝、まずは祝着《しゅうちゃく》至極《しごく》と言わねばならぬのでしょうが、やはり、素直に喜んでばかりもいられぬ気持ちです」

「姉上は？」

「知らせを聞いてからというもの、仏間に籠《こ》もって読経《どきょう》三昧《ざんまい》に明け暮れております。わが母は気丈なお人ですが、さすがに今回ばかりは気落ちしているようです」

「やはり……」

宗瑞はうなずくと肩越しに振り返り、氏綱をそばに呼ぶ。

従兄弟《いとこ》同士というだけでなく、氏綱という名前は氏親の偏諱《へんき》を賜《たまわ》っている。二人の縁は濃いが、顔を合わせるのは初めてである。

「御屋形《おやかた》さま、初めてお目にかかりまする。伊勢新九郎にございます」

氏綱が頭を下げる。

このとき氏綱は十五歳、氏親は三十一歳である。

「おお、新九郎殿か。もっと早く、お目にかかりたかった。このたびは見事な戦振りだったそうですな。どうでしょう、小田原での戦いがどのようなものであったか、わたしに聞かせてもらえませぬか？」

「はい、喜んで」

氏綱は興奮気味に頰《ほお》を紅潮させながらうなずく。

本来ならば、小田原攻めの詳細は宗瑞が氏親に説明するべきであった。それを敢《あ》えて氏綱に頼んだのは、宗瑞と保子を早く二人きりで会わせてやりたいという氏親の思いやりであった。

「姉上」

座敷に入ってきた保子に宗瑞が頭を下げる。

向かい側に保子が腰を下ろす。

「何を言えばいいものか……」

保子が中庭に顔を向け、悲しげな顔で黙り込む。

「……」

宗瑞も黙っている。やがて、

「二年前でしたね、三人で昔語りをしたのは……。まさか、あれが最後になるとは」

保子が寂しげに口を開く。瞳の奥に深い悲しみが滲《にじ》んでいる。

「弥次郎は、あなたのことを誉《ほ》めてばかりいましたね。子供の頃から、そうでした。いつもあなたの後ばかり追いかけて……。あなたのことが好きでたまらなかったのでしょう。最後もあなたと一緒だったのだし、弥次郎も本望だったのかもしれません。そうは思っても、やはり……」

保子が袖で目許を押さえる。

「おっしゃる通りです。言葉もありませぬ。戦で人が死ぬのは辛い。それが自分に近しい者であれば尚更です」

「泣いてばかりいても仕方がない」

しばらくして、保子が顔を上げる。

「わたしも、もう四十九です。とうに人生の峠を越え、いつ寿命が尽きても不思議はありませぬ。わたしが知り合った人たちも、生きている人より、死んでしまった人の方が多くなってしまいました。いずれ、あの世に逝けば、父上にも弥次郎にも会うことができるでしょう。そう言えば、千代丸《ちよまる》が一緒に来ているそうですね」

「もう元服しましたよ」

「ああ、そうでした。新九郎の名前を継いだのですね？」

「はい」

「今は、いくつですか？」

「十五です」

「今回が初陣だったとか」

「そうです」

「怪我は？」

「大丈夫です。無事に初陣を飾ることができました。今は御屋形さまに戦の様子を説明しています」

「では、わたしも新九郎の顔を見てくることにしましょう」

保子が立ち上がる。

宗瑞も一緒に行こうとすると、

「あなたは、ここにいなさい。代わりに、御屋形さまを呼びますから。二人で話すことがあるのでしょう。政やら戦のことやら……」

と、保子が制する。

しばらく座敷で待っていると廊下を踏む音が聞こえてきたので、宗瑞は頭を垂れた。

「いやいや、御屋形さまではござらぬ。わしでござるよ」

軽い足取りで座敷に入ってきたのは星雅《せいが》である。

「おお、星雅さまでございましたか」

「宗瑞殿は、よき跡継ぎを持っておられますな。新九郎殿はとても賢く、しかも、話がうまい。御屋形さまも、お喜びですぞ」

「今し方、姉上も行ったはずですが」

「尼御前《あまごぜん》も加わって、皆で楽しく話しておられまするわ。あの様子では、しばらく御屋形さまも腰を上げられますまい」

「ほう、そのような……」

氏綱の新たな一面を知って、宗瑞は意外な気がした。どちらかといえば口下手で寡黙《かもく》で、とても話し上手だとは思えなかったからだ。少なくとも宗瑞の前では、いつも口数が少なく、自分からはあまり口を利かない。父親の前では余計なことを言わないように己を戒《いまし》めているのだろうか、と宗瑞は首を捻《ひね》った。

とは言え、氏綱が氏親と打ち解け、その歓談に保子も加わっているというのは決して悪いことではない。宗瑞と氏親が結んだ伊勢と今川の盟約は、いずれ氏綱が引き継いでいくことになるからだ。今現在、両家が友好的で親密な関係を維持することができているのは、何よりも、宗瑞と氏親が互いを深く信頼し合っていることが大きい。損得勘定だけで成り立っている盟約ではないのだ。氏綱と氏親の間にも強固な絆が結ばれることを氏綱の父として、氏親の叔父として願わずにいられなかった。それが伊勢氏と今川家のためになるに違いないからだ。

「小田原では見事な戦をなさいましたな。新九郎殿からも円覚殿からも話を聞きましたが、年を取るに従って、宗瑞殿は戦がうまくなっていく。感心しましたぞ」

星雅が宗瑞の手腕を誉める。

「多くの兵を失いました。しかも、弟まで」

「辛いでしょうが、戦とはそういうものです。見事な戦をした、というのは決して世辞ではございませぬ。大森方に獅子王院《ししおういん》がいたそうですからな」

「星雅さまがよくご存じの軍配者だとか」

「ええ、よく知っております。あれは手強《てごわ》い軍配者ですぞ。一筋縄でいかぬ戦をする男です。あの男が相手では、普通は、そう簡単に勝つことはできぬはず。思うに、大森家に雇われて日が浅かったので、家臣たちは獅子王院の力を知らなかったのでしょう。戦はうまいが傲慢《ごうまん》で思い上がった男なので、恐らく、家臣たちには嫌われていたに違いありませぬ。それ故、思い描いた通りの戦ができなかったのではないか、という気がします。獅子王院が腕を振るうには、その家の者たちがあたかも獅子王院の手足の如くに動く必要があるのです。今回は、そうはいかなかった。何とか勝つことができましたが、負けても不思議はなかった」

「勝敗は紙一重でした。宗瑞殿にとっては幸いでございましたな」

宗瑞がうなずく。

「たとえ紙一重であろうと勝ちは勝ちです。それが肝心です。今回は大森氏という自分よりも大きな敵を倒すために宗瑞殿も無理をしなければならなかった。それは、わかります。しかし、こういう危ない戦をするのは、これを最後にするべきでしょうな。これからは戦に勝つことではなく、戦に負けぬことを心懸《こころが》けねばなりませぬ。戦など、命さえあれば何度でもやり直しが利くのですから。勝つか負けるかわからぬという博奕《ばくち》のような戦をしてはなりませぬ。伊勢氏は力を付け、領地も広がっていますが、宗瑞殿に何かあれば、たちまち屋台骨が揺らいでしまうでしょう。三浦氏と事を構えるときには、もっと余裕のある戦をしなければなりませぬぞ」

「三浦氏と？　それは気が早すぎますな」

宗瑞が苦笑いをする。

「西相模に手を伸ばした以上、三浦氏と衝突することは避けられぬでしょう。道寸《どうすん》は岡崎《おかざき》城に腰を据えて大森方の豪族どもに触手を伸ばしているそうですからな。道寸の狙いは、はっきりしている。いずれ山内上杉氏の力を借りて、小田原を攻めるつもりなのですよ……」

三浦氏の本拠は、その名が示す如く三浦半島である。

しかし、道寸の代になってから、大森氏の内紛に付け込む格好で露骨に西相模への進出を加速させている。平塚に岡崎城、住吉《すみよし》城というふたつの城を築き、岡崎城に道寸自身が腰を据えて影響力の拡大を図っているのである。大森氏を倒して西相模を奪ったことにより、これからは宗瑞が三浦氏と鍔迫《つばぜ》り合《あ》いを演じることになる。

その三浦氏の動きを星雅が詳しく知っていることに宗瑞は驚いた。

「恐らく、宗瑞殿としては、大森氏との戦いが終わったばかりなので、すぐには道寸と事を構えたくない、とお考えなのでしょう。しかし、それは間違っています。道寸は図々しい男だから、宗瑞殿の足許を見透かしてどんどん西に進もうとしますぞ」

「どうすればよいでしょうか？」

「戦いを恐れぬことです。道寸も自分だけで宗瑞殿と戦うつもりはない。宗瑞殿が強い態度で出れば、少しは遠慮するでしょう」

「なるほど」

「今は扇谷上杉《おうぎがやつうえすぎ》と山内上杉が激しく争っているから、山内上杉も道寸に手を貸す余裕がないのです。しかし、両上杉の戦いは、そう遠くない先に終わる。できることなら、両上杉の戦いが続いている間に道寸を倒して相模を征することが望ましい」

「口で言うほど簡単なこととは思えませぬ」

宗瑞が首を振る。

「しかし、やらねばなりますまい。道寸が山内上杉の力を借りて西相模に攻め込んで来てからでは遅いのですから」

「確かに」

「もちろん、そのときは、盟約を利用して、宗瑞殿も今川の力を借りればよいのです。以前、わたしは今川の力を借りずに小田原を攻めることが伊勢氏のためになる、と申し上げましたが、これからは、そんなことを気にする必要はありませぬ。伊豆《いず》と西相模を支配することで、伊勢氏は今川氏と肩を並べる大名になったのですから。もう今川に飲み込まれる心配をすることはないのです。伊勢氏の支配が盤石《ばんじゃく》になるのは今川にとってもありがたい。東を気にすることなく、西と北に力を注ぐことができますからな。ところで、ひとつ気になる噂を耳にしました」

「何でしょう？」

「藤頼殿の遺児を家臣として召し抱えるというのは本当ですか？」

「それは本当です。父親の弔《とむら》い合戦《がっせん》をしたいので、軍勢に加えてほしい、ゆくゆくは伊勢氏に仕えたい、と言ってきたのです。と言っても、松寿丸《しょうじゅまる》殿はまだ七歳ですから、そばに仕える者たちがそう言ってきたのですが」

「わたしが道寸であれば、松寿丸殿に目をつけますな。小田原を攻める大義名分になる。小田原城の真の主は松寿丸殿である、伊勢氏に奪われた城を取り返すために力添えしているのだ、と」

「どうせよ、と？」

「言うまでもありますまい。斬ればよい。禍根《かこん》を絶つのです。深根《ふかね》城で宗瑞殿は多くの者を斬った。茶々丸《ちゃちゃまる》さまの血を引く者がいるかもしれぬ故、その恐れのある者たちをことごとく斬った。そのことで苦しまれたようですが、あれは正しかった。妙な仏心など出せば、先々、自分の首を絞めることになるのです。そんなことにならぬようにするには、時には心を鬼にしなければなりませぬ。悪いことは言いませぬ、松寿丸殿を斬るのです」

「よく思案することにしましょう」

「いけませぬなあ」

星雅が微笑みながら頭を掻《か》く。

「何がですか?」

「宗瑞殿に会うと、口数が多くなってしまい、つい余計なことばかり言ってしまう。年寄りの繰《く》り言《ごと》だと思って聞き流して下され。わたしも、もう六十二です。いつ死んでもおかしくない年齢《とし》になってしまいました」

「まだまだ、お元気ではありませんか」

「物忘れするようになり、くどくど同じことばかり繰り返すようですな。言い訳するわけではありませんが、いつもはこうではないのです。どうも宗瑞殿の顔を見ると、つい嬉しくなって、いろいろ話してしまう」

「わたしにとっては、ありがたいことです」

「では、お節介ついでに、もうひとつ言わせていただこうか。軍配者を増やすことを考えるとよい」

「軍配者を？」

「円覚は悪い軍配者ではない。しかし、一人の軍配者に頼りすぎるのは、よいことではないのです。今の宗瑞殿の身代《しんだい》であれば、三人か四人くらいの軍配者を抱えるべきでしょう。今川にも若い軍配者がおりますぞ。わしのような年寄りは、軍陣の作法や首実検のやり方など、細かいことをうっかり忘れてしまったりするので、儀礼に関しては、若い軍配者を使う方がよいのです。円覚は兵法に詳しく、戦もうまい。観天望気《かんてんぼうき》も人並みでしょうが、占術が今ひとつのような気がします。誰にでも得手不得手があるのです。何でも得意だという軍配者は、そうはいるものではありませぬ。よい軍配者を何人か抱えるのは宗瑞殿のためにもなり、新九郎殿のためにもなるはずです」

「心得ておきましょう」

宗瑞が生真面目な顔つきでうなずく。

三

大森定頼を滅ぼし、西相模を支配下に置いてから、宗瑞は内政に専念した。

新たに加わった領地も、古くからの領地と同じやり方で支配するのが宗瑞のやり方で、領国支配で最も重要なのは何と言っても年貢高を決めることだが、そのためには、まず正確な検地をする必要がある。

以前、小田原城を奪ったときに小田原周辺の検地を行っているが、その後、明応《めいおう》地震が起こったことで、多くの命が奪われ、田畑が流されたり土砂に埋まったりしたので、そのときに作成した人別帳《にんべつちょう》と検地帳が役に立たなくなっている。

しかも、そのときと今では支配地域の広さがまるっきり違っているので、どうしても新たに人別調査と検地を行わなければならない。

「大変なのは重々承知だが、西相模だけでなく、伊豆でもやるべきではないか」

と、宗瑞が言い出したのは、明応地震によって伊豆も大きな被害を受け、それ以前とは状況が変わってしまったからである。

「それは正しいことですが……」

と口では言いながら、松田信之介が渋い顔をしたのは新たに人別調査と検地を行えば、間違いなく年貢が減ることを見越していたからである。

明応地震の影響で人口が減ったせいで、家ごとに課する棟別銭《むねべつせん》という税が減る。田畑が減ったせいで、田畑の面積に応じて課していた税も減る。

伊豆だけでなく、太平洋に面している国々は、どこも明応地震の大きな被害を受けて、多くの人や田畑を失った。そういう国々では年貢が減るのを防ぐために年貢の徴収率を上げた。それまで十のうち七つ徴収していたのを、十のうち八つ徴収するというやり方に改めたのである。

もちろん、そういうやり方をすれば支配層は潤《うるお》うが、支配される側の農民は更に疲弊することになる。なぜなら、十のうち七つ、十のうち八つといっても、そもそも明応地震で田畑が減っているから、それまでのように十の収穫がないのである。十の収穫が八や九に減少しているのに、年貢で七も八も取られたら、農民の手許には何も残らない。飢えるしかない。それほど明応地震の傷跡は深いのだ。

宗瑞は、そういうやり方を決して許さなかった。

それまで通りの四公六民、つまり、十のうち四しか取らないというやり方を変えようとしなかった。

これならば、たとえ十の収穫が九になったとしても、そこから四の年貢を納めても手許に五が残るから飢えることはない。

それで十分ではないか、と信之介は言いたいのだ。

九のうち四を取れば、それまでと年貢高は変わらない。農民の側は今まで手許に六残ったのが五になるから実質的に年貢が増えることになるが、それでも他国と比べれば安すぎるほどの年貢だから文句は言わない。

ところが、宗瑞は、それでは駄目だというのだ。九のうち四を取ったのでは四公六民にならないからである。田畑が減って九の収穫しかないのであれば年貢を三・六にせよ、八の収穫ならば年貢を三・二にせよ、と言うのである。

信之介も宗瑞の言うことが正しい、とわかっている。農民など虫けらのようにしか思っていない領主がほとんどなのに、農民の暮らしが立ち行くように配慮する宗瑞を尊敬もしている。

だが、

（苦しいのは農民だけではない。苦しいのは武士も同じなのだ）

伊勢家の財政を預かる信之介としては、農民のことばかり考えているわけにはいかない。

年貢が減れば、当然、武士の暮らしも苦しくなる。

明応地震の後、蓄えていた金銀や米穀を、被災した者たちのために惜しみなく使ったので、蓄えがかなり減った。

伊勢家は家風として質素倹約を旨としているが、それまで以上につましく暮らすことが奨励された。そのおかげで蓄えも回復してきたところに小田原攻めが起こった。もちろん、小田原攻めという明確な目的があったからこそ蓄えに励むこともできたのだから、信之介は、それについてとやかく言うつもりはない。

戦が終わってみると、その蓄えも底をつこうとしている。信之介としては、できれば検地や人別調査をもう少し先延ばしして蓄えを回復したいのが本音だったが、

「それはならぬぞ。たとえ痛みを伴うことであっても、まず第一にやらなければならぬこ

とに手を付けるのだ」

と、宗瑞は先延ばしを許さなかった。

「一時、年貢は減るだろう。だが、それが検地や人別調査に基づく正しい年貢高なのであれば、わしらは黙って受け入れるしかない。誰かを犠牲にして自分だけ楽をしようと考えてはならぬ。苦しまなければならぬのであれば、皆が苦しむのだ」

「おっしゃることはわかるのですが……」

「より多くの年貢を取ろうとするのであれば、まず人を増やし、田畑を増やすことを考えるのだ。働き手が増えれば収穫も増える。土地を開墾《かいこん》して新たな田畑を増やしていけば年貢も増える。そうではないか？　わしらは今までそういうやり方をしてきたはずだぞ、信之介」

「はい」

そう宗瑞に言われると、信之介は反論することもできず、黙ってうなずくしかない。

四

大森定頼を滅ぼしてから、ほぼ三年間、宗瑞は、ひたすら国力が回復するのを待った。

周辺国の動きには抜かりなく目を光らせていたが、自分から積極的に動こうとはしなかった。

ようやく宗瑞が兵を動かしたのは永正《えいしょう》元年（一五〇四）九月になってからだ。それも自発的に動いたのではなく、扇谷上杉氏からの度重なる出兵要請に応えたのである。

この年の春先から山内上杉氏と扇谷上杉氏の抗争が激化し、武蔵《むさし》の各地で両軍が衝突した。夏になって抗争は更に拡大し、ここで決着を付けるべく両氏は四方に檄《げき》を飛ばして相手を上回る兵を集めようとした。支配地域は山内上杉氏の方が圧倒的に大きいから動員兵力も扇谷上杉氏を上回っている。関東各地から援軍が駆けつけ、その数は八月中に一万を超えた。

これを見て扇谷上杉氏の主・朝良《ともよし》は大いに慌て、盟約を結んでいる今川氏と伊勢氏に、

「急いで駆けつけてほしい」

と出兵を催促した。

援軍要請そのものは、夏前に両氏に届いていたが、出兵の時期ははっきり決まっていなかった。山内上杉氏の主・顕定《あきさだ》の動きが朝良の予想を上回るほど迅速だったので、急な催促になったのである。

当初、宗瑞と氏親は一緒に武蔵に向かうつもりでいたが、朝良からの使者が毎日のようにやって来ては、

「とにかく、急いでほしい」

と矢のような催促なので、準備の進んでいた宗瑞が先に出発することになった。

宗瑞は円覚を伴い、二千五百の兵を率いて韮山を後にした。氏親も同じ数の兵を出す手筈になっているから両軍合わせて五千、朝良の軍勢と合流すれば一万近くの兵力になるはずであった。十分に山内上杉軍に対抗できる数である。

早朝に韮山を出て、日暮れ前に小田原に着いた。

小田原で一泊する予定だ。

その夜、大道寺弓太郎が宗瑞をもてなす宴を催した。松田頼秀、安藤源左衛門らも出席した。

大森定頼を滅ぼしてから、おおむね西相模は平穏に治まっている。検地と人別調査を厳密に行ったことで農民たちの負担はそれ以前よりもずっと軽くなっている。内政に専念し、戦を控えたことで豪族たちの軍役負担も軽くなった。農民からも豪族たちからも宗瑞の支配は歓迎されている。他国に攻め込んで力尽くで領国化すると、どうしても支配する側と支配される側に軋轢が生じ、時には支配される側の不満が爆発して反乱が起こったりするものだが、そういう不穏な動きはまったく見られない。

西相模支配に関しては、宗瑞も普段から注意を払って細かいところにまで目配りしており、何か気になる点があると、まめに小田原に足を運んで疑問を解消するように心懸けてきた。

だから、弓太郎や頼秀の話を聞いても、取り立てて目新しさや驚きを感じることはない。

ひとつだけ気になったのは三浦氏の動きである。

三浦氏は主の道寸が平塚の岡崎城に腰を据え、盛んに西に勢力を伸ばそうとしている。かつて大森氏に仕えていた豪族たちを味方に取り込もうとしており、色よい返事を寄越さないと、兵を送って田畑を荒らして収穫物を奪ったり、農民をさらうような真似をするのだという。

当然ながら、その土地の豪族たちが郎党を率いて反撃する。

もっとも、せいぜい、数十人単位の小競り合いに過ぎず、三浦氏の方でも本格的に伊勢氏と事を構えようとはしていない。

しかし、たとえ小競り合いだとしても、それが度重なれば、被害を受けた豪族たちも動揺する。

「三浦との衝突を避けよ、という命令を守っていますが、このまま手をこまねいていれば、伊勢氏を見限って三浦に走る者が出るやもしれませぬ」

弓太郎が憂い顔で言う。

伊勢氏の支配地域である西相模と、三浦氏の支配地域である東相模には明確な国境は存在しない。両氏の勢力圏が接するあたりに領地を持つ豪族たちは、伊勢氏にも三浦氏にもいい顔をして、つまり、どっちつかずの態度を取ることで生き延びる道を探ってきたが、最近の三浦氏の態度は強硬で、どっちつかずを許さず、

「伊勢と手を切って、わしらに味方せよ」

と人質を要求したりするという。

「できることなら……」

弓太郎が恨めしげに言うのは、宗瑞が兵を率いてやって来たのが扇谷上杉氏に加勢するためなどでなく、三浦氏を討つためであったならば、どれほど嬉しいだろうか、ということだった。宗瑞の二千五百に、今川の二千五百が加われば、平塚にある三浦氏のふたつの城、岡崎城と住吉城を攻め落とすことなど容易であろう、というのだ。

「うむ、確かに……」

宗瑞は気乗りしない表情でうなずく。

「もっとも、口で言うほど簡単ではないな」

「簡単だとは思っていませんが……」

弓太郎は納得しかねるという顔である。宗瑞の言うことは理解できるが、現に小田原にいて、三浦氏の露骨な圧力に晒《さら》されている弓太郎とすれば、宗瑞の煮え切らない態度がもどかしいのであろう。

「ところで……」

宗瑞が話題を変え、松寿丸殿は息災《そくさい》か、と訊《き》く。

松田頼秀と安藤源左衛門がハッとする。

松寿丸は大森定頼に滅ぼされた大森藤頼の遺児である。藤頼も定頼も死んでしまった今、大森氏の正当な後継者は松寿丸しかいない。伊勢氏に臣従するという約束で小田原攻めに加わり、父の仇《かたき》である定頼を攻めた。

もっとも、そのとき松寿丸は七歳の幼児だったから、松寿丸に仕える者たちがそう約束させたに過ぎず、松寿丸自身の意思だったわけではない。

戦が終わって、宗瑞は松寿丸への恩賞として小田原近郊に領地を与えた。家臣として遇したわけだが、他の者たちと比べても特に見劣りする内容ではない。むしろ、過大なほどであった。

なぜなら、松寿丸も、松寿丸に仕える者たちも小田原の戦いでは、これといって目立った働きをしていないのである。大森氏の旗を掲げて、戦場の片隅に陣取っていたに過ぎず、一進一退の激戦が繰り広げられたときも動こうとしなかった。

松寿丸が伊勢軍に加わったことで、宗瑞の侵攻が単なる侵略行為ではなく、松寿丸が父の仇を討つための手助けをするという大義名分を得たことは確かである。藤頼に仕えていた大森の家臣たちに心理的な動揺を与えられるのではないか、という思惑もあった。つまり、松寿丸が背負っている政治的な影響力に期待したわけだが、果たして現実にどれほど役に立ったか、恐らく、宗瑞自身もよくわからなかったであろう。

その松寿丸も十歳になった。まだ元服前なので、家臣として果たすべき義務を課していないが、あと二年か三年して元服したら小田原城に出仕させ、見所があるようなら氏綱の近習に取り立ててもいいかもしれない、と宗瑞は考えている。愚物であれば飼い殺しにすればいいだけのことだ。大森氏の嫡流《ちゃくりゅう》を宗瑞が保護するというのは世間向けの体裁としては悪くはない。

厄介なのは、伊勢氏の家臣であることに松寿丸が不満を持ったときで、その不満を三浦氏などが利用しようと企《たくら》むかもしれぬ、と宗瑞は危惧している。

その点に関しては、以前、星雅からも忠告されている。

実は、松寿丸の動静については門都普《もんとふ》に命じて調べさせている。だから、弓太郎や頼秀に訊くまでもないのである。何食わぬ顔で質問をぶつけるのだから宗瑞も人が悪い。

「特に変わりもないように思いますが……。のう、松田殿?」

弓太郎が頼秀に顔を向ける。

「はい、直にお目にかかっているわけではありませんが、お元気だと聞いております」

頼秀が答える。

「そうか。ならば、よい」

それ以上、しつこく詮索《せんさく》はしなかった。

翌朝早く、宗瑞は本丸にある物見台に弓太郎と二人で登った。本丸は小高い丘の上に造られているので、物見台に登ると、かなり遠くまで見渡すことができる。

南を向くと正面には大海原《おおうなばら》が広がっている。

右手には伊豆半島が見える。

海岸線に沿って視線を左に動かしていくと、意外なほど近くに平塚が見える。さすがに岡崎城や住吉城までは見えないが、何となく、あのあたりだろうという見当はつく。小田原と平塚の間には視界を遮《さえぎ》るような大きな建物や山がなく、農家や田畑があるだけだから、かなり遠くまで見晴らすことができるのだ。精度のいい望遠鏡があれば、恐らく、ふたつの城を見付けることもできるであろう。平塚のはるか向こう、海の向こうに薄ぼんやりと三浦半島も見える。宗瑞は、それを指差しながら、

「いずれ東相模も手に入れる。それは三浦氏と干戈を交えるということだ。一旦、三浦氏との戦いが始まれば、平塚を攻めるだけでは済まぬ。あの海の向こうに見える三浦半島にも攻め込まなければならないのだ。三浦氏の本拠はあくまでも三浦半島にある新井《あらい》城なのだ。新井城を攻め落とす覚悟がなければ、軽々に三浦氏と事を構えることはできぬ。おまえの苦労がわからぬわけではないが、今はまだ三浦氏と戦うことはできぬ。時が熟するのを待たなければならぬのだ。おまえはわが身内、弟も同然だ。弥次郎が死んだ今、たった一人の弟と言ってもいい。小田原城を安心して任せることができる者はいない。すまぬが、もうしばらく辛抱してくれ。わかってくれるか？」

「はい」

興奮気味に頰を火照《ほて》らせて、弓太郎がうなずく。

五

扇谷上杉氏の当主・朝良は、本拠である河越《かわごえ》城に閉じ籠もっている。山内上杉軍に包囲されて身動きが取れないのだ。

山内上杉軍の当主・顕定は同盟関係にある古河公方《こがくぼう》・足利政氏《あしかがまさうじ》を始め、関東各地から兵を集め、この機会に河越城を攻め落とし、扇谷上杉氏を滅ぼしてやろうと企図している。すでに兵力は一万を超えているが、野戦ならばともかく、城攻めというのは、城方の数倍の兵力がなければ難しいと言われている。顕定は何とか野戦に持ち込もうと、様々な挑発行為を繰り返すが、朝良は挑発に乗らず、貝のように城に閉じ籠もっている。

「くそっ、腰抜けめ。なぜ、外に出て戦わぬ」

顕定は苛立《いらだ》っている。

「慌てることはございませぬ。もう少しの辛抱でございます」

山内上杉氏の軍配者・牧水軒《ぼくすいけん》が宥《なだ》める。

もうしばらくすれば、更に援軍がやって来ることになっている。顕定の実弟・房能《ふさよし》は越《えち》後《ご》の守護を務めているが、兄の出兵要請を快諾し、守護代・長尾能景《ながおよしかげ》に五千の兵を預け、武蔵に進軍することを命じた。その準備がいくらか遅れているものの、十月初めには河越に到着する予定になっている。

越後軍の到着を待って総攻撃を仕掛ければ、朝良も降伏せざるを得ないだろうというのが牧水軒の目論見《もくろみ》なのである。

顕定は自信家である。自分が戦名人だとうぬぼれている。越後の援軍など待たなくても、自分だけで城を落としたい、いや、自分ならば落とせる、という気持ちなのだ。

年齢は五十一。わずか十三歳で関東管領《かんれい》となって以来、山内上杉氏を率いてきた。

関東管領になってからの二十年は顕定にとって苦難の時代だった。なぜなら、扇谷上杉氏には太田道灌《おおたどうかん》という傑物がいて、家宰《かさい》を務めていたからである。道灌は政治力に優れ、恐ろしいほど戦がうまかった。その生涯に、五十数度の合戦をしたが、一度も負けたことがない。道灌に負け続けながら、顕定が生き延びることができたのは、旗色が悪いと見るや、何の未練もなく兵を置き去りにして身ひとつで逃げたからである。逃げ足の速さが顕定の命を救った。

あまりにも道灌の声望が大きくなりすぎて、もしや自分に取って代わるつもりではないのか、と疑心暗鬼に駆られた主・定正《さだまさ》に暗殺されるという椿事《ちんじ》が起こらなければ山内上杉氏は道灌に滅ぼされていたであろう。

もっとも、道灌が死んだ後も顕定の苦戦は続いた。

道灌の軍配者・星雅を定正が重用したからである。

そもそも道灌が不敗の名将だったのは陰で星雅が支えていたからだ、とも言われていたほどだから、星雅が軍配を預かっている限り、扇谷上杉軍は無敵だったのだ。

ちょうど十年前、両軍は荒川《あらかわ》を挟んで対峙《たいじ》した。

形勢は圧倒的に扇谷上杉軍が有利で、山内上杉軍は、この一戦に敗れれば後がないという状況に追い込まれていた。

定正も自信家であった。自分の手で山内上杉氏の息の根を止めてやろうと、星雅の制止を振り切って敵に向かった。その揚げ句、牧水軒の仕掛けた罠にはまり、呆気《あっけ》ない最期を遂げた。それをきっかけに山内上杉氏は息を吹き返し、一方の扇谷上杉氏は坂を転がり落ちるように凋落《ちょうらく》の一途を辿《たど》った。定正の後を継いだ朝良は、それを星雅のせいにして、星雅を追い払った。

荒川での奇跡的な大逆転勝利から十年、ついに顕定は朝良を河越城に追い詰めた。あと一歩で自分が勝利者になれるのである。越後軍の到着を待つことなく、手持ちの兵力だけで総攻撃を仕掛けたくてうずうずしている。

「殿、それはなりませぬ。もうしばらく辛抱なさいませ」

逸《はや》る顕定を、牧水軒が必死に抑える。

「わかっておる。何度も言わずともよい。だが……」

顕定が思案顔になる。

「今川と伊勢の軍勢がこちらに向かっているというではないか。彼らが着く前に河越城を攻めた方がよいのではないか？」

「いいえ、そうだとしても越後軍を待つべきでございます……」

牧水軒は何度も説明したことを繰り返す。

河越城に籠もっている扇谷上杉軍は四千から五千、それを一万の山内上杉軍が包囲している。援軍としてやって来る越後軍は五千、それに対して、伊勢と今川の軍勢は合わせても四千から五千。

つまり、朝良に援軍がやって来ても、山内上杉軍の方が有利なのである。自陣の守りを固めて越後軍の到着を待てば、自然と顕定の手に勝利が転がり込む……それが牧水軒の策である。

「向こうも馬鹿ではないぞ。越後の軍勢がやって来る前に決戦しようとするかもしれぬ。そのときは、どうする？」

「それでも待つのです」

「待つのか？」

「はい。向こうは、伊勢と今川の兵が加わったとしても一万にもなりませぬ。こちらは越後の兵がやって来れば一万五千を超えまする。どうして負けるはずがありましょうや」

しかも、と牧水軒が続ける。今の河越城には一万近くの兵が籠城《ろうじょう》できるほどの兵糧《ひょうろう》の蓄えはない。扇谷上杉軍の兵が細々と食べるのがやっとなのだ。つまり、今川や伊勢の援軍がやって来れば、共に籠城することは不可能だから、否応なしに朝良としても野戦を選択しなければならなくなる。それこそ顕定が切望していたことであり、扇谷上杉氏を滅ぼす千載一遇《せんざいいちぐう》の好機なのだ、と。

「それも、そうか。ならば、のんびり待つとしよう。ふふふっ、臆病者め。援軍が来たせいで、渋々、城から出てこなければならないわけだな」

わははは、と顕定が愉快そうに笑う。

「……」

牧水軒は口許に笑みを浮かべたが、目は少しも笑っていない。

(早雲庵宗瑞《そううんあんそうずい》……)

かつて久米川の戦いや荒川の戦いで宗瑞とは手合わせしている。

手強い敵だった。

その後、宗瑞は伊豆を統一し、今では大森氏を滅ぼして西相模まで手に入れた。油断ならない相手である。

今川氏親も若いながら名君の誉《ほま》れが高い。

家督を継いでから駿河《するが》はよく治まっているというし、遠江《とおとうみ》や三河にもたびたび兵を出して勢力を拡大している。

宗瑞と氏親は叔父・甥という血縁関係にあり、強い絆で結ばれているという。率いてくる兵は、それほど多くはないが、扇谷上杉の朝良などとは比べものにならないほど手強いに違いないことは想像できる。

顕定は河越城を攻め落として扇谷上杉氏を滅ぼすつもりでいるが、牧水軒は、そこまで欲深いことは考えていない。

(負けねばよい……)

と達観している。たとえ勝てなくても負けなければ、戦など何度でもやり直しができる、ということだ。牧水軒に限らず、老獪《ろうかい》な軍配者は誰でも同じことを考えるようになるものだ。

伊勢と今川の軍勢は冬になれば故郷に帰る。

そうなれば、また朝良は孤軍になる。

それから改めて河越城を攻めてもよい、急ぐことはないのだ……牧水軒は少しも焦っていない。

六

宗瑞と氏親は武蔵の多摩《たま》丘陵にある枡形《ますがた》城で落ち合うことになっている。それが朝良の指示なのだ。

小田原城から多摩丘陵に向かうにはふたつの道筋が考えられる。

ひとつは、小田原から丹沢《たんざわ》方面に北上する道だ。これならば東相模を支配する三浦氏との軋轢を避けることができる。難点は道が険しいことで、山や峠をいくつも越えなければならない。

もうひとつは、小田原から海岸沿いに東に進み、江ノ島《えしま》から北上する道だ。平地を進むので行軍が楽である。難点は、三浦氏の支配地を横断することだ。平塚には岡崎城と住吉城という三浦氏の城がふたつあるが、そのそばを通過することになる。

当初、宗瑞は丹沢方面に北上するつもりでいた。

しかし、弓太郎から、三浦氏の圧力が日増しに強まっているという訴えを聞いて考えを変えた。

（平塚を通り、道寸の城を間近で眺めてやろう）

もし道寸が攻撃してくるようなら受けて立つ、と覚悟を決めたのである。

もっとも、戦になるかならぬかは道寸の出方にかかっている。

宗瑞としても、扇谷上杉氏の援軍に向かおうというときに、三浦氏と合戦沙汰を起こしたのでは朝良に対して面目《めんぼく》が立たないから自分から積極的に挑発するつもりはない。あくまでも道寸次第である。

そうは言っても、大軍が平塚を通過するだけでも十分すぎるほどの挑発である。それを承知で平塚に向かおうというのは、

(わしらの力も見せておかねばならぬ)

と考えたからだ。

十年前、宗瑞は道寸に会っている。

そのとき宗瑞は五百の兵を率いて、扇谷上杉氏の主・定正の加勢に駆けつけるところだった。道寸の方は、大森定頼の力を借りて三浦の家督を今まさに奪おうとしているところだった。

十年でふたりの立場は大きく変わった。

宗瑞は伊豆と西相模を領する大名となり、道寸も三浦氏の主となって東相模を支配している。かつて道寸に会ったとき、宗瑞は五百の兵を率いて遠征するのが精一杯だったが、今では二千五百の兵を率いて遠征できるほどの力を付けた。しかも、伊豆と西相模には三千ほどの兵を残している。

それだけではない。

今川氏、扇谷上杉氏とは攻守同盟を結んでいる。

宗瑞と道寸が戦を始めれば、道寸は今川と扇谷上杉をも敵に回すことになるのだ。

(どうだ、それでも、わしと戦う気があるか?)

それを確かめたかった。

合戦沙汰になっても仕方がないという覚悟を決めて江ノ島に向かうことにしたが、最初から喧嘩腰だったわけではない。

使者を送って、武蔵に向かうに当たり、三浦氏の支配地域を通ることをお許し願いたい、とへりくだって挨拶した。まずは伊勢の軍勢二千五百が、次いで今川氏の軍勢二千五百が東相模に入るが、三浦氏に敵対する意図は毛頭ない、と付け加えた。

道寸の返答にかかわらず宗瑞は江ノ島に向かうつもりでいるから、場合によっては平塚で三浦軍と一戦交えることになる。

が……。

道寸からは、どうか好きなようにお通り下さいますように、何か必要なものがあれば用意いたします、と驚くほど丁重な挨拶が届いた。あまりにも親切で丁重な申し出なので、

(罠なのではないか？　わしらを油断させて、どこかで襲うつもりか……)

と、宗瑞は疑った。

それでなくても用心深い宗瑞が、多くの斥候《せっこう》を先発させ、いつも以上に念入りに下調べをさせた。道寸がこっそり戦支度をし、どこかに兵を隠しているのではないか、と危惧したからである。

しかし、そういう事実はなかった。

それどころか平塚の近くに達したとき、道寸の使者がやって来て、宗瑞を歓迎する宴を催したいから、ぜひ、岡崎城に寄ってもらいたい、もちろん、兵を率いたままで結構でござる、という道寸の言葉を伝えた。

（道寸め、何を考えている？　城に誘い込んで、わしを殺すつもりか）

岡崎城と住吉城の兵を合わせても、せいぜい、一千くらいのものだから、とても伊勢軍や今川軍にはかなわないと考え、下手に怒らせて城を攻められたりするよりは、ここは適当にご機嫌取りをしておこう……そう道寸は考えたのかもしれない。

あるいは、扇谷上杉氏の当主・朝良は道寸の従弟に当たるから、従弟を助けにいく宗瑞に厚意を示したのかもしれない。

しかし、道寸は一筋縄ではいかない策謀家である。義理の父親を殺して三浦の家督を力尽くで奪い取った冷血漢でもある。元々、三浦氏は東相模の名家だが、道寸が当主となってから、その勢力は飛躍的に拡大している。アメと鞭《むち》を使い分け、権謀《けんぼう》術数《じゅっすう》を駆使して邪魔者を次々と葬った結果である。ここ数年、大森氏が弱体化したのに付け込んで、西相模への領土拡大を図っている。大森氏が滅び、代わって、宗瑞が西相模の支配者となった。今の道寸にとって誰よりも邪魔な存在が宗瑞のはずである。宗瑞の命を奪う機会を虎視《こし》眈々《たんたん》と窺《うかが》っていたとしても不思議はない。

道寸の言葉を真に受けて、のこのこ岡崎城に出向いたら、恐らく、生きて城を出ることはできないだろう、と宗瑞が考えたのは、もっともである。

せっかくのお誘いに感謝しますが、先を急がなければならないので、城に立ち寄ってご挨拶することは控えさせていただきます、と宗瑞も丁寧に返答した。

（狐《きつね》と狸《たぬき》の化かし合いのような……）

宗瑞は苦笑いをして行軍を急がせた。

江ノ島に着いたのは、九月六日である。

すぐに北上しなかったのは山内上杉軍の動きがわからなかったからだ。迂闊に動いて、万が一、山内上杉軍と遭遇するようなことになったら一大事である。伊勢軍には独力で山内上杉軍と戦うだけの戦力はない。

とりあえず、近くに山内上杉軍がいないことがわかると、周囲の状況を探りながら、ゆるゆると北上を始めた。目的地である多摩丘陵、枡形城に入ったのは九月十五日である。七日後の二十二日、出発が遅れていた今川軍も到着した。このことは直《ただ》ちに河越城の朝良に知らされた。

伊勢軍と今川軍は、あくまでも扇谷上杉軍の援軍に過ぎない。このまま枡形城に留《とど》まればいいのか、それとも枡形城を出て河越城に向かえばいいのか、その指示を朝良に仰がなければならない。

伊勢軍と今川軍が河越城に入るのを山内上杉軍が黙って見ているはずがないから、当然、戦いが起こる。否応なしに朝良も城を出て、宗瑞と氏親に合流することになる。それが朝良の策ならば構わないが、もし籠城策を続ける気なら、宗瑞と氏親は河越城に向かうのではなく、枡形城に留まって山内上杉軍を牽制する方がいい。どちらの策を選ぶのか、それを決めるのは朝良である。

二日後、河越城から使者がやって来た。

たまたま物見台に登っていた宗瑞と氏親は、

「随分と物々しい使者ですな」

と笑い合った。

ざっと百人はいる。山内上杉軍に包囲された城から、これだけの数の武者が出るのは至難の業だったに違いない。

しばらくすると、

「河越城の御屋形さまがお着きでございます」

という知らせが届いたので、宗瑞と氏親は驚いた。

ただの使者かと思っていたら、朝良本人がやって来たというのである。それならば百人くらいの武者を率いてくるのは当然である。むしろ、少ないくらいであろう。

「お迎えする支度をせよ」

まさか玄関先で会うわけにはいかない。座敷に対面の場を用意するように宗瑞が命ずる。

宗瑞、氏親、朝良の三人が座敷で対面する。

宗瑞と氏親は朝良に敬意を払っているものの、別に家臣というわけではなく、あくまでも同盟者という立場で加勢にやって来ただけだから、下座に位置するわけにもいかない。それぞれ対等の立場ということで、この周辺の大きな地図を囲んで車座に腰を下ろすことにした。三人には、それぞれ軍配者が従っている。宗瑞には円覚、氏親には星雅、朝良には鹿苑軒《ろくおんけん》である。鹿苑軒は、星雅が扇谷上杉氏に仕えていたときに下役を務めていた。足利学校の後輩でもあり、言うなれば、星雅の弟子のようなものだったが、星雅が扇谷上杉氏を去ったとき、それに同調せず後に残った。今では朝良に仕える軍配者たちの筆頭に位置する立場にいる。

「伊勢殿、今川殿、このたびは遠くからよく来て下さった。心よりありがたく思っておりますぞ」

青ざめて、頬骨の浮いた顔で朝良が丁寧に頭を下げる。その顔を見るだけで、よほど心労が祟《たた》っているのだな、と宗瑞と氏親には察せられた。

「本来であれば、歓迎の宴を盛大に開かなければならぬところですが、城を敵に囲まれ、日々、兵糧も乏《とぼ》しくなり、病に倒れる兵も増えております。どうか、お許し下され」

また朝良が頭を下げる。

「いいえ、どうかお気遣いなく。お顔を上げて下さいませ。わたしも伊勢殿も物見遊山《ものみゆさん》に来たわけではありません。戦に来たのです。宴を開いていただくとすれば、敵を打ち負かしたことを祝う宴だけで結構でございます」

氏親が言う。

「かたじけない」

「いかなる策をお考えなのでございましょうか？」

宗瑞が朝良に訊く。

「されば……」

朝良が振り返って鹿苑軒にうなずき、説明せよ、と命ずる。

「は」

鹿苑軒が地図ににじり寄る。河越城を指差しながら、

「ざっと一万の山内勢が城を囲んでおります。当初、城には四千ほどが籠もっておりましたが、病に倒れる者や城から逃げ出す者も多く、戦うことのできる者は三千そこそこにございます。兵糧も乏しく、日が経つにつれ士気も落ちております。このままでは立ち枯れてしまう他ありませぬ。されば、伊勢さま、今川さまのお力添えを賜り、山内勢と一戦交えたいと思い定めております」

「ほう、決戦を覚悟なさっておられるのですか。どう思う？」

氏親が星雅を振り返る。

「いかなるやり方で決戦に臨むつもりなのでありましょうや?」

星雅が訊く。

「伊勢さま、今川さまには、ここから立川《たちかわ》に向かっていただきます。それを知れば、山内勢も城の囲みを解いて立川に向かうでしょう。恐らく、多摩川を挟んで対峙することになろうかと思われます。その山内勢の背後に、われら扇谷勢が夜襲を仕掛けます。山内勢が慌てているところに、伊勢さま、今川さまが多摩川を渡って突撃して下されば、われらが勝利することは間違いないと思われます。いかがでございましょうか?」

鹿苑軒が星雅と円覚の顔を順繰りに見る。

「なかなか、よき策であると存じます」

星雅がうなずく。

「しかしながら、難しいところもあるように思われます。例えば……」

山内勢の背後から夜襲を仕掛けるというが、山内勢に知られぬように扇谷勢が後を追うのは口で言うほど簡単ではない。

なぜなら、山内勢の軍配者・牧水軒もそれくらいのことは予想して、恐らく、河越城を見張るためにいくらかの兵を残していくに違いないからだ。

うまい具合に山内勢の後を追うことに成功し、扇谷勢が夜襲を仕掛けたとしても、伊勢軍と今川軍がすぐに多摩川を渡るのは不可能である。明るいときでも軍隊の渡河は容易ではない。まして暗い中で渡河を試みれば、馬や兵を数多く失うことになるであろう、と星雅が言う。

「この策は、やめた方がよいと申すのか？」

朝良が星雅を睨《にら》む。

「そうは申しておりませぬ。いくらか手直しすればよいのです」

「ほう、手直しか。どのように手直しする？」

「それは、これから考えればよいのではないでしょうか。軍配者が三人も顔を揃えているのですから、三人で知恵を絞り出せば、よりよい策に手直しできるかと存じます」

「さようか。ならば、そうせよ」

朝良がうなずく。

「どうですかな、軍配者たちが策を捻り出している間、われらは一献《いっこん》酌み交《か》わすというのは？　直にお目にかかることも滅多にありませぬ故」

宗瑞が提案すると、

「さようでございますな」

氏親も賛成する。

早速、宗瑞、氏親、朝良の三人はこぢんまりとした宴を催すことにする。

その間に星雅、円覚、鹿苑軒の三人の軍配者たちが山内上杉軍を粉砕するための策を練り直すことになった。

七

伊勢宗瑞、今川氏親、扇谷朝良の三人が枡形城で対面したのが九月二十四日である。河越城を包囲している山内上杉軍といかにして戦うか、その策を話し合ったのだ。それぞれの軍配者たちを交えて策を練り、話し合いがまとまると、その夜のうちに朝良は河越城に戻った。

二十五日、伊勢軍と今川軍は枡形城を出て、立川を目指して北上を開始した。その行軍はゆるゆるとしており、翌日になって、ようやく多摩川の畔《ほとり》に到着した。両軍は、ここに布陣する構えを見せた。

当然ながら、伊勢軍と今川軍の動きは山内顕定の耳に入っている。忍びを放って、敵方の動きを探っているからだ。

「奴らは、こっちに向かってくるぞ。どうするつもりだ？」

顕定が牧水軒に向かって声を荒らげる。

数日前までは余裕綽々《しゃくしゃく》だった。一万という大軍を率いている上に、近々、越後からの援軍五千が加わることになっていたからだ。一万五千もの兵力があれば、わずか四千くらいで籠城している扇谷上杉軍を捻り潰すのは容易なことであろうし、たとえ、伊勢と今川の援軍が加わっても大したことはないと高を括《くく》っていた。両軍合わせても五千ほどなのだ。が……。

越後勢はまだ来ない。その状態で伊勢軍と今川軍に背後を脅かされたらどうなるのか、と顕定の胸を一抹の不安がよぎる。

伊勢軍と今川軍と戦うだけならいい。

戦いの最中に、万が一、扇谷上杉軍が城から打って出てきたら挟み撃ちにされてしまうではないか。

それを口にすると、

「城の扇谷勢は弱っております。城から出るほどの力は残っておりますまい」

牧水軒は平然と言う。

「だから、万が一のときは、と言っているではないか」

顕定が苦い顔で舌打ちする。

牧水軒とすれば、

(万が一にも、そんなことはない)

と言いたかった。

朝良がよほどの阿呆でない限り、そんな無謀なことをするはずがないのだ。

まず伊勢軍と今川軍が山内上杉軍を攻め、次いで扇谷上杉軍が城を出て山内上杉軍の背後から襲いかかる。見事な挟撃作戦である。

しかし、所詮は画餅《がべい》に過ぎない。

伊勢軍と今川軍に不意打ちを食らわされれば話は別だが、両軍の動きはわかっているから奇襲される恐れはない。相手の攻撃を予想して、その対策を講じる余裕があるのだ。

両軍が河越城を目指して来れば、牧水軒は山内上杉軍をふたつに分けるよう顕定に進言するつもりでいる。七千を伊勢軍と今川軍に当て、残りの三千で城の包囲を続けるのだ。

伊勢と今川の連合軍とは決戦しない。挑発されても自重する。越後勢が到着するまで時間稼ぎをする。痺《しび》れを切らせて連合軍が攻撃してきたら、城攻めのために構築した陣地に立て籠もって相手の攻撃をかわし、肩透かしを食わせる。

連合軍に呼応して、朝良が城から出てきたら、それこそ勿怪《もっけ》の幸いというものだ。扇谷上杉軍を蹴散らし、一気に河越城に攻め込めばいい。

山内上杉軍が河越城の包囲を始めたのは八月二十二日である。それから、ひと月以上経っている。

一万もの大軍で攻めながら、いまだに城を落とす取っかかりすらないのは、朝良が戦上手だからではない。城から出てこないからである。ひたすら貝のように閉じ籠もるという、作戦とも言えないような作戦だが、それに山内上杉軍は手こずっている。

それ故、扇谷上杉軍が城から打って出るのは、山内上杉軍にとってはありがたい話なのだ。牧水軒は、城に立て籠もっている扇谷上杉軍を四千弱と見ているが、栄養失調や病気で兵がばたばたと倒れているという噂も聞いているから、戦に出られるのは、せいぜい三千くらいだろうと推測している。籠城に疲れた三千の兵が相手ならば、さして恐れることはない、山内上杉軍三千で十分に凌駕《りょうが》できる、なぜなら、兵の数が同じでも兵の強さに差があるからだ……それが牧水軒の見立てである。

そもそも、城から打って出るというのは、これまで頑《かたく》なに貫いてきた籠城策を捨てることを意味する。朝良が阿呆ならば、一か八かの賭けに出る可能性もないではないが、朝良には鹿苑軒という軍配者がついている。鹿苑軒は阿呆ではない。

軍配者の世界は狭い。

それも当然で、東日本の大名家に雇われている軍配者のほとんどが下野《しもつけ》の足利学校の卒業生なのだ。星雅、円覚、鹿苑軒、牧水軒……彼らは足利学校の先輩後輩の間柄である。同じ教育を受けているから、発想の土台となる思考法も同じである。それに各自が創意工夫を加えていくに過ぎない。

それ故、軍配者同士というのは、ある程度までは相手の考えが読める。牧水軒には鹿苑軒の考えがわかるし、鹿苑軒の方でも牧水軒の考えがわかる。

鹿苑軒の立場になって考えると、今の状況で籠城策を捨て、城から打って出ることはあり得ない。万が一にも、ないと言える。そんなことがあるとすれば、伊勢・今川の連合軍に山内上杉軍が不覚を取ったときである。勝ち馬に乗ろうとして、朝良は城から出て来るであろう。

逆に言えば、そんなことにさえならなければいい。

連合軍との決戦さえ避ければ、少なくとも負けることはない。決戦するのは越後勢が到着してからでいいのだ。

そういう事情を、できるだけ穏やかに、わかりやすく、しかも、顕定の誇りを傷つけないように注意しながら牧水軒が説明する。

「なるほど、そうか。ようわかった」

「おわかりいただけましたか」

牧水軒がホッとする。

「伊勢や今川とは決戦せず、扇谷勢は城から出さぬ。決戦するのは越後勢が着いてからということだな？」

「さようにございます」

「では、早速、立川に向かわねばならぬな」

「は？」

「心配するな。ここには三千残していく。それだけ残せば十分であろう。わしが率いていくのは七千でよい」

「何のために立川に行くのでございますか?」

心の底から不安の黒雲がむくむくと湧いてくるのを感じながら、牧水軒が訊く。

「伊勢と今川は多摩川の向こう側に布陣しているという。ふふふっ、こっちの様子を窺っているのであろうよ。わしは七千の兵で多摩川に駆けつけ、奴らが渡河するのを防ぐ。川を渡ることができねば、河越城を助けに行くこともできぬわ。川向こうでじたばたしているうちに越後勢が来る。そうなれば、わしらの勝ちじゃ」

わはははっ、と顕定が愉快そうに笑う。

「それならば、わざわざ立川に行くことはございませぬ。ここにいればよいのです」

牧水軒の背筋を冷や汗が流れ落ちる。

顕定は自分を名将だと信じている。時として思いがけない策が心に浮かぶことがあるらしい。牧水軒などが決して想像できない策である。なぜなら、兵法の常識を逸脱した愚策だからだ。今もまた顕定の心に恐るべき愚策が思い浮かんだらしい。

(何とか、お止めせねば……)

愚将が愚策を思いついたとき、何が厄介かといえば、その愚策にこだわることである。愚策であることを理解せず、その愚策を実行しないと気が済まなくなってしまうのだ。

だが、頭ごなしに愚策であることを指摘すると、恐らく……というか、ほぼ間違いなく顕定は頭に血が上り、牧水軒を蹴り殺してでも愚策を実行しようとするであろう。

「よき策であると存じます。さすが殿は名将にございまする」

牧水軒が神妙な顔で顕定を誉める。

「そう思うか？」

顕定の鼻の穴が大きく膨《ふく》らむ。自尊心をくすぐられて、いい気分なのだ。

「ひとつだけお願いがございます」

「何だ？」

顕定の眉間に皺が寄る。何か難癖《なんくせ》を付けられるのではないか、と警戒する顔だ。

「殿にはここに留まっていただき、立川にはわたしを行かせてほしいのです」

「何だと？　わしに残れと言うのか。なぜだ？」

「立川では、伊勢と今川に多摩川を渡らせぬように心配りするだけですから、それほど難しいこともございませぬ。しかしながら、三千で城を包囲するのは、そう簡単ではございませせぬ。こちらの数が減ったのを見て、扇谷勢が城から出てきたら、それを打ち破って城を奪い取らなければならぬからです。扇谷勢も死に物狂いで戦うでしょうし、わたしなどには荷が重すぎます」

「なるほど、より難しい方を、わしに任せようというのだな？」

「殿は名将であらせられますから」

「そうか。困った奴め。軍配者のくせに、そのような弱気を口にしてどうする」

そう言いながら、顕定は満更《まんざら》でもない様子である。

牧水軒とすれば、ここに顕定を残し、自分が立川に行けば、少なくとも連合軍と戦うことを防ぐことができる、と考えている。三千の兵力で河越城の包囲を続けるのは確かに簡単ではないのだが、籠城に疲れた扇谷上杉軍が相手なら、戦下手の顕定でも何とかなるだろうという読みなのだ。

恐ろしいのは、顕定が立川に向かい、何かの拍子に頭に血が上って連合軍と戦い始めることである。今川氏親の力量はよくわからないが、氏親には星雅がついているし、伊勢宗瑞が戦に強いことは牧水軒自身、よくわかっている。とても顕定が手に負える相手ではない。相手が五千で、顕定が七千だとしても、二千くらいの兵力差は大して意味がない。戦えば、顕定は負けるのだ。そんな事態を防ぐには、顕定を立川に行かせないことが一番である。それ故、顕定の自尊心をくすぐりつつ、何とか、顕定をこの地に残らせようと牧水軒は知恵を絞っている。

しばらく顕定は思案していたが、

「いや、やはり、立川には、わしが行く」

「な、なぜでございますか？」

牧水軒の声が上擦《うわず》る。

「わからぬか？」

「わかりませぬ」

「ならば教えてやろう。わしは立川で伊勢と今川を足止めする。もちろん、戦いはせぬ。戦うのは越後勢が着いてからだ。越後勢が着いたならば、わしは直ちに多摩川を渡って伊勢・今川と決戦する。心配するな。こちらは一万二千、向こうは五千。負けるはずがない。伊勢・今川を破ったならば、河越城に取って返し、城を攻め落とす。朝良の首を取ったら、すぐさま南に下って江戸城を落とす。大した数で守っているわけではないから、数日で落ちるであろう。河越城と江戸城を落とせば、武蔵に敵がいなくなる。わしは、それだけでは満足せぬぞ。越後勢と共に相模に攻め込む。三浦を誘って、小田原に向かう」

「小田原に、でございますか？」

顕定が途方もないことを言い出したので、牧水軒は驚きのあまり思考が停止してしまったかのようだ。

「山内、越後、三浦……合わせて一万八千ほどにはなろう。小田原城を落としたならば、真っ直ぐ韮山に向かう。どうだ、武蔵だけではない。西相模も伊豆も手に入るぞ。立川で伊勢と今川を破れば、そうなる。駿河は強国なので、すぐには攻められまいが、それは年が明けてから考えればよい」

「……」

牧水軒は呆然と顕定を見つめることしかできない。

顕定は己の妄想に酔《よ》い痴《し》れ、とても牧水軒の常識的な言葉に耳を貸してくれそうには思えない。

もちろん、顕定の言葉がすべて実現すれば、妄想は現実になるかもしれない。

しかし、妄想を現実に変えるためにはいくつもの難題が待ち構えている。そもそも越後勢がいつ到着するのかわからない。たとえ越後勢が早めに到着したとしても、一万二千もの大軍が多摩川を渡るのは容易なことではない。何の準備もしていないのだ。

しかも、敵前渡河である。成功するはずがない。

(何としても、お止めしなければならぬ。だが、反対すればするほど、殿は強情になるだろう。そういう御方なのだ……)

なぜ、余計なことをしようとするのか、このまま河越城の包囲を続けながら越後勢の到着を待てばいい、そうすれば、必ずや勝利が転がり込んでくる……そう牧水軒は叫びたかった。

扇谷上杉氏を滅ぼす絶好の機会に恵まれながら、顕定自身が、その機会をぶち壊そうとしている。

牧水軒の脳裏に荒川で戦死した扇谷定正の姿が甦《よみがえ》る。十中八九、勝利を手にしていたのに、己の力を過信して余計なことをしたために、みすみす命を落としてしまったのだ。

その定正と今の顕定が重なって見える。

（ええいっ、こうなったら仕方がない）

牧水軒は腹を括ると、

「見事な策にございます！」

と膝を打つ。

「いよいよ殿は関東の王になられるのでございますなあ」

「そう先走るな」

「ならば、ぜひ、わたしも立川にお供させて下さいませ」

「ん？　おまえは、ここに残らねばなるまい」

「殿が伊勢・今川を蹴散らす大事な一戦、この目で見ねばなりませぬ。おそばで少しでもお役に立ちたいと存じます」

「だが、城の包囲は、どうするのだ？」

「包囲するだけならば誰にでもできましょう。もし扇谷勢が城から出てきても相手にせず、殿がお戻りになるのを待つように指示すればよいのです」

「そうか。ならば、そうしよう」

顕定が機嫌よさそうにうなずく。

牧水軒と改めて相談し、河越城の包囲には二千の兵を残すことにした。それでは城方より少ないが、城方の動きを見張ることが役目だから、それで十分だと判断したのだ。立川には顕定自身が八千の兵を率いて向かう。牧水軒も同行する。

全軍に触れが出された。夜明けと同時に出発するから、二食分の弁当を用意する必要があるのだ。

顕定や牧水軒が伊勢軍と今川軍の動きに目を光らせているように、宗瑞や氏親も多くの忍びを放って山内上杉軍の動きを探っている。

顕定が触れを出してから二刻（四時間）ほど後には、宗瑞も氏親もその内容を知った。

「動き出しましたな」

宗瑞が言うと、

「叔父上がおっしゃった通りになりました」

氏親がうなずく。

「では、打ち合わせたように」

「はい。河越城にも急いで知らせましょう。わたしたちも支度をせねば」

「日が暮れるのを待ちましょう。急ぐことはありませぬ」

宗瑞が口許に笑みを浮かべる。

八

九月二十七日、夜明けと共に八千の山内上杉軍が立川に向けて出発した。一刻（二時間）ほど経ったとき、伊勢軍・今川軍の動きを探るように命じられている忍びたちから、

「伊勢と今川が多摩川を渡っている」

と知らせてきた。

さすがに顕定は顔色を変え、

「まことか？　間違いないのか」

と何度も問い質《ただ》した。

顕定が立川に向かっているのは、多摩川の向こう側に布陣している伊勢軍と今川軍を牽制し、多摩川を渡らせないためである。越後勢が到着するまで戦が起こらないようにするためだ。両軍の渡河が事実であれば、何のために立川に行くのかわからない。このままでは戦になってしまうではないか。

牧水軒は、

（罠だったのだな）

と直感した。

伊勢軍と今川軍が多摩川の畔に布陣したのは、顕定を誘《おび》き寄せるための罠だったのに違

いない。時間をかけずに、さっさと渡河すれば、顕定とて決して阿呆ではないから、河越城の近くから動こうとしなかったはずである。

駿河や伊豆から遠征している今川軍と伊勢軍は、武蔵に長く留まっていることはできないから、短期決戦を望んでいるのであろう。

しかし、河越城を包囲している山内上杉軍を攻めるのは分が悪い。なぜなら、城の周囲には城攻めのために拵《こしら》えた強固な陣地があるからだ。その陣地を楯《たて》にされたのでは兵力で劣る伊勢軍と今川軍に勝ち目はない。それ故、山内上杉軍を河越城から引き離す罠を仕掛けたのだ。

(やはり、宗瑞は食えぬ男)

牧水軒が唇を噛む。

「殿、引き返しましょう。奴らは、われらが河越城から離れるのを待っていたのです。みすみす罠にはまることはありませぬ」

「いや、待て待て」

顕定が何事か思案している。

(いかん、また、よからぬことを考えている)

牧水軒は背筋が寒くなる。

案の定、

「わしは引き揚げぬぞ。このまま進むのだ。しかも、できるだけ早くだ」

「殿……」

「考えてもみよ。数千という大軍が多摩川を渡るのは容易ではないぞ。人だけではない。馬や兵糧も運ばなければならぬのだから時間もかかるし、手間もかかる。急げば昼までには立川に行くことができよう。奴らは、まだ川を渡っている最中であろうよ。そこを攻めれば……どうだ？」

顕定がにやりと笑う。

「危のうございます」

「何が危ないというのだ？」

顕定がムッとする。

「そ、それは……」

牧水軒が言葉に詰まる。

すぐに説明できなかったのは、なぜ危ないかという説明が難しかったからだ。

なぜなら、顕定の策は、それほど悪くはない。

むしろ、この場合、最も有効な策と言っていいかもしれなかった。

軍隊が川を渡るときというのは最も無防備になりやすく、これほど攻めやすい相手はいない。川岸から弓で狙い撃ちすればいいだけなのである。相手は水の中にいるので反撃のしようがなく、一方的に攻められるという展開になりやすいのだ。それ故、川を渡るときには慎重の上にも慎重にしなければならない、というのが兵法の教えるところである。

しかし、牧水軒は顕定のように喜んで飛びつく気になれなかった。向こうには宗瑞がいる。星雅もいる。類《たぐ》い稀《まれ》なる戦上手が揃っていて、誰よりも兵法に通じているはずなのに、敢えて危ない真似をするのは、なぜなのか……それを考えると、何とも言えない薄気味悪さを感じるのである。

宗瑞や星雅とすれば、何としてでも顕定を立川に誘き寄せ、決戦に持ち込みたいのであろう。そのために敵前渡河という餌《えさ》をぶら下げた。顕定ならば、その餌に飛びつくと見抜いているのに違いない。

「牧水軒よ、戦というのは危ないものなのだ。向こうも必死、こっちも必死なのだからな。たったひとつしかない命の取り合いをするのだから、わしも危ない真似などしたくはない。だが、時には、危ない橋を渡らねば戦には勝てぬ。伊勢や今川もここが勝負と考えているから、わしらが立川に着く前に多摩川を渡ろうとしているのであろう。わしらが及び腰になって、みすみす渡河を見逃せば、奴らは嵩《かさ》に懸《か》かって攻めてくるぞ。戦には勢いがある。その勢いが何よりも大事なのだ。向こうを勢いに乗せず、こちらが勢いに乗らなければならぬ」

「殿……」

「何も言うな。わしは行く。ここで、おまえと話している時間が惜しい。少しでも早く立川に行かなければならぬのだ」

顕定は馬に鞭を当てた。自ら先頭に立って、行軍を急がせるつもりなのだ。

（やむを得ぬ）

不本意ではあるが、こうなった上は、顕定の言うように、できるだけ早く立川に赴き、敵が多摩川を渡りきる前に攻撃を開始しなければならぬ、と牧水軒も腹を括った。

九

その頃、宗瑞と氏親は兵たちを叱咤して、できるだけ早く多摩川を渡らせようとしていた。五千もの兵が渡河するのだから、これは容易ではない。時間もかかる。

山内上杉軍が姿を現す前に渡河できるかどうかが勝敗を決すると言っていい。渡河できれば伊勢・今川連合軍の勝ち、渡河が終わらなければ負けである。

そういう意味では、これは賭けなのである。

時間との戦いなのだ。

顕定が、

「戦というのは危ないものなのだ」

と、牧水軒に言ったように、宗瑞も氏親も危ない橋を渡っているのである。

もっとも、闇雲に無茶な冒険をしているわけではなく、十分に策を練り、その策を遂行するための準備に時間をかけた。敵の行軍速度を測り、不確定要素を可能な限り排除して、予定通りに多摩川を渡ることができるように作業を進めている。

つまり、賭けには違いないが、一か八かというのではなく、ほぼ間違いなく成功するだろうという見通しを宗瑞も氏親も持っていたと言っていい。

伊勢軍と今川軍が多摩川を渡り終えたのは午前八時過ぎである。直ちに戦闘態勢を整えた。

山内上杉軍が現れたのは、その半刻（一時間）ほど後である。

この半刻の差が両軍の明暗を分けたと言っていい。

伊勢軍と今川軍がすでに布陣しているのを見て、

（いかん！）

牧水軒は負けを悟った。

いや、まだ戦ったわけではないから負けてはいない。戦えば、必ずや負けるに違いない、という見通しを持ったのである。

「殿、間に合いませんでした。敵はすでに多摩川を渡って待ち構えております。無念ではありますが、ここは兵を退《ひ》くべきかと……」

「何を言うのだ！」

顕定が怒鳴る。眼前に敵を見て、頭に血が上り武者震《むしゃぶる》いしている。やる気満々である。

「こちらは八千、向こうは五千ではないか。臆することはない」

「しかし……」

「心配するな。よく見るがいい、奴らはまったく動こうとしない。臆しているのは向こうだ。まさか、わしらがこれほど早くやって来るとは想像もしていなかったのであろうよ」

「そうかもしれませぬが……」

牧水軒が生唾を飲み込む。

正直に言いたかった。想像していなかったはずがない。すべて向こうの計算通りなのだ。敵方には、足利学校の卒業生の中でも、ずば抜けて優秀で、もはや伝説的な存在と化している星雅と、伊豆討ち入りからわずか数年で伊豆と西相模を征したほどに戦のうまい宗瑞がいる。その二人が相手では牧水軒も勝てそうな気がしないし、顕定が勝てるとも思えない。ここで最善の策は、さっさと逃げることである。河越城の包囲を続けながら越後勢の到着を待てばいいのだ。

どう説得すればいいものかと思案しているうちに、顕定はそば近くにいる家臣たちに矢継ぎ早に命令を発する。戦闘隊形を取らせるつもりなのだ。

「ここで戦をするのは命取りになりかねませぬ。伏してお願い申し上げます、どうか、速《すみ》やかに兵をお退き下さいますように！」

「駄目じゃな」

顕定が首を振る。

「殿……」

「奴らは多摩川を背にして布陣している。いわゆる背水の陣だな。馬鹿め、自分を韓信《かんしん》だとでも思っているのか。多摩川に追い落としてやるわ」

どんどん鼻息が荒くなってくる。

「思いますに、奴らはきっと罠を仕掛けているに違いありませぬ。ですから……」

「どんな罠があるというのだ？」

「それは……」

すぐには牧水軒も思いつかない。

「ふんっ、落とし穴でも掘って待ち構えているとでも言うのか？」

「どんな罠か、何とも言えないのですが……」

「牧水軒よ、おまえは優れた軍配者だが、大名にはなれぬ男だ。なぜだか、わかるか？」

「……」

「軍配者の役目は大名にあれこれと様々な策を勧めることだ。しかし、どれほど見事な策であろうと、その策を推し進める肝《きも》の太さがなければ駄目なのだ。よほど兵力が大きく違っていれば話は別だが、普通、戦というのは一進一退を繰り返し、少しずつ敵の力を奪い、敵を後退させる。そのうち、堪《こら》えることができなくなり、敵は背を向けて逃げ始める。つまり、一進一退を繰り返しているうちは、どちらが勝つかわからぬということだし、自分の選んだ策が正しかったのかどうかもわからぬということだ。そういうときは心に迷いが生ずる。迷いに惑わされれば落ち着きがなくなる。兵も動揺する。それが負けに繋がる。それ故、たとえ心に迷いが生じても、それを決して表に出してはならぬ。何事もなかったかのように平然と床几《しょうぎ》に坐り、できれば居眠りでもしているくらいでなければならぬ。それくらいの肝の太さがなければ大名にはなれぬのよ。どうだ、難しかろう？」

「おっしゃることはわからぬではありませんが……」

「ならば、もう口を閉ざすがよい。わしは戦うと決めた。もう迷ってはおらぬ。おまえも迷うな」

よいな、と顕定に睨まれて、牧水軒としては黙るしかなかった。

両軍は戦闘態勢を取りつつ、三町（三三〇メートル弱）ほどの距離を置いて対峙する。伊勢と今川の連合軍が五千、山内上杉軍は八千である。

昼前、数に優る山内上杉軍が動き始める。

いよいよ戦いの始まりである。

これを「立河原《たちかわら》の戦い」という。

山内上杉軍は、連合軍に対して激しく投石しながら距離を詰めていく。投石といっても手で投げるわけではない。石に布を巻き、布をぶんぶん振り回し、その勢いを利用して石を飛ばすから、かなり遠くまで届く。距離が詰まってくると、投石だけでなく弓矢の攻撃が加わる。号令と共に一斉に矢を射るので、一瞬、空が暗くなるほどに大量の矢が放たれる。

普通、戦いが始まると、相手側も呼応して、敵に向かって投石したり矢を射たりするものだ。

だが、連合軍の方は兵たちが密集して、楯で身を守っているだけで、まったく反撃しようとしない。五千の兵が密集して楯を並べるのだから、あたかも巨大な壁ができたかのように見える。その壁が静まり返っている。

それを見て、牧水軒は、

(おかしい。やはり、おかしい。どういうことだ。なぜ、敵は反撃しない……？)

不安と疑念が胸に渦巻く。

顕定は、自分たちが一方的に攻撃しているのを見て、

(よし、こっちが有利だぞ。一気に叩き潰してくれるわ)

と、ますます鼻息が荒くなり、全軍に前進命令を発する。細かい策などはない。ひたすら力攻めして、連合軍を多摩川に追い落とそうというのである。

一刻（二時間）ほど、山内上杉軍が連合軍を攻め続けた。連合軍はひたすら防御に努めるだけで、ほとんど反撃しなかった。

だが、これこそ星雅や宗瑞が編み出した策だった。

山内上杉軍に好きなように攻めさせ、疲れが溜まるのを待ったのである。連合軍の方は、敵の攻撃をかわしているだけなので、それほどの疲労はない。

（そろそろだろう……）

宗瑞は反撃のきっかけを待っている。もう間もなく、そのきっかけが現れるはずだ。

午後二時過ぎ、突如として北西の方角で喊声《かんせい》が上がる。朝良が率いる三千の扇谷上杉軍が到着したのである。これこそ星雅と宗瑞の策の肝だ。

河越城に籠城しているはずの扇谷上杉軍が、なぜ、立河原にいるのか？

顕定が二千の兵を残して南下を始めるのを見て、朝良は城から少しずつ兵を出した。監視が緩《ゆる》くなった隙《すき》を衝《つ》いたのである。城には一千の兵だけを残した。一千と言っても、その大半は病気や怪我で動けない者たちだから、敵の攻撃から城を守る力はない。もし二千の山内上杉軍が城攻めを始めたら、呆気なく落とされるに違いない。そういう危険を冒《おか》して、朝良はやって来た。この一戦で山内上杉軍を粉砕しなければ、帰る城もなくなる、と腹を括ってきたのだ。

山内上杉軍は攻め疲れていた。一方的に攻めているように見えながら、実際には連合軍に大した損害を与えておらず、連合軍を後退させることもできていない。

そこに新手の敵が現れた。

しかも、三千という大軍である。まったく予期していなかったので、山内上杉軍は浮き足立った。

それを見て、連合軍が前進を始める。それまで、根が生えたかのように陣地から動こうとしなかった連合軍が鬨《とき》の声を上げて山内上杉軍に向かってきたのだ。

数だけを比べれば、八千対八千の互角である。

しかし、山内上杉軍は疲れており、新たな敵の出現に動揺している。

一方の連合軍の方は、ひたすら攻撃を耐えてきたので、さして疲れていない。扇谷上杉軍に至っては、これから戦いに参加するのだから疲れているはずがない。

山内上杉軍は四半刻（三十分）も持ちこたえることができなかった。ある一隊が敵に背を向けた瞬間、あたかも堤防が決壊するかのように腰砕けになり、兵たちが一斉に逃げ始めた。一瞬にして全軍が崩壊したのである。

総大将の顕定は数人の近臣と牧水軒だけを従えて、兵たちよりも先に馬を駆って戦場を離脱した。その逃げ足の速さは見事と言うしかない。

その日のうちに、顕定は本拠地である北武蔵の鉢形城《はちがた》まで逃げた。

立河原の戦いは、連合軍の圧倒的な勝利で終わった。山内上杉軍に包囲され、滅亡の瀬戸際に追い込まれていた扇谷朝良は何とか息を吹き返した。

十

大勝利に喜んだ朝良は、

「何と申し上げればよいか。お力添えに感謝しますぞ」

涙を流しながら、宗瑞と氏親の手を握った。

ぜひ、河越城にお越し下され、祝勝の宴を盛大に催したい、と熱心に二人を誘ったが、宗瑞と氏親は婉曲《えんきょく》に断った。

勝利したとは言え、苦しい籠城戦が扇谷上杉軍に与えた損害は大きく、河越城には病人や怪我人が溢《あふ》れている。食糧も乏しい。そんなところに五千もの兵が逗留すれば、朝良の負担は更に重くなる。そういう事情を思いやり、立河原から伊勢軍と今川軍は国に戻ることにした。

鎌倉を見物して帰りたい、と氏親が言うので、途中で二人は別れた。宗瑞は先に韮山に戻り、氏親を歓迎する支度をすることにした。

氏親は数日鎌倉に滞在し、その後、熱海で湯治をし、戦の疲れを癒《い》やした。十月下旬、韮山に寄り、宗瑞の歓迎を受けた。宗瑞の妻や子供たちと親交を深め、弥次郎の墓に詣でた。立河原で戦死した兵たちの法要も行った。

河越城に戻った朝良は勝利の余韻に浸《ひた》り、年が明けたら兵を集めて鉢形城を攻めようと考えた。どういうやり方で攻めればいいか、鹿苑軒に策を練るように命じた。

迂闊な話だったが、越後守護代・長尾能景《よしかげ》率いる越後軍五千が鉢形城にいることを朝良は知らなかった。

越後軍の到着は当初の予定より大幅に遅れ、それが立河原での山内上杉軍の敗因のひとつになった。

十月初め、ようやく長尾能景は鉢形城に着いたが、そこには意気消沈して打ちひしがれた様子の顕定がいた。一万という大軍で河越城を囲んでいたにもかかわらず、立河原で敗れて、ほとんど身ひとつで逃げ帰った。置き去りにした兵たちは、三々五々、鉢形城に戻ってきたが、その数は七千ほどで、あとの三千は行方がわからない。まさか三千人も討ち取られたはずはないので、顕定を見限って勝手に領地に帰った豪族が多かったのであろう。

長尾能景は顕定に出陣を促した。

「もう遅いわ」

「いいえ、遅くはありませぬ。合戦の勝敗は時の運。不覚を取ったとは言え、殿はご無事であられますし、いまだに多くの兵が残っております。伊勢と今川はすでに西に去りました。扇谷だけならば恐れるに足らず」

「そう簡単に言うな」

本来が自信家であるが故に、顕定が受けた敗北の衝撃は大きく、まるっきり腑抜《ふぬ》けのようになっている。

（せっかく越後から出てきたのだ。何もせずに帰るわけにはいかぬ……）

長尾能景の主・上杉房能は顕定の弟である。

「兄上を助けよ」

と命じられて、五千という大軍を率いて越後から駆けつけた。途中、食糧の調達に手こずったり、能景が腹痛で数日寝込んだりして、予定よりも到着が遅れ、その間に顕定は敗れた。このまま越後に帰ったのでは房能に顔向けできない。だからこそ、顕定に出陣を促したのである。

しかし、顕定は動かない。

（どうしたものか……）

長尾能景は、戦に負けたことがないので神将と呼ばれ、川中島で武田信玄と死闘を繰り広げた上杉謙信の祖父に当たる。孫ほどではないが、能景も戦上手である。しかも、思慮深い。

鉢形城に腰を据え、扇谷上杉氏の動きを探った。

十月の中旬頃である。

すでに宗瑞は韮山に戻り、氏親は熱海で温泉に浸《つ》かっている。

朝良は豪族たちを領地に帰した。戦で傷を負った兵たちを治療させるというのが表向きの理由だが、河越城の食糧は底をついているから、いつまでも城にいられては困る、というのが本音だ。

四千の兵で籠城したが、今は一千ほどの兵が河越城とその周辺にいるだけである。

（油断しきっている……）

能景は、そう判断した。

豪族たちを領地に帰すとき、朝良は、

「年が明けたら、今度こそ鉢形城を落とす」

と自信満々だったという。

裏返せば、年内は、もう兵を動かさない、ということであろう。それらの事実を顕定の前に並べ、

「攻めるなら、今ですぞ」

能景は出陣を促した。

「ふうむ、河越城には一千しかおらぬか……」

それを聞いて、顕定は気が変わった。

直ちに戦支度を命じ、能景と共に鉢形城を出た。

軍配者として顕定に助言する立場にある牧水軒も出陣に反対しなかった。能景の作戦は理に適《かな》っていたからだ。

十一月中旬、山内上杉軍八千、越後軍五千、合わせて一万三千という大軍が河越城を囲んだ。

不意を衝かれた朝良は、突然の敵襲に驚き、大急ぎで城門を閉ざすことしかできなかった。城にいる兵は、わずか一千である。

能景が優れているのは、慌てて城攻めをしなかったことである。逸る顕定を宥め、

「殿、柿を取ろうとして木に登ると、足を滑らせて木から落ちて怪我をしかねませぬ。それよりは、柿が熟して木から落ちるのを待つのがよろしいかと存じます」

真に恐れるべきは朝良ではなく、伊勢と今川である。小田原から河越まで、強行軍で駆けつければ、三日の行程である。騎馬ならば、もっと早い。

まずは、朝良と宗瑞・氏親の連携を遮断するべきだ、と能景は顕定を説いた。

「何をすればよい？」

「はい……」

顕定、牧水軒、能景の三人が武蔵の絵図面を眺めながら話し込む。中心になって話したのは能景である。

河越城は三千ほどで包囲を続け、しばらく手を付けない。その間に、それ以外の一万の

兵力で武蔵や相模にある扇谷上杉方の城や砦を落とす。闇雲に落とすのではなく、九月に伊勢と今川が朝良の救援に駆けつけたときに通過した街道沿いにある城や砦を落とす。そうすれば、宗瑞や氏親が兵を出しても、今度は、そう簡単に河越城に近付くことはできない。山内上杉方の城や砦をひとつずつ落としていく必要があるからだ。

「よかろう」

顕定はうなずき、能景の策を採用した。

十二月に入ると、山内上杉軍と越後軍が次々と扇谷上杉方の城や砦を落とし始めた。朝良にとって大打撃だったのは、東相模の実田《さなだ》砦を落とされたことである。海岸沿いにある砦なので、西から武蔵に進む場合、必ず、この砦のそばを通らなければならない。ここに二千くらいの兵を置けば、仮に前回と同じく五千くらいの伊勢軍と今川軍がやって来たとしても、そう簡単に砦を攻め落とすことはできない。

年が明けても顕定と能景は攻撃の手を緩めない。

もちろん、朝良も手をこまねいていたわけではなく、各地に檄を飛ばして兵を集めようとした。

しかし、檄に応じて河越城に向かおうとする兵は、山内上杉軍と越後軍によって蹴散らされてしまい、河越城に近付くことができなかった。

朝良は宗瑞と氏親にも使者を送り、救援を請《こ》うたが、さすがにどちらもすぐに兵を出す余裕はない。

「春になったら何とか」

と返事をするのが精一杯である。

この時代、千人単位の兵が遠征するのは並大抵の苦労ではない。兵に食わせるのが大変なのである。自弁が原則とはいえ、兵が持参できる食糧など、せいぜい数日分に過ぎない。遠征が長引けば、当然、兵を率いる者が食わせてやらなければならない。

それ故、遠征先での略奪行為が当たり前のように行われることになる。食糧を現地調達するためだ。

九月に宗瑞と氏親が武蔵に遠征したとき、この種の略奪をしなかった。自分たちが国から運んだ食糧で賄《まかな》ったのである。宗瑞にとっても氏親にとっても大きな出費だった。山内上杉軍との決戦に勝利したとは言え、その勝利によって領地が手に入ったわけではないし、朝良が恩賞をくれたわけでもない。同じような遠征を短期間に二度も行う余裕は今の宗瑞にはないし、そこまでして朝良に援軍を送る義理もない。

山内上杉軍が実田砦を落とし、その砦を補強して兵を置いていることも知っており、

（容易なことでは攻められぬ）

と、宗瑞は考えている。

できれば真正面から実田砦を攻めたくはない。自軍に大きな損害が出ることを覚悟しな

ければならないからだ。

とすれば、海岸沿いの道ではなく、小田原から北上して丹沢方面に向かい、山を越えて河越に行くしかないが、真冬に越えていくには険しすぎる難所である。雪が溶ける春まで待つしかない、と宗瑞は判断し、その旨、氏親にも伝えた。折り返し、了解した、という返事が氏親から届く。

つまり、春まで朝良に持ちこたえてもらうしかない、ということであった。

しかし、今の朝良にはそんな力はない。

実田砦を押さえ、伊勢氏と今川氏が加勢に駆けつける恐れがないと見極めると、顕定と能景は満を持して河越城を囲んだ。わずか一千の兵が籠もっているに過ぎない城を、一万三千という大軍が包囲したのである。これだけの兵力差があるのでは戦いようもないし、籠城を続けても先行きに何の希望もない。

それでも、ひと月ほどは抵抗した。

それが限界だった。食糧が乏しくなり、病で倒れる者が増え、山内上杉軍が攻めてくるたびに死傷者が続出するという現実を前にして、ついに朝良の心も折れた。

朝良は顕定に降伏を申し入れ、顕定は了承した。朝良が膝を屈して顕定に臣従を誓ったこともあって、朝良の体面を保つために、降伏ではなく、和睦という形を取った。顕定の配慮である。

これによって、長享《ちょうきょう》元年（一四八七）から十八年にわたって断続的に続いた両上杉氏の戦い、いわゆる、長享の乱は終結した。

宗瑞にとっても大きな出来事であった。

元はと言えば、伊豆の守護は山内上杉氏で、相模の守護は扇谷上杉氏である。この両氏が和睦すれば、自分たちの守護国である伊豆と相模を取り戻そうとするのは必然である。国境を接して対峙する三浦氏だけでなく、三浦氏を後押しする両上杉氏とも対決を迫られることになるわけであった。

十一

山内上杉氏と扇谷上杉氏の和睦は、長い目で見れば、宗瑞の領土拡大を阻む巨大な敵が新たに生まれたことを意味するから容易ならぬ事態だったが、短期的に考えれば、そう悪いことでもなかった。

なぜなら、両上杉氏が抗争を続ける限り、朝良の同盟者として否応なしに関東の戦いに引きずり出されることになるからである。

それは望ましいことではない。

大森氏を倒すときには扇谷上杉氏の助けを必要としたが、現に大森氏を倒した今、宗瑞が何よりも重視しているのは西相模の支配を安定させることであった。そのためには民政に力を注がなければならず、外征している余裕はない。朝良の降伏によって、同盟の義務から解放されたのは、正直に言えば、ありがたいことであった。

宗瑞は西相模で検地を推し進め、支配地域における年貢高の均一化を図った。荒れ地の開墾も奨励した。宗瑞の領国は、他国に比べて年貢が安いので、広い田畑を持っている農民は、それだけ多くの収穫物を手許に残すことができる。それがわかっているから、農民も積極的に開墾に励んだ。

もちろん、現状に満足していたわけではない。

いずれ東相模をも征し、相模全域を支配下に置くことも思案している。

そのためには三浦氏だけでなく、両上杉氏と対決しなければならない。

今の宗瑞に、それだけの力はない。

数年は内政に専念して力を蓄えなければならない、と己に言い聞かせている。

満を持して宗瑞が兵を動かしたのは永正六年（一五〇九）の夏である。

両上杉氏が和睦してから四年経っている。

その間、まったく軍事行動を起こさなかったわけではない。氏親の要請に応じて、何度か三河や遠江に兵を出している。

しかし、それは宗瑞自身の意思ではない。同盟を遵守《じゅんしゅ》したに過ぎない。

（そろそろ、よかろう）

宗瑞が自らの意思で腰を上げたのは、内政に傾注したおかげで、かなり国力も大きくなったし、何より、関東の政治情勢が宗瑞に有利になってきたからである。

ひとつは、古河公方家で内紛が起こり、公方である足利政氏と嫡男の高氏《たかうじ》が公方の地位を巡って争ったことである。血を分けた父子の対立は合戦にまで発展した。

顕定は政氏の盟友である。当主と嫡男が対立するという深刻な事態に衝撃を受け、何とか二人を和解させようと調停に奔走した。

扇谷上杉氏を屈服させ、ようやく両上杉氏がひとつになって関東の覇権を握ろうというとき、顕定が大がかりな軍事行動を起こすことができなかったのは、そのせいである。

両上杉氏が西相模に攻め込んできたら、宗瑞はひとたまりもなかったであろう。

政氏と高氏が争ってくれたおかげで時間稼ぎができた。宗瑞にとっては僥倖《ぎょうこう》と言うしかない。

顕定の粘り強い説得が功を奏し、ようやく古河公方家の争いが鎮《しず》まった頃、今度は越後で思いがけない出来事が起こった。

越後守護代・長尾為景《ためかげ》が突如として兵を挙げ、主である守護・上杉房能を自害に追い込んだのだ。謀反《むほん》である。房能は顕定の弟で、河越城を攻めるとき、顕定の要請に応じて五千の援軍を送ってくれた。強い絆で結ばれた兄弟だった。房能の死を知った顕定は激怒し、西相模遠征どころではなくなった。自ら越後に乗り込んで、何としても憎い為景を討ち取ってやろうと戦準備を始めた。

長尾為景は能景の嫡男である。上杉謙信の父だ。

能景は、永正三年（一五〇六）九月、一向一揆衆を討伐するために越中に出陣し、般若《はんにゃ》野《の》の戦いで敗死した。享年四十三。

為景は十七歳で能景の後を継いだ。

翌年、為景が挙兵し、房能に反旗を翻したのは、越中で孤立した能景に房能が援軍を送らず見殺しにしたことを恨んでいたからだという。

房能が死ぬと、為景は房能の養子・定実《さだざね》を守護に擁立《ようりつ》し、守護代として実権を握った。その為景が宗瑞に接触してきた。顕定は、為景と宗瑞にとって共通の敵である。その敵を倒すために手を結ぼうというのだ。

宗瑞は承知した。為景と組むことで、山内顕定、扇谷朝良、三浦道寸という三者連合に対抗しようと考えた。

七月、顕定が大軍を率いて越後に向かったという知らせが届くと、直ちに宗瑞は三千の兵を率いて小田原を出た。三浦道寸が拠《よ》る平塚の岡崎城を攻略することが目的である。

この時期、扇谷朝良も武蔵にいない。顕定の越後遠征を側面から援護すべく、上野《こうずけ》に出陣していたのである。宗瑞としては、両上杉の当主が不在の隙を衝いて、あわよくば西相模から東相模へと領土を拡張していく取っかかりとなる城か砦を奪おうと企図していた。

宗瑞の東進を遮るのは三浦道寸だけだ。

朝良は、養子の朝興《ともおき》に二千の兵を預け、道寸の援軍として東相模に送った。朝興は、朝良の兄の子で、朝良にとっては甥に当たる。年齢は二十二。

宗瑞は、顕定や朝良の力量はほぼつかんでいるが、道寸とは手合わせしたことがない。朝興の実力も未知数である。

岡崎城攻略を目的にしてはいるものの、無理をするつもりはない。

まずは道寸や朝興の力を測る小手調べといったところである。二人が想像以上に手強ければ、改めてじっくり戦略を練るつもりでいる。

宗瑞は慎重だ。

元々、無理をしない男だが、いつも以上に慎重にならざるを得ない事情がある。

ひとつは、大森定頼に仕えていた獅子王院という軍配者が今は三浦氏にいることだ。道寸のそば近くにいるらしい。小田原の戦いでは獅子王院の策を見抜いた宗瑞が勝ったが、薄氷の勝利だった。後からわかったことだが、定頼の家臣たちが獅子王院に反感を抱いたため、獅子王院は十分に腕を振るうことができなかったのだという。もし獅子王院の策が本人が思い描いた通りに実行されていたら、今頃、宗瑞は生きていないであろう。

ひとつは、松寿丸のことだ。

松寿丸は大森藤頼の遺児である。藤頼は定頼に家督を奪われて死んだ。宗瑞が定頼討伐の兵を挙げたとき、父の仇《かたき》を討つために松寿丸も加わった。といっても、そのとき松寿丸は七歳だったから、当然、自分の意思ではない。

そのときの約束では、小田原城主になろうという気持ちはなく、大森の家督を継がせてもらえれば満足であり、できれば伊勢氏に仕えたい、ということになっていた。

もちろん、松寿丸本人が約束したわけではなく、松寿丸の世話をしている者たちが勝手に約束したのである。それから八年経ち、今では松寿丸も十五歳になっている。ものの道理がわかる年齢になると、自分の置かれた立場に不満を抱くようにもなる。

(わしは大森氏の嫡流。本来であれば、小田原城の主になるべき人間なのだ。そのわしが、なぜ、小田原城を奪った伊勢宗瑞に頭《こうべ》を垂れなければならぬのか……)

松寿丸自身が考えたのか、それとも、誰かが耳打ちしたのかはわからないが、この年の春、松寿丸は数人の家来と共に出奔した。

その後、岡崎城にいることがわかった。

それを知った宗瑞は、

(松寿丸殿は獅子王院に調略されたのかもしれぬ)

と気が付いた。

伊勢氏を打ち負かし、宗瑞を小田原から追い払った暁《あかつき》には小田原城をお返ししよう、とても囁《ささや》かれて松寿丸は心を動かされたのではないか、と思った。

まともに考えれば、この世にそんなうまい話などあるはずがないとわかりそうなものだが、道寸が三浦氏の家督を継ぐとき、大森氏の力を借りたのは事実だから、

「あのときの恩返しをしたい」

とでも言われれば、

（なるほど、そういうことか）

世間知らずの松寿丸ならば、簡単に信じてもおかしくはない。

やはり、調略だったかもしれぬな、と門都普に言うと、

「そうかもしれぬ」

と、うなずき、むしろ、こうなってよかったではないか、と門都普は言った。

「そう、はっきり口にしたのでは身も蓋《ふた》もない」

宗瑞が苦笑いする。

小田原を攻めたとき、宗瑞の陣営に松寿丸がいることには、それなりに政治的な意味があった。単なる侵略ではなく、松寿丸の仇討ちに力を貸すという大義名分を得たからだ。

だが、松寿丸が宗瑞の役に立ったのは、そのとき一度だけである。それ以降、露骨に言ってしまえば、松寿丸の存在は痛みを伴う腫物《はれもの》のようなものであった。

大森氏に仕えていた多くの家臣たちが、定頼の死後、宗瑞に仕えている。彼らにとって

松寿丸は主筋である。形の上では、同じ宗瑞の家臣とは言え、どうしても遠慮が出る。宗瑞も松寿丸の扱いに気を遣わなければならない。子供のうちは捨て扶持《ぶち》を与えておけばいいが、いずれ元服して小田原城に出仕するようになれば、それなりの地位と仕事を与える必要が出てくる。

松寿丸が無能では困るが、有能では、もっと困る。かつての大森の家臣たちが松寿丸を慕い、一派を形成するようなことになれば容易ならざる事態である。獅子身中《しししんちゅう》の虫となるかもしれない。

その松寿丸が消えてくれた。

門都普の言うように、宗瑞にとってはありがたいし、正直、ホッとした。

実は、去年の暮れ頃から、松寿丸の屋敷に見慣れぬ者が出入りしているようだ、という報告を門都普から受けていた。

「何か企んでいるのかもしれぬぞ」

「何を企む？」

「謀反ではないのか」

「まさか……」

まさか、それはあるまい、と宗瑞は首を振った。旧臣たちを扇動《せんどう》して謀反するほどの政治力が松寿丸という少年に備わっているとは思えなかった。

（三浦か扇谷上杉が松寿丸殿を取り込もうとしているのではないか）

という気がした。

屋敷の見張りを厳重にして、その怪しい者を捕らえて白状させることもできたが、敢えて、それをしなかった。

門都普の言うように、

（敵の調略に乗って小田原から消えてくれればありがたい）

という気持ちが宗瑞にもあったせいである。

念のために松田頼秀を呼び、松寿丸が三浦氏に一味したことをどう思うか、と訊いた。

「特に何も感じませぬ。わたしだけでなく、恐らく、他の者たちも同じだと存じます」

なぜなら、松寿丸は藤頼が死んだ後に生まれた子で、松寿丸に直に仕えたことがある者はいない。

大森氏の嫡流の血を引いていることだけが松寿丸の強みだが、そもそも、大森氏が支配していた頃より、伊勢氏が支配してからの方が暮らし向きがよくなっているのだから、大森氏の支配を懐かしむ者などいるはずがない、と頼秀は言う。

つまり、家臣や領民が暮らしやすいように心を砕くのがよい主で、今の安穏な暮らしを捨ててまで、かつての主に忠義を尽くそうとする者はいない、というのである。

「そういうものか」

頼秀の言葉に安堵したものの、

（それでも寝返る者はいるかもしれぬ）

と、宗瑞は油断しなかった。

十二

出陣の二日前、宗瑞は小田原城の広間に紀之介、氏綱、円覚、門都普の四人を呼んだ。小田原の戦いで弥次郎が戦死してから、この五人で戦に関する話し合いをするようになっている。

岡崎城周辺を描いた大きな絵図面を床に広げている。

「三浦勢は、岡崎城と住吉城に二千ほどの兵を入れておる由にございます」

円覚が説明する。

「ふうむ、二千か……。扇谷の援軍は？」

宗瑞が訊く。

「二千ほどと思われます」

「三浦勢、扇谷勢が合わせて四千、こちらは三千。城を落とすのは容易ではありませぬ」

氏綱が言う。

「扇谷の二千は、どちらの城に入るのでしょう？」

紀之介が円覚に訊く。

「さあ、それは……」

円覚が門都普に顔を向ける。三浦氏の動きに誰よりも詳しいのは門都普だからだ。

「今のところ、どちらの城にも入っていないようだな」

門都普が答える。

「なぜです？　とっくに平塚に着いているでしょうに」

「誰が指揮を執《と》るかで揉めたらしい」

「道寸が指揮を執るのではないのか？」

宗瑞が訊く。

「扇谷の名代《みょうだい》は、なかなか向こう気が強いらしいな……」

朝良の名代として二千の兵を率いて平塚にやって来た朝興は、自分が全軍の指揮を執るものと当然のように思い込んでいた。

これに道寸が難色を示した。

五十九歳の道寸は百戦錬磨で、戦上手として知られている。一方の朝興は二十二歳で、これまで大した実戦経験がない。大軍を指揮した経験は皆無である。いかに朝良の名代とはいえ、そんな若輩者に指揮権を委ねることを道寸が不安に思うのも無理はない。しかも、

「わしにはわしの考えがある」

と、獅子王院の示した策を受け入れようとしなかった。

道寸は宗瑞の手強さを熟知している。

これまで直接、干戈を交えたことはないが、宗瑞の戦振りには常に注目してきたのだ。

(簡単に勝てる相手ではない)

と、宗瑞の強さを認めた上で、できることなら戦いを避けたいと考えている。

伊豆を征した宗瑞は、わずか数年で大森定頼を倒して西相模にも進出してきた。道寸も大森氏の内紛に乗じて東相模で勢力を伸ばした。当然ながら、三浦氏と伊勢氏は、いつか衝突することになる。

が、道寸は、意識的に宗瑞との衝突を避けてきた。

宗瑞も内政に専念していたので、敢えて三浦氏と事を構えようとはしなかった。

両者の思惑が奇妙に一致して、八年もの間、宗瑞と道寸の間に平和が保たれた。

越後の混乱が関東に波及し、道寸と宗瑞も否応なしに巻き込まれた。力を蓄えていた宗瑞は、これを関東進出の好機と見て戦支度を始めた。

道寸も宗瑞を迎え撃つ準備をしたが、自分の方から積極的に西相模に攻め込もうという考えは微塵《みじん》もない。

獅子王院と話し合って決めた策は、

「守勢に徹する」

ということである。

宗瑞の動員兵力は、今では五千を超えるほどになっている。韮山と小田原を空にはできないから、五千の兵すべてが出陣できるわけではないが、三千くらいならば、いつでも遠征できる態勢にある。

三浦氏の動員兵力は四千ほどである。

そのうち二千が平塚に、残り二千は三浦半島にいる。まだ兵農分離していないので、普段、兵たちは畑仕事に従事している。動員令が発せられると、その土地の支配を任されている豪族が農民や野武士を束ねて戦場に向かうのだ。つまり、三浦氏の動員兵力が四千といっても、そのすべてを平塚に集結させるのは現実的には不可能なのである。二千が限界である。それは三浦氏には独力で伊勢氏と戦う力がないことを意味する。宗瑞と戦うには、どうしても両上杉氏の助力が必要なのだ。

今回、顕定か朝良が一万、いや、せめて五千くらいの大軍を率いて平塚に来てくれれば、道寸も腹を括って宗瑞との決戦を望んだであろう。

が……。

実際には、顕定も朝良も来ず、朝興という若造が、わずか二千の兵を連れてきたに過ぎない。これでは決戦などできるはずがない。

一か八かの賭けに出ることはできるが、万が一、その賭けに負け、宗瑞との決戦に敗れれば、道寸は東相模を失うことになる。

（馬鹿馬鹿しい。なぜ、そんな危ない真似をしなければならぬか……）

というのが道寸の本音である。

強気な獅子王院ですら、

「まともに戦えば、御家が滅びますぞ」

と、道寸を戒めたほどだ。

だからこそ、ひたすら守りに徹する、という方針を二人で決めたのだ。

そこに、やたらに張り切った朝興が乗り込んできた。

道寸にとっては迷惑と言うしかない。

朝興にとって、大将として采配を振るのは初めての経験だ。道寸も自分に従うものと信じて疑わず、扇谷上杉氏と三浦氏が連合して宗瑞と戦うつもりでいた。その指揮は自分が執る。

二人の考えは、まるっきり違っている。

道寸は籠城でも構わないという考えだし、朝興は野外決戦あるのみという考えだ。

これだけ方針が食い違っているのでは、もはや、妥協の余地もない。

腹を立てた朝興は城に入ることを拒み、平塚郊外で野営している。

そういう事情を門都普は淡々と語った。

もちろん、細かい事情まではわからなかったが、指揮権を巡って道寸と朝興が対立し、その結果、双方が勝手な動きをしていることはわかっている。

「新九郎、どう思う？」

宗瑞が氏綱に顔を向ける。

「それが本当のことであれば、あれこれ策を練る必要もなかろうと思います」

「うむ、どうする？」

「三浦の城など相手にせず、ひたすら、扇谷勢だけを攻めればよいと存じます」

「どうだ、紀之介？」

「まさかと思いますが、扇谷と三浦が示し合わせた罠ということはないのでしょうか？」

「ふうむ、罠か……。どうだ、円覚？」

「獅子王院さまなら考えるかもしれませぬ。ただ、これが罠であるとすれば、扇谷勢が囮《おとり》となり、道寸殿の下知《げじ》に従うことになります。名代殿がそれを認めるとは思えませぬ」

「わしも、そう思う」

宗瑞がうなずく。

「しかし、これが罠だとすれば、われらが扇谷勢を攻めたときに、三浦勢が待ってましたとばかりに城から出て来るわけだな。面白いではないか。城攻めする手間が省《はぶ》ける。合戦に勝ち、道寸の首を奪うことができれば、岡崎城どころか東相模が手に入る」

宗瑞がふふふっ、と笑う。

「その合戦にこちらが敗れれば、どうなるのですか？」

氏綱が訊く。

「合戦に敗れ、わしが討ち取られたら、おまえは何も考えず一目散に小田原城に逃げ帰るのだ。無事に城に入ることができれば、そのときから、おまえが伊勢氏の当主となる。わしの後を継いで、伊豆と西相模を守れ」

「わたしも討ち取られたら……」

「馬鹿なことを言うな。おまえとわしが二人揃って討ち取られたら、伊勢氏は滅びる。それだけのことではないか。戦とは、そういうものだ」

宗瑞は門都普を見て、わしに何かあったら、何としてでも新九郎を小田原城に連れ帰れ、と命ずる。

「承知した」

門都普は表情も変えずにうなずく。

「よし、策は決まったぞ。われらは扇谷勢を攻める。もし、これが罠で、道寸が城から出てきたら、三浦勢とも戦う。どちらが相模を支配することになるか、それを決める戦いになるであろうよ」

宗瑞が険しい表情で言う。

十三

夜明けと共に、三千の伊勢軍が平塚に向かって進軍を始める。

前軍一千は紀之介が、中軍五百は氏綱と円覚が、後軍一千五百は宗瑞が率いる。

前軍と中軍の役割は扇谷上杉軍二千を攻撃することだ。

普通に考えれば、宗瑞の役割は前軍と中軍の後詰めということになるが、今回は、それだけではない。

朝興と道寸の不和が宗瑞を欺くための偽装だった場合、扇谷上杉軍が囮となって伊勢軍を東に誘い、頃合いを計って三浦軍が城から出て来るに違いない。伊勢軍を挟み撃ちにするためだ。道寸の兵力は二千である。後軍である宗瑞は、その三浦軍を一手に引き受けなければならない。

敵は四千、自軍は三千なのだから、客観的に見れば、伊勢軍が不利であろう。

しかし、宗瑞の表情は自信に満ちている。

(負ける気がせぬわ)

というのが本音なのである。

決して傲《おご》っているわけではない。

道寸や朝興を侮《あなど》っているわけでもない。

これまで数多くの合戦を経験してきた。戦に勝つには、相手より多くの兵を集め、巧妙な作戦を練らなければならない、と信じてきた。

もちろん、それらの要素は重要だが、

(それだけではない。もっと大切なことがある)

と気が付いた。

それは敵の心である。

敵が何を警戒し、何を恐れているか、何を望み、何を欲しているか……相手の立場になって、そういうことを考えると、面白いように敵の動きが想像できるのである。

一昨日、氏綱、紀之介、円覚、門都普らと戦の進め方を話し合った後、宗瑞は持仏堂《じぶつどう》に籠もって座禅を組んだ。座禅を組むと、頭の中が真っ白になり、雑念を払うことができるのだ。一刻(二時間)ほどして持仏堂を出ると、

(この戦に負けることはないな)

と直感的に悟った。

なぜ、そう思うのか、自分でもよくわからないが、勝利を確信した。

昨日、また持仏堂に籠もって座禅を組んだ。頭を真っ白にしてから、翌日の出陣について思案しているとき、突然、道寸の考えが手に取るようにわかった。朝興のことは知らないが、道寸のことは知っている。直に会ったこともある。三浦氏の家督を継いでからの道

寸には、ずっと注目してきた。その道寸の立場になって考えると、道寸が城から出て来ることなどあり得ない、とわかるのである。

なぜなら、城から出るのは自らも危険に身を晒すことになるからだ。もし伊勢軍が罠に陥《おちい》ったとしても、冷静に考えれば、兵力は四千対三千で、ほぼ互角である。

しかも、四千の兵すべてが道寸の兵ではなく、そのうち二千は扇谷上杉氏からの援軍であり、それを率いているのは実戦経験の少ない二十二歳の若者である。

道寸は長い時間をかけて、じわりじわりと東相模で勢力を拡大してきた。そのすべてを、この一戦に賭けるような大胆な真似をするか……答えは否である。決して危ない橋を渡ることはあるまい、道寸が宗瑞と真正面から戦うのは、顕定か朝良が大軍を率いてきたときだけであろう、と宗瑞にはわかる。その読みが間違っている可能性はない、という自信もある。

紀之介や氏綱、円覚に自分の読みを話し、軍の編成を変えてもよかった。道寸の動きを警戒して後軍に一千五百を配したが、その数を減らして、扇谷上杉軍に対する攻撃部隊を増やすこともできた。

が、宗瑞は、そうしなかった。

たとえ自分の読みに九割九分九厘の自信があったとしても、どうしても不確かな部分が一厘は残る。

人の心は理屈で測ることはできないし、戦というのは生き物で、時として想像できない動きをすることがある。

それ故、罠など存在しない、と見切っているにもかかわらず、罠があるかもしれないと警戒しながら戦を進めることにした。万が一にも負けないように二段構えの備えをしたのである。

(用心するのは悪いことではない。どうせ負けようのない戦なのだし)

自分でも不思議なほど宗瑞は、この戦を達観している。

昼過ぎに平塚に着くと、すぐさま紀之介の前軍一千が扇谷上杉軍への攻撃を開始した。扇谷上杉軍は倍の二千だから、攻めるにしろ守るにしろ、いろいろ工夫ができそうなものだが、実際には、紀之介の攻撃を馬鹿正直に真正面から受け止めただけである。

しかも、このとき朝興は、やってはならないことをした。兵を小出しにしたのである。最初は五百人を、それでは足りないと見るや、百人、二百人と小出しに兵力を投入した。そうやって一千の兵を出したが戦況は芳《かんば》しくなく、伊勢軍に押されてじりじりと後退している。自分の手許に一千の兵を残し、機を見て突撃しようと考えていたが、

(これでは、まずいな)

と思案し、いくらか不安だったが、更に五百人を投入した。不安というのは、自分の周りにいる兵が減ることだ。朝興には、たとえ、すべての兵が死に絶えても大将だけは生き

残らなければならない、という信念がある。自分が生き残るためには、できるだけ多くの兵を手許に残す方がいい。

（くそっ、道寸め。本当に手を貸さぬつもりか。まあ、いい。この合戦に勝てば、すべて、わしの手柄になる。宗瑞を討ち取ったら、わしが小田原城をもらうぞ）

朝興は戦況を見守りながら、苛々した様子で爪を噛む。

「お」

今度は伊勢軍が後退を始めた。

思い切って五百兵を投入したのが功を奏した、と朝興は考える。

「殿、今こそ敵を蹴散らす好機でございますぞ」

近臣たちも声を弾ませる。

「よし」

朝興は床几から立ち上がり、馬を引け、と命ずる。大将自らが戦場に出て兵を鼓舞し、一気に伊勢軍を粉砕してやる、と決めた。

一方の紀之介。

自分が率いているのは一千で、扇谷上杉軍は二千。

まともに戦っても勝ち目はない、と最初から考えていた。

しかも、いつ三浦軍が城から出て来るかわからない。用心しながら攻撃を開始した。

ところが、敵はまったく歯応えがない。

それもそのはずで兵を小出しにするという馬鹿なやり方をしているせいだ。

半刻（一時間）ほど戦うと、かなり敵軍を後退させた。

（このまま、わしの兵だけで勝てるかもしれぬ）

そんな考えが、ちらりと脳裏をかすめたが、さすがにそれほど甘くはなかった。朝興が小出しにした兵が一千五百になると、数で劣る紀之介の前軍は、逆に押され始めた。

（もうよかろう）

紀之介は兵を退くことにした。

その際、扇谷上杉軍の攻撃に手を焼いて、混乱しながら退却しているように見せかけた。偽装である。

これがうまくいった。

敵の本陣が動き出したのである。そこに朝興がいることを示す大将の旗が戦場に進み出てきた。

もちろん、紀之介の動きは中軍の円覚や氏綱、後軍の宗瑞と打ち合わせてある。

それほど複雑なことではない。

兵法の初歩に過ぎない。

つまり、最初、敵に対して猛烈な攻撃を仕掛ける。

敵も必死に防戦する。

頃合いを見て、今度は退却する。

敵は嵩に懸かって攻め続ける。

十分に敵を引き寄せたところで、周囲に埋伏《まいふく》していた味方が四方から敵に襲いかかる。紀之介が囮となって敵を奥深くに誘い込み、そこで一気に包囲殲滅《せんめつ》しようという作戦なのである。

この初歩的な策に、朝興はまんまと引っ掛かった。

紀之介の前軍を五町（五五〇メートル弱）ほど追撃し、隊列が長く伸びたところに、側面から氏綱と円覚の中軍五百が攻めかかった。不意を衝かれた扇谷上杉軍は大混乱に陥った。

朝興は何が起こったのかわからず、

「何をしている。追え、追え！」

と兵を叱咤する。

前方では兵が立ち往生しているのに、後ろからはどんどん兵が来る。味方同士で揉み合って身動きが取れない。そこを伊勢軍の弓矢で狙い撃ちされる。ばたばたと兵が倒れる。倒れた兵の体が、他の兵や馬の進退を不自由にする。

伊勢軍を追撃しているつもりが、待ち伏せ攻撃を受けて立ち往生し、兵たちは浮き足立って収拾がつかない……そこに朝興がやって来る。

ここに至って、ようやく何が起こったのかを朝興も理解した。

(いかん、退かねば!)

兵をまとめ、岡崎城まで退却するのだ。

意見が食い違って、それぞれが勝手なことをしているとはいえ、元々は味方である。道寸も朝興を見殺しにはするまい。

そもそも、朝興は道寸の援軍としてやって来た。にもかかわらず、朝興だけが伊勢軍と戦い、道寸は城に閉じ籠もっている。

(こんな馬鹿な話があるか)

朝興は泣きたくなる。自分の意固地なわがままのせいで道寸と仲違いしたというのに、そんなことはすっかり忘れて道寸に腹を立てた。

何とか兵をまとめ、退却に取りかかろうとしたとき、朝興の背後で、うわーっという喊声が起こった。宗瑞の後軍一千五百が密かに戦場を大きく迂回《うかい》して扇谷上杉軍の退路を断ったのである。

朝興は包囲された。

自分が置かれている危険な状況を理解すると、さすがに顔から血の気が引いた。

真っ青な顔で、唇をぶるぶる震わせながら、

（このままでは皆殺しにされてしまう。わしだけは何としてでも生き延びねばならぬ）

そう決意すると生唾をごくりと飲み込み、

「退くぞ！」

近臣だけを引き連れ、馬に鞭を入れて戦場からの離脱を図る。

兵も馬鹿ではない。

大将が逃げるのを見て、自分たちが置き去りにされると悟った。

箍《たが》が外れた、と言うしかない。

扇谷上杉軍は、もはや統制された軍団ではなくなり、ただの烏合《うごう》の衆《しゅう》と化した。それぞれが自分の命を守るために好き勝手なことを始めた。

ある意味、朝興にとっては幸運だったと言えるかもしれない。

窮鼠猫を嚙む の喩《たと》え通り、扇谷上杉の兵たちが死に物狂いで戦い始めたからだ。誰かのために戦うというのではなく、自分が生き残るために戦うのだから、これは強い。必死である。

それを見て、宗瑞は包囲網を緩め、敵に逃げ道を作ってやった。

別に同情したわけではない。

これも兵法の教えるところで、死に物狂いの敵を相手にすると味方の被害も大きくなるので、わざと逃げ道を作る。そうすると、敵は戦いを放棄して逃げ出そうとする。一旦、背を向けて逃げ出すと、途中で立ち止まって改めて戦おうなどとは考えなくなる。それが戦場における人間心理というものだ。

扇谷上杉軍が逃げ出すと、一呼吸置いてから、宗瑞は紀之介と氏綱に追撃を命じた。

この段階で、

(道寸は、あくまでも城に閉じ籠もる気だな)

と、宗瑞は結論付け、この際、扇谷上杉軍を徹底的に攻め立ててやろうと決めた。

伊勢軍が平塚で扇谷上杉軍を撃破した……その事実が関東中に広く知れ渡るように、この合戦の勝利をできるだけ劇的なものにしようと考えたのである。

朝興はまだ若い。いずれ朝良の後を継いで扇谷上杉氏の当主となるであろう男に、今のうちに宗瑞に対する恐怖心を植え付けておくのは悪いことではないはずだ。

追撃に苦労はなかった。

朝興は馬を止めることなく、ひたすら東に向かって逃げ続けているし、兵たちは少しでも早く走ろうとして武器や兵糧、腹巻きなどを道端に捨てる。

伊勢軍が追撃しているのは戦闘力のある軍団ではなく、ただの烏合の衆に過ぎないのだから、こんな楽な追撃戦はない。

その日のうちに朝興は相模から武蔵に入り、深夜、江戸《えど》城に逃げ込んだ。従う者は、わずか二人だったという。恐るべき逃げ足の速さである。

やがて城の近くに伊勢軍が姿を見せた。

堅牢《けんろう》な城とは言え、城内には五百人ほどの兵がいるだけである。攻められたらひとたまりもないと朝興は大いに慌て、上野にいる朝良に助けを求めた。

伊勢軍は城を囲み、夜通し篝火を焚いて、時折、うおーっという喊声を上げた。城にいる者たちは生きた心地がせず、ろくに眠ることもできずに夜を明かした。

（これくらいでよかろう）

朝興を江戸城に追い込んだものの、宗瑞もまさか江戸城を攻め落とそうというつもりはない。

城攻めは長い時間と多大な労力を要する。

そう簡単にはいかないのだ。

そもそも兵糧が足りない。

夜が明ける直前、伊勢軍は城の包囲を解き、潮が引くように武蔵から相模へと去った。

（追ってくるか？）

朝興にわずかでも気概があれば、ここで一矢報《いっしむく》いて汚名を雪《すす》ごうとするはずであった。みじめな大敗を喫《きっ》し、ほとんど身ひとつで江戸城に逃げ戻ったというのでは、あまりにも体裁が悪い。伊勢軍を追撃する振りだけでもしなければ、何とも格好がつかないはずであった。

が……。

朝興は江戸城から動かなかった。

伊勢軍は悠々と小田原に向かう。

平塚を通過する際、

(もしや道寸が待ち伏せているのでは?)

と警戒し、事前に周辺を念入りに探った。

しかし、三浦軍に動きはない。

道寸は、岡崎城に閉じ籠もったまま静まり返っている。

朝興が敗れ、江戸城に逃げ帰ったことを知らないはずはないが、道寸は当初の方針を頑なに貫いて微動だにしない。

(やはり、道寸は手強い)

改めて宗瑞は道寸の実力を認めた。その道寸のそばに獅子王院がいるとなれば、その手強さは更に大きいであろう。

この平塚の合戦で伊勢軍は大勝利を得たが、あくまでも朝興との戦いに過ぎず、道寸とは戦っていない。いずれ道寸とも戦うときが来るだろうが、その戦いは、平塚の合戦とは比べものにならないほど厳しいものになるだろう、と宗瑞は予感した。

十四

道寸の嫡男を義意《よしおき》という。

荒次郎《あらじろう》が通り名である。

この年、道寸は五十九歳で、荒次郎は十四歳だから、父子というより、祖父と孫のように年齢が離れている。

それには理由がある。

道寸は若い頃、不遇だった。

先代・時高《ときたか》の養子になり、いずれ三浦の家督を継ぐことが決まっていたものの、時高に実子が生まれると時高に疎《うと》まれるようになり、ついには命すら危うくなった。道寸は祖父の大森氏頼を頼って小田原に逃れた。先々に希望もなく、俗体でいると時高の刺客に狙われる恐れもあるので足柄《あしがら》の総世寺《そうせいじ》で出家し、義同《よしあつ》という俗名を捨て、道寸と号した。

当然ながら、出家の道寸に妻はおらず、子供もいなかった。

氏頼の死が道寸の運命を変えた。後を継いだ藤頼は凡庸怠惰で、大森氏の行く末を危ぶんだ一部の家臣たちが藤頼の甥・定頼の擁立を企んだ。定頼と道寸は妙にウマが合った。置かれている境遇が似ているせいもあった。

定頼は藤頼を騙し、扇谷上杉軍の援軍として武蔵に送った大森軍を道寸のために使った。

大森軍の後押しを受けた道寸は時高を滅ぼし、三浦氏の家督を奪い取った。

これが四十四歳のときで、その直後に妻を娶《めと》った。

荒次郎は、その二年後に生まれている。

この荒次郎という通名が、これほどふさわしい男も滅多にいるものではない。幼い頃から、気性が荒く、猛々《たけだけ》しいことで知られていた。

生まれたときに、すでに三歳児くらいの体格だったというから普通ではない。妊娠中、あまりにも胎児が大きすぎて腹が大きく膨らみ、道寸の妻は歩くこともできなくなった。臨月になると、腹が凄まじく膨らみ、ついには腹が裂けて荒次郎が出てきた。

ちなみに妻は、この出産が原因で亡くなっている。

この巨大児を見て、道寸は随喜《ずいき》の涙を流した。

妻と交わる前には必ず心身を清め、

「何とぞ、われに神の子を授けたまえ」

と、八幡大菩薩《はちまんだいぼさつ》に祈った。

その祈りが通じたと信じ、

「この子は、わしの子であってわしの子ではない。八幡大菩薩の化身である」

と家臣たちに告げた。

荒次郎は、ぐんぐん成長した。

三歳児並みに生まれてきたが、実際に三歳になる頃には身長が五尺（約一五〇センチ）ほどもあり、手足も太く、軽々と米俵を持ち上げたという。

十歳になったときには身長が六尺（約一八〇センチ）を超えていた。

荒次郎は同じ年頃の子供たちを引き連れて山歩きすることを好んだ。そのとき、必ず身に付けているものがある。

ひとつは、腰にぶら下げた大きな皮袋で、それには握り飯と干し肉が入っている。

もうひとつは、八角棒である。白樫《しらかし》の丸太を八角に削り、表面に薄い鉄札を何枚も貼りつけてある。大人の太股《ふともも》くらいの太さで、長さは一丈（約三メートル）ほどもある。大人が二人がかりでようやく持ち上げられるほどの重さである。この八角棒を荒次郎は肩に担いで悠々と歩いた。

あるとき、山の中で野犬の群れに襲われた。

三十四ほどもいる群れである。

この当時の野犬というのは恐ろしい。慢性的に飢えているために凶暴で、人間を見ると、ためらうことなく襲ってくる。そんな野犬三十四に囲まれたら絶体絶命と言っていい。

荒次郎が連れている十人ばかりの子供たちは恐ろしさのあまり腰が抜けて泣き出した。

「いいか、おまえたち、わしが犬どもの相手をするから隙を見て逃げろ」

そう言うと、荒次郎は野犬たちに向かっていき、正面から飛びかかってきた犬を八角棒の一撃で叩き殺した。血の匂いを嗅《か》いで犬たちは荒れ狂い、次々と荒次郎に襲いかかる。

子供たちは、その隙に逃げ出した。

城に駆けつけ、

「若君さまが犬どもに襲われている!」

と注進する。

道寸は驚き、家臣たちを引き連れて現場に急いだ。

しかし、もう一刻(二時間)ほども経っている。

ようやく現場に駆けつけると、そこら中に犬たちの死骸が転がり、噎《む》せ返るような血の匂いが充満している。

「荒次郎、どこだ?」

道寸が大声で呼ぶ。

犬たちの死骸の間に血まみれの荒次郎が倒れているのを家臣が見付けた。

道寸がそばに寄り、

「荒次郎!」

と呼んで涙を流す。死んだと思った。

その涙が荒次郎の頬に落ちると、

「ん?」

荒次郎が目を開け、大きな欠伸《あくび》をしながら体を起こした。

「おお、父上ではありませぬか。このようなところで何をしているのです？」

と不思議そうな顔で道寸を見る。

「お、おまえ、怪我はないのか？」

「はあ、別にどこも痛くないので怪我はしていないと思います」

「しかし、血だらけではないか」

「これは犬の血です」

荒次郎がにこっと笑う。

たった一人ですべての犬たちを八角棒で殴り殺したのだ。

この武勇伝は広く伝えられ、

「三浦介《すけ》さまのご嫡男は八幡大菩薩の化身であるらしい」

「仁王《におう》さまのような御方という話じゃ」

わずか十歳にして荒次郎は生きた伝説となった。

その荒次郎が今は十四歳で、身長は七尺五寸（約二二七センチ）に伸びている。この時代の成人男性の身長は五尺そこそこが普通だから、荒次郎は見上げるばかりの巨人であった。八幡大菩薩の化身と言われても、誰もが、

「さもありなん」

旬である。

と、うなずいたのは、この体格のせいであった。

平塚の合戦で宗瑞が朝興を破り、江戸城まで追撃し、悠々と小田原に帰ったのが八月下旬である。

その直後、荒次郎は三浦半島にある三浦氏の本拠・新井城から平塚の岡崎城に駆けつけた。よほど腹を立てているのか、顔が茹《ゆ》で蛸《だこ》のように真っ赤だ。

「父上！」

広間に入るなり、雷のような怒鳴り声を発しながら上座に腰を下ろしている道寸に歩み寄る。

「なぜですか？　なぜ、伊勢と戦わなかったのですか！」

「そう大きな声を出すな。わしの耳は、それほど悪くない。普通に話せば、ちゃんと聞こえる」

「しかし……」

「坐りなさい」

道寸がぴしゃりと言うと、荒次郎が渋々、床に坐ってあぐらをかく。巨大な体格を持っているとはいえ、まだ十四歳の少年である。父親の指図には忠実なのだ。

「新井城を守れと命じはしたが、この城にやって来いと命じた覚えはない。何しに来た？」

「何を言うのですか！」

「だから、大きな声を出すなというのに」

道寸が顔を顰《しか》める。

「父上が伊勢に敗れ、扇谷上杉軍は這々《ほうほう》の体《てい》で江戸城に逃げ帰ったと聞いたのでは、とてもじっとしていられませぬ」

「それは間違っている。わしは負けていない。そもそも伊勢と戦っていないのだから負けようもない。負けたのは扇谷上杉だけだ」

「彼らは父上に加勢するために来たのではありませんか。なぜ、彼らだけが戦って、父上は戦わなかったのですか？」

「そう決めたからだ。今回は宗瑞とは戦わぬ。籠城して、宗瑞が立ち去るのを待つと決めたのだ」

「納得できませぬ。なぜ、戦いもせずに籠城しなければならぬのですか？　わたしの聞いたところでは、味方は四千、伊勢は三千だったというではないですか。これも間違っていますか？」

「いや、正しい。わしが二千、扇谷上杉が二千、宗瑞が率いてきたのは三千だな」

「こちらの方が多い！」

荒次郎が拳《こぶし》でどすんと板敷きを叩く。

「戦は数だけで決まるのではない。おまえは宗瑞を知らぬのだ。あの男は手強いぞ」

「わたしは何者も恐れませぬ。敵が手強いからといって、戦いを避けたりはしませぬ」

「勘違いするな。宗瑞と戦わぬわけではない。今回は戦わぬと決めただけだ。いずれ宗瑞とは戦うときが来る。慌てることはない」

「そのときは、わたしも連れて行って下さいますか？」

「おまえには新井城を守るという大切な仕事があるではないか」

「嫌です。向こうには戦いがない。わたしは戦いたいのです。何なら、父上が新井城にお移りになってはいかがですか？」

「馬鹿を言うな」

道寸が苦い顔になる。

なるほど、荒次郎は強い。個人としての武勇が優れているだけでなく、兵を指揮するのもうまい。

が……。

政治力はない。

まったく、ない。

もっと齢《よわい》を重ね、様々な経験を積めば、将来はどうなるかわからないが、少なくとも今は、ない。

宗瑞の支配する西相模と国境を接しながら、三浦氏の勢力圏を守りつつ、着実に勢力圏を拡大していくには武力よりも政治力が必要なのである。

荒次郎に岡崎城を任せたりしたら、今まで苦労して積み上げてきたものを、すべてぶち壊しにされかねない。

とは言え、おとなしく引き下がるような男でもない。

「よかろう。宗瑞と戦うときが来たら、おまえも連れて行く。それでよいな？　勝手な真似をしてはならぬぞ」

道寸が釘を刺す。

その機会は、思いがけず早くやって来た。

上野から江戸城に戻った朝良が、平塚の戦いにおける扇谷上杉軍の惨敗を知って激怒し、

「戦いの勝敗は時の運、誰もが百戦百勝できるわけではない。勝つときもあれば、負けるときもある。しかし、負けるにしても負け方というものがある。平塚で敗れ、敵に後ろをみせ、道端に武器を捨てて江戸まで逃げ帰るとは……。当家は世間の笑いものではないか」

と、朝興を責めた。

「……」

朝興としては返す言葉もなく、うなだれるしかない。

「若殿だけを責めるのは間違っておりますぞ」

軍配者・鹿苑軒が口を挟む。

三浦氏に加勢するために平塚に向かった朝興を、いくら方針が食い違ったとはいえ、道寸が見捨てたのは許されることではない、これから先も道寸が扇谷上杉氏、山内上杉氏との盟約を維持し、宗瑞と戦っていく覚悟があるのかどうか、その性根を見極める必要がある、というのである。

「何をすればよいのだ？」

「今度は殿が兵を率いて相模に出陣するのです。道寸が手を貸すかどうか確かめることができます」

「大きな戦をする余裕はないぞ」

越後に遠征している顕定を援護するため、上野に兵を出したばかりである。兵糧も底をついているし、兵も休ませなければならない。兵は故郷に帰れば農作業に従事しなければならないのだ。秋の収穫期に大規模な軍事行動を起こすのは難しい。

「それほど大きな戦いをする必要はありません。宗瑞に味方する城か砦をいくつか落とせばいいでしょう。収穫が終わった頃に、一千ほども率いて行けばよいのです」

「うむ、戦の恥は戦で雪ぐしかないからな。敵の砦を落とせば、こちらの面目も立つというものだ。しかし、わずか一千でよいのか？　敵は宗瑞だぞ」

「兵は少ない方がよいのです。三浦がどれくらいの兵を出すか、それで道寸の本心がわかるでしょうから」

「ならば、そうしよう」

朝良はうなずき、農作業が一段落した頃、相模に兵を出すと決めた。

十二月初め、朝良は一千の兵を率いて江戸城を出た。朝興も同行した。

道寸と荒次郎は途中まで朝良を出迎え、手を取るようにして岡崎城に招き入れた。八月に朝興がやって来たときとは、人が変わったような歓待振りである。当然ながら朝興は愉快ではない。

「先達《せんだっ》ては、無様な戦をしてしまった。このままでは、わが扇谷上杉の名に傷がつく。一矢報いねばならぬ。手を貸してくれるか」

城に入ると、早速、朝良は切り出した。

「喜んで」

道寸は床に手をつき、恭《うやうや》しく頭を下げる。道寸より、やや後ろに控えている荒次郎も道寸に倣《なら》って平伏する。

「それは嬉しい言葉じゃな。して、どれほどの兵を出してもらえるかな？」

それが肝心なところである。八月に朝興が来たときには、一人の兵も出さず、貝のように城に閉じ籠もっていたのだ。

「二千」

道寸が表情も変えずに答える。

「二千？」

朝良が驚き顔になる。それは朝興も同様である。二千と言えば、平塚にいる三浦軍のすべてではないか。城が空になってしまう。

それを朝良が口にすると、

「倅《せがれ》が新井城から五百人ばかり連れてきましたので、その者たちに城を守らせまする」

「そうか、五百人を……。若いのに孝行者じゃのう。よき面構《つらがま》えをしておる。頼りにしておるぞ」

朝良が荒次郎に言葉をかける。

「は」

荒次郎は頰を上気させて、額を床にこすりつける。

このあたりが若さであろう。

貴人に誉められて舞い上がっている。

道寸はまったく表情を変えないが、腹の中では、

（馬鹿めが）

と苦々しい思いでいる。

三浦氏が生き残っていくためには、両上杉氏と円満な関係を続けていくしかない。だか

らこそ、朝興には冷たい態度を崩さなかった道寸が、今は必死に朝良に媚《こ》びを売っている。あくまでも必要に応じてやっているだけである。

本心から両上杉氏に忠誠を尽くす必要などないのだ。

（まだ子供なのだ）

鬼神の如き雄大な体格をしていて、勇猛で戦がうまいといっても、頭の中は十四歳の少年に過ぎない。身分が高ければ、それは偉い人なのだ、と素朴に信じている。だからこそ、朝良に誉められると無邪気に喜ぶ。

翌日、扇谷上杉軍一千、道寸率いる三浦軍二千、合わせて三千の兵が平塚から小田原方面に向かって進撃を開始する。

朝良と道寸の軍勢は、平塚と小田原の中間地点にある二宮《にのみや》を過ぎたところで進路を北に変え、秦野《はだの》に向かった。ここには宗瑞に味方する豪族の砦がある。秦野砦の兵力は、せいぜい、二百人ほどなので、とても三千の敵に立ち向かうことはできない。砦に立て籠もって味方の救援を待つしかない。

朝良たちは、その気になれば秦野砦を容易に攻め潰《つぶ》すことができたであろう。

しかし、敢えてそれをせず、砦を厳重に包囲するだけで積極的に攻撃を仕掛けようとしなかった。

秦野砦は、小田原から伊勢軍を誘《おび》き寄せるための餌なのである。餌がなくなったのでは伊勢軍は来ない。だから、包囲するだけで手出ししない。

もちろん、いつまでも伊勢軍が現れなければ砦を攻めることになる。

そうなれば、

「伊勢は味方を見殺しにした」

という悪評が立つであろう。

それは朝良にとっても道寸にとっても悪いことではない。


このとき、小田原城には紀之介と氏綱がいた。

三浦軍と扇谷上杉軍の動きを知るや、すぐさま、これを迎え撃つべく二千の兵で出陣した。韮山にいる宗瑞にも急を知らせた。戦術的に考えれば、韮山から援軍がやって来るのを待つべきであった。兵力は多いに越したことはない。

だが、戦略的には、ここは時間をおくことなく、即座に秦野砦を救援に行くべきであった。もたもたしている間に秦野砦が敵に攻め落とされてしまったら、その影響は大きい。

宗瑞の支配する西相模と、道寸の支配する東相模、その境界は曖昧である。それ故、狭間に位置する豪族たちの多くは、どっちつかずの態度を取っている。独力で伊勢氏や三浦氏に対抗する力のない豪族たちの処世術である。

そんな中で秦野一族は、明確に宗瑞を支持する数少ない豪族である。その秦野一族を救援できなかったとなれば、同じように宗瑞に従っている近在の豪族たちが動揺するのは間違いない。それ故、紀之介と氏綱は、たとえ十分な兵力が手許になくても出陣せざるを得なかったのである。

十二月九日、両軍が激突した。

扇谷上杉軍と三浦軍が三千、対する伊勢軍が二千。

まともに戦えば、数の多い方が有利である。

だが、戦況は伊勢軍に優勢のまま進んだ。

ひとつには、先鋒の氏綱が火の出るほどの猛攻撃を仕掛けて、敵の先鋒・朝興を圧倒したせいである。

また、ひとつには、本陣に控える紀之介の用兵の巧みさである。敵の動きを予想し、その裏をかくように兵を動かしたので、扇谷上杉軍は手も足も出ない。

道寸とすれば、この合戦は朝良の顔を立てることだけを目的としている。平塚の戦いで惨敗した朝興の雪辱《せつじょく》戦なのである。それがわかっているから、扇谷上杉軍が前面に立ち、三浦軍は後方で扇谷上杉軍を支えるような布陣をしている。軍配を取っているのも鹿苑軒で、道寸の軍配者・獅子王院は岡崎城に留まっている。この合戦の差配は扇谷上杉方に任せ、道寸は黒子に徹するつもりだった。

だが、そうも言っていられなくなってきた。

先鋒の朝興の一軍が敵に押され、じりじり後退を始めている。敵の攻撃を受けきれずに敗走するのは時間の問題であろう。朝興だけが敗れるのなら構わないが、その混乱が味方全体に波及すれば、三浦軍も無傷では済まない。

宗瑞に味方する城か砦をいくつか落とせばいい……最初は、そういう考えだったのに、小田原に宗瑞がおらず、小田原には二千くらいの兵しかいないことがわかると、鹿苑軒が、

「いっそ伊勢軍を叩きましょう」

などと言い出した。

伊勢軍を誘き寄せるために秦野砦を餌にしたのである。

道寸も反対はしなかった。

自分たちの方が兵力が大きく、宗瑞が相手でないのであれば、よもや不覚を取ろうとは思えなかったからだ。

が……。

まさかの事態が起ころうとしている。

道寸の予想を上回るほど、朝興が戦下手なせいである。道寸は朝良に伝令を走らせ、

「伊勢軍の脇腹を衝こうと思うがいかが？」

と伺いを立てた。

指揮を執っているのは朝良で、作戦を立案したのは鹿苑軒である。その作戦と違うことをやるための許可を得ようとした。

「構わぬ。やれ」

朝良が苛立った表情で承知する。

名将というわけではないが、朝興に比べれば、朝良は実戦経験が豊富である。このままでは朝興が原因となって全軍が崩壊しかねないと判断した。この窮地を逃れるためならば、どんなことでもやるべきであった。

伝令が戻り、朝良が許可したことを知ると、

「荒次郎」

道寸は息子をそばに呼び、五百人ばかり連れて伊勢軍の側面から攻撃するように命じた。

「おおっ！」

興奮気味に顔を紅潮させ、荒次郎が吠える。

念願がかない、ようやく戦場に出たというのに、

「おまえは控えておれ」

と、道寸に言われ、じりじりした思いで歯軋《はぎし》りしていたのだ。その指図に素直に従ったのは、この戦いでは何よりも扇谷上杉の顔を立てなければならぬ、朝興に手柄を立てさせることが肝心なのだ、という道寸の説明に、

（やむを得ぬ）

と納得したからである。

とは言え、目の前で敵と味方が入り乱れて戦っており、しかも、味方が劣勢となれば、三度の飯より合戦が好きでたまらぬという荒次郎がじっとしていられるはずがない。ようやく出番が来たのである。

興奮するのも無理はない。

早速、荒次郎は五百の兵を連れて三浦陣を出た。

伊勢軍に奇襲を仕掛けようというのではない。直線的に伊勢軍に向かっていけば朝興の軍勢と重なることになるから、それを避けるために迂回した。

荒次郎の動きは、氏綱や紀之介の目にもはっきり見えているから、紀之介は兵の配置を替え、氏綱の左翼を手厚くした。荒次郎に対応させるためだ。

紀之介の対応は間違っていない。

同じ局面に立てば、恐らく、宗瑞も同じことをしたであろう。いや、兵法に通じた者であれば、誰もが同じことをするはずである。

適切な対応をしたから、五百の三浦軍が氏綱の左翼に襲いかかっても、それを十分にはね返すことができた。

三浦軍を率いているのが荒次郎以外の者であれば、伊勢軍の猛攻を支えることなどできなかったはずだ。伊勢軍に押されて今にも後退しようとする三浦軍の中から荒次郎が現れた。馬を下り、徒歩である。八角棒を肩に乗せ、のっしのっしと伊勢軍に向かっていく。

その体格の巨大さに伊勢軍の兵士たちは息を呑んだが、すぐさま数十人が群がるように襲いかかった。名のある敵将を討てば、それだけ恩賞も大きい。誰の目にも、この合戦は伊勢軍の勝ちに見えるから、勝ち戦の流れに乗って大将首を狙っているのだ。

「わしは三浦道寸の嫡男・荒次郎じゃ。わしの首を奪えば、莫大な恩賞がもらえるぞ。来るがいい、わしの首を奪え！」

道寸の嫡男が目の前にいると知って、伊勢軍の兵たちは奮《ふる》い立った。これほど価値の高い獲物は滅多にいるものではない。

荒次郎に殺到した兵は、ざっと五十人はいたであろう。それらの兵たちに荒次郎が飲み込まれる。

次の瞬間、そこから血飛沫《ちしぶき》が舞い上がる。荒次郎が八角棒を振り回し、伊勢兵の頭蓋骨を叩き割ったのだ。一振りで五人が倒れた。荒次郎が八角棒を二度、三度と振り回すと、そのたびに死傷者が増える。

兵たちは恐れをなして後退《あとずさ》る。

荒次郎は尚も踏み込んでいく。

気の利いた者が、とても白兵《はくへい》戦では荒次郎にかなわないと見て、

「弓矢で倒すのだ！　矢を射よ」

と叫ぶ。

弓矢を手にした兵たちが前に出て、荒次郎を射ようとする。

荒次郎は左手で伊勢兵の死体をつかみ上げると、それを楯にして前に進む。荒次郎を狙った矢は、その死体に阻まれて、荒次郎には当たらない。

左手で死体を楯にしたまま、荒次郎は右手で八角棒を振り回す。少しも疲れを見せない。

荒次郎の周囲で次々に伊勢兵が倒れる。

伊勢兵が怯《ひる》むのを見て、三浦軍が息を吹き返し、荒次郎に続いて伊勢軍に攻めかかる。

後に鉄砲が出現すると、個人の武勇よりは、集団での用兵が戦いの勝敗を分けるようになる。信長や秀吉の時代には、一人の英雄の力によって勝ち負けが決まるということはなくなった。

しかし、この時代は、そうではない。

弓矢や投石によって相手の陣形を崩し、最後には刀による白兵戦で勝敗が決するという合戦では、個人の武勇が大きくモノを言う。

伊勢兵は荒次郎に対して恐怖心を抱いた。こんな怪物にまともに立ち向かうことなどできないと怯《おび》えた。

恐怖心は、たちどころに伝播《でんぱ》する。

氏綱の左翼が崩れ始めた。

その様子を望見していた紀之介は、その怪物が道寸の嫡男・荒次郎だと知ると、

（あれが八幡大菩薩の化身か）

と驚愕した。直に見るのは初めてだが、噂は耳にしていたのである。

（このままでは、まずいな）

そう判断すると、紀之介は氏綱に伝令を走らせ、退却を指示した。

合戦の当初から戦い続けて疲労も溜《た》まっているし、左翼が崩れつつあるのもわかっていたから、氏綱は素直に命令に従った。

伊勢軍は退却を始めた。

荒次郎としては、当然、追撃したいところだったが、それは道寸が許さなかった。すでに朝興軍が壊滅状態にあり、それを収容するのが先決だったからだ。

荒次郎は、渋々、道寸の命令に従った。

「父上、夜襲しましょう」

荒次郎は道寸に詰め寄ったが、

「馬鹿を言うな」

道寸は苦い顔で舌打ちした。

朝良の顔を立て、朝興に雪辱させるために兵を出したというのに、朝興軍が崩れ、危う

く全軍崩壊の危機に晒された。元々、わずか一千の兵しか連れてきていないから、もう扇谷上杉軍には余力がない。

夜襲などして戦いを続ければ、これから先は三浦軍が前面に出て戦うことになってしまう。道寸は、そんなことを微塵も考えていない。

翌日、韮山にいた宗瑞が兵を率いて小田原城に入ったという報告が届くと、道寸は朝良に撤兵を勧めた。朝良も反対しなかった。

こうして秦野の戦いは終わった。

扇谷上杉軍と三浦軍は、秦野砦を落とすことすらできず、合戦でもいいところがなく、その被害は伊勢軍に比べて甚大であった。

後半、荒次郎の活躍があったから伊勢軍は退却したが、全体として見れば、明らかな負け戦であった。

だが、そう思わなかった者もいる。

宗瑞であった。

小田原城で、紀之介と氏綱から秦野の戦いに関する詳細を聞き、

(道寸の倅は侮れぬ)

と表情を険しくした。

遠からず、再び三浦氏と干戈を交えることになるだろうが、そのときには荒次郎が手強

い敵として立ちはだかるに違いなかった。

（『北条早雲5　疾風怒濤篇』へ続く）

単行本　二〇一七年四月　中央公論新社刊

中公文庫

北条早雲《ほうじょうそううん》4
——明鏡止水篇《めいきょうしすいへん》

2020年5月25日　初版発行

著　者　富樫倫太郎《とがしりんたろう》

発行者　松田陽三

発行所　中央公論新社
〒100-8152　東京都千代田区大手町1-7-1
電話　販売 03-5299-1730　編集 03-5299-1890
URL http://www.chuko.co.jp/

ＤＴＰ　嵐下英治
印　刷　三晃印刷
製　本　小泉製本

Published by CHUOKORON-SHINSHA, INC.
Printed in Japan　ISBN978-4-12-206882-7 C1193

乱世の梟雄《きょうゆう》と呼ばれし

第三弾

北条早雲3　相模侵攻篇

伊豆討ち入りを果たし、僧形になったものの出陣の日々は終わらない。小田原攻めに動き、いよいよ東進を画する緊迫の展開！

第四弾

北条早雲4　明鏡止水篇

茶々丸との最終戦と悲願の伊豆統一、再びの小田原攻め、そして長享の乱の終結……己の理想のため鬼と化した男に、安息はない！

第五弾

北条早雲5　疾風怒濤篇

三浦氏打倒のため、苦悩の末に選んだ最終手段……血みどろの決戦は、極悪人の悲願を叶えるか。シリーズ、いよいよ完結！

中公文庫既刊より

各書目の下段の数字はＩＳＢＮコードです。978－4－12が省略してあります。

と-26-20
箱館売ります（上）土方歳三 蝦夷血風録　富樫倫太郎
箱館を占領した旧幕府軍から、土地を手に入れようとするプロシア人兄弟。だが、背後には領土拡大を企むロシアの策謀が――。土方歳三、知られざる箱館の戦い！
205779-1

と-26-21
箱館売ります（下）土方歳三 蝦夷血風録　富樫倫太郎
ロシアの謀略に気づいた者たちが土方歳三を指揮官に、旧幕府軍、新政府軍の垣根を越えて契約締結妨害のために戦うのだが――。思いはひとつ、日本を守るため。
205780-7

と-26-22
松前の花（上）土方歳三 蝦夷血風録　富樫倫太郎
土方歳三らの蝦夷政府には、父の仇討ちに燃える娘、戦の携行食としてパン作りを依頼される和菓子職人の姿があった。知られざる箱館戦争を描くシリーズ第二弾。
205808-8

と-26-23
松前の花（下）土方歳三 蝦夷血風録　富樫倫太郎
死を覚悟した蘭子は、藤吉にある物を託し戦へと向かった。北の地で自らの本分を遂げようとする土方、蘭子、藤吉。それぞれの箱館戦争がクライマックスを迎える！
205809-5

と-26-24
神威の矢（上）土方歳三 蝦夷討伐奇譚　富樫倫太郎
明治新政府の猛追を逃れ、開陽丸に乗り込んだ土方歳三ら旧幕府軍。だが、船上には、動乱に乗じ日本に神の王国の建国を企むフリーメーソンの影が――。
205833-0

と-26-25
神威の矢（下）土方歳三 蝦夷討伐奇譚　富樫倫太郎
ドラゴン復活を謀るフリーメーソン、後のない旧幕府軍、死に場所を探す土方、迫害されるアイヌ人、山籠りの陰陽師。全ての思惑が北の大地で衝突する！
205834-7

と-26-38
白頭の人 大谷刑部吉継の生涯　富樫倫太郎
近江の浪人の倅はいかにして「秀吉に最も信頼される男」になったのか――謎の病で容貌が変じ、周囲に疎まれても義を貫き、天下分け目の闘いに果てるまで。
206627-4

各書目の下段の数字はISBNコードです。978－4－12が省略してあります。

と-26-9
SRO Ⅰ 警視庁広域捜査専任特別調査室
富樫倫太郎
七名の小所帯に、警視長以下キャリアが五名。管轄を越えた花形部署のはずが――。警察組織の盲点を衝く、連続殺人犯を追え！ 新時代警察小説の登場。
205393-9

と-26-10
SRO Ⅱ 死の天使
富樫倫太郎
死を願ったのち亡くなる患者たち、解雇された看護師、病院内でささやかれる『死の天使』の噂。SRO対連続殺人犯の行方は。待望のシリーズ第二弾！ 書き下ろし長篇。
205427-1

と-26-11
SRO Ⅲ キラークィーン
富樫倫太郎
SRO対〝最凶の連続殺人犯〟、因縁の対決再び!! 東京地検へ向かう道中、近藤房子を乗せた護送車は裏道へ誘導され――。大好評シリーズ第三弾、書き下ろし長篇。
205453-0

と-26-12
SRO Ⅳ 黒い羊
富樫倫太郎
SROに初めての協力要請が届く。自らの家族四人を殺害して医療少年院に収容され、六年後に退院した少年が行方不明になったというのだが――書き下ろし長篇。
205573-5

と-26-19
SRO Ⅴ ボディーファーム
富樫倫太郎
最凶の連続殺人犯が再び覚醒。残虐な殺人を繰り返し、日本中を恐怖に陥れる。焦った警視庁上層部は、SROの副室長を囮に逮捕を目指すのだが――。書き下ろし長篇。
205767-8

と-26-35
SRO Ⅵ 四重人格
富樫倫太郎
不可解な連続殺人事件が発生。傷を負ったメンバーが再結集し、常識を覆す新たなシリアルキラーに立ち向かう。人気警察小説、待望のシリーズ第六弾！
206165-1

と-26-37
SRO Ⅶ ブラックナイト
富樫倫太郎
東京拘置所特別病棟に入院中の近藤房子が動き出す。担当看護師を殺人鬼へと調教し、ある指令を出すのだが――。累計60万部突破の大人気シリーズ最新刊！
206425-6

と-26-39
SRO Ⅷ 名前のない馬たち
富樫倫太郎
相次ぐ乗馬クラブオーナーの死。事件性なしとされるも、どの現場でも人間と同時に必ず馬が一頭逝っている事実に、SRO室長・山根新九郎は不審を抱く。
206755-4